KB021953

55년생 이윤규 꿈을 향한 삶의 향기

제멋대로와 천사

55년생 이윤규 꿈을 향한 삶의 향기

제멋대로와 천사

이윤규 지음

생각의뜰

100리를 가는 사람의 향기

『제멋대로와 천사』 주인공 인물평

흔히들 꽃의 향기는 10리를 가고 사람의 향기는 100리를 간다고 한다. 이 백리향에 해당하는 인물이 (재)한국군사문제연구원의 이윤규 기획실장이다. 이 실장이 지닌 삶의 향기 실체는 성공담보다는 실패담, 잘난 면보다는 미숙함을 토속적인 어투로 풀어냄으로써 상대를 편안하게 만들고 훈훈함을 느끼게 한다. 그런데 참으로 이상한 것은 본인 스스로 자신의 단점을 제사상의 재물처럼 내놓고 이야기하는 순간 그 단점은 더는 허물이 아니라 훈훈한 미담으로 변해버리는 마력을 지니게 됨으로써 그분 앞에서는 더는 가식이 존재할 수 없고 진솔한 대화가 오고 가게 된다. 역설의 미학으로 그분의 그 옛날 어린 시절과 군대 생활 무용담을 들으며 웃다 보면 어느새 친밀감이 형성되고, 한 가족이 된 것 같은 느낌이 들게 된다. 이처럼 구수한 인간미를 갖추고 있다고 해서 업무적으로 허술하거나 느슨하지 않겠느냐고 생각하면 커다란 오산이다. 업무를 하다 보면 혀를 내두를 정도로 논리성을 갖추면서도 강하게 밀어붙이는 추진력은 타의 추종을 불허한다. 이윤규 삶의 향기 절정은 주변 사람을 관리하는 곳에서 찾아볼 수 있다. 그는 업무가 끝나고 바로 집으로 향하는 법이 드물 정도로 한번 맺은 사람들과 만남을 통해 “기분이 좋다!”를 외치며 정감을 나눈 뒤 집으로 간다. 특히 그는 함께 근무하는 동료들이 어렵고 힘들 때 어김없이 다가와 따뜻한 밥 한 끼를 함께 먹으면서 고충도 들어주고 경험에서 우러나오는 해결책을 제시해주기 때문에 그의 주변에는 사람들이 들끓는다. 인간중심의 다이나믹한 리더십으로 군에 인본주의 리더십을 구축한 장본인이기도 하다. ‘휴먼 뱅크’ 설립을 꿈꾸는 기분 좋은 사람 이윤규의 진솔되고 다이나믹한 행보는 앞으로도 계속될 것이고 우리는 그로 인해 인간이 지니는 삶의 향기의 실체를 진하게 느끼게 될 것이다.

문화일보(2021.6.18.) 「사랑합니다」
이준희 박사의 글 일부

참군인 이윤규

『제멋대로와 천사』 추천사

『제멋대로와 천사』보다는 『참군인 이윤규』라고 이름 붙이고 싶다. 왜냐하면, 내가 막 군무에 뛰어든 초급장교 시절, 군인의 참모습을 보여주셨고, 그 덕에 육군참모총장이라는 군 최고 직위를 명예롭게 끝낼 수 있는 리더십을 배울 수 있는 소중한 기회를 주셨기 때문이다.

이윤규 중대장님의 인간애를 바탕으로 한 창의적이고 다이나믹한 리더십은 육군 리더십 10대 원칙을 꿰뚫고 당시 상황의 본질을 정확히 판단하여 조치한 탁월한 리더십의 전형이라고 평가할 수 있다. 특히 대구 여성예비군 1,100명 창설, 독거노인 자매결연, 군내 야학교 설립, 민관군 통합방위 태세 확립, 중대 야간사격 명중률 95% 등 창군 최초 11개 업적은 우리 군의 자랑스런 역사로 기록될 것이다.

그리고 골육지정으로 맺어진 훈장 5소대, 정예수색 1중대, 9-1회, 122-오미회, 501회 등 골육지정의 전우회와 넉넉한 포용·소탈·정서적

소통력은 인간갈등과 불신의 용광로와 같은 가장 인간적 매력이다.

또한, 참군인으로서 38년간 군인 본분에 몰입할 수 있도록 가정사에 헌신해 오신 사모님의 삶은 군 가족의 애환을 고스란히 보여주는 것으로 '천사'라는 애칭이 너무 자연스럽다. 『제멋대로와 천사』는 군인, 예비역, 남녀노소의 삶에 큰 울림으로 다가올 수 있는 한편의 휴먼 드라마라 생각하며, 많은 분들이 읽고 배움과 감동을 느끼시기를 기대한다.

참군인 이윤규 중대장님의 영원한 소대장,

제47대 육군참모총장 김용우

서 문

프롤로그

나는 휴대폰에 아내를 '천사'라고 저장해 놓았다. 그런데 아내는 나를 남편, 여보, 아빠 등 당연한 호칭 대신 '제멋대로'로 저장했다. 왜 '제멋대로'일까? 결혼생활 40여 년 동안 가장 가까이에서 내 삶과 함께해 오면서 나의 인간 본성을 간파했고, 어릴 적 별남과 반항기 많았던 학창 시절 경험들을 직·간접적으로 들었기에 본성을 그대로 표현한 호칭으로 생각된다. 그래서 '제멋대로' 호칭에 대해 섭섭함보다는 '천사'와 너무 대조적이라 65년의 내 삶과 본성을 기억으로 재생시키고 싶었다.

노벨 생리의학상 수상자인 에릭 캔 델이 『기억의 비밀』에서 기억은 "우리 삶의 경험들을 결합하고 연결하는 접착제와 같다"라고 했다. 우리가 무엇을 기억하는지에 따라 무엇을 추구하는지가 결정되고 궁극적으로 어떻게 사느냐로 귀결된다는 뜻이리라.

나는 "3살 버릇 여든까지 간다."라는 속담을 "3살 체험, 여든에도 기억된다."라는 말로 바꾸어 사용하곤 한다. 왜냐하면, 내가 3살 때 할아버지 등에 업혀 흙 돌담에 붙어 있는 황토를 뜯어 먹었던 기억이 이 글을 쓸 수 있었던 실마리가 되었고, 5살 때 기차 놀이에서 '왕따'를 당한 후 골목대장이 되어야겠다는 각오를 한 기억이 생생하며, 이러한 유년 시절들의 기억 재생은 지금까지 숨겨진 나의 인생로를 술술 풀 수 있는 '기억의 궁전' 역할을 하고 있기 때문이다.

"호랑이는 죽어 가죽을 남기고(虎死留皮), 사람은 죽어 이름을 남긴다(人死留名)."라고 하지 않는가? 65세가 넘어서니 이 글귀가 명구로만 들리지 않고, 나에게 남은 인생을 제멋대로 살지 말고 명예롭게 함께 살면서 무엇인가 남겨 놓으라는 과제로 다가온다. 그렇다면 내가 세상에 남길 수 있는 과제가 무엇일까? 자문해 보니 내 삶의 기록뿐이라고 생각되었다. 지난 65년 동안 '이윤규'라는 이름으로 열심히 살아온 내 삶이 누군가에게 향기로 기억된다는 것은 행복하나, 악취나 제멋대로 기억되면 부끄러운 일이다. 그래서 향기롭기만을 바라고 집필을 시작했지만 쓰다 보니 악취도 많이 풍기고 있음을 피할 수가 없었다. 더군다나 내가 표현력이 부족하여 악취를 제거할 수 없었고, 기억나는 대로 집필하였다는 것을 미리 고백한다.

국가의 녹을 받으며 충성의 길을 걸어온 지 어느새 45년! 1955년 아래로 남들과 똑같이 65년의 세월을 살아왔지만 남다르기 위해 특별히 노력했고 후회 없이 살았다고 자부한다. 물론 돌이켜 보면 잘했다고 스스로 칭찬과 자랑하고 싶은 일도 많았지만 자다가 '이불킥'을 하고 싶은 순간도 많았다. 책을 쓰기 위해 나의 지난 일들을 정리하다 보니 치열했던 시대를 먼저 살았던 어른으로서 사랑하는 손주나 후배들에게도 '인생 팁'을 전해주어야겠다는 사명감이 솟았다. 그것은 바로 과거를 올바로 전해주고 미래의 발판을 마련해주고 비전을 밝혀주는 것이 아닐까? 그러나 대부분 인생 선배들이 과거를 전수해주면서 과거가 무조건 옳다고 고집하거나 경험전수라는 '라떼' 오류로 인하여 갈등이 유발되는 경우를 자주 본다. 나 역시 지금의 인생 후배들의 처지에서 본다면 같은 오류를 반복하는 부분이 있을 것이나 용기를 내어 내 삶을 기록한다.

내 삶의 기록은 6·25 전쟁 직후 태어난 베이비붐 세대의 유년기 추억과 65세 청년 노인이 되기까지 삶에 대한 체험으로 '기분 좋은 사람 이윤규'가 꿈을 만들기 위한 처절한 도전과 파란만장한 삶을 스토리텔링으로 재현한 휴먼드라마이다. 주요 내용은 내가 초등 2학년 때부터 밀주에 취해 니나노를 불러대면서 골목대장 행세를 한 별난 유년 시절, 중·고교 3번의 데모를 주동하면서 선생님들께 반항했던 청소년 시절, 초등학교 때부터 꿈꾸었던 육사 생도 생활, 그리고 제3땅굴 발견한 GP장, DMZ 주도권 장악을 위한 모험적이고 용감했던 5년의 위관장교, '하나회'로 지목되어 좌천의 서러움 속에서도 오뚝이처럼 일어섰던 3전 4기 대령 진급 스토리, 합참본부 근무 중에서도 자비로 박사학위 취득한 파란만장한 군 생활, 그리고 대령 계급장을 걸고 '무기한 위로휴가' 보냈던 호기, 1,100명의 대구 여성에

비군 창설, 휴일예비군 훈련 최초 시범 후 정착, 동거병사 7쌍의 민관군 합동 진중결혼식, 군 BTL 사업과 지휘관 판공비 증가 사연, 독거노인 자매결연 등 창군 최초라는 11개의 타이틀, 실전적 훈련과 다이나믹한 통솔기법으로 생사를 넘나들었던 지휘 성공·실패 사례. 5번의 구사일생 등을 엮어서 조향(調香) 된 '55년 생 이윤규' 삶의 향기이다.

'벌써' 하면서 훌쩍 지나간 세월이 아쉽지만, 인생사 흐름을 거역할 수 없으니 세상에 남길 향기를 위해 어떻게 살아야 할 것인가를 자문하면서 제2의 인생 로드맵을 설계하고 있다. 『제멋대로와 천사』는 베이비 붐 세대의 삶으로서, 이 시대에 사는 어른, 자녀, 손주들과 직·간접으로 융합되고 연결되어 있다. 펼쳐서 함께 공유하고, 힐링과 삶의 좋은 향기가 되었으면 하는 바람이다.

2021. 8. 66세 생일을 맞이하여

기분 좋은 사람 지우(旨佑) 이윤규

목차

2장 군인의 길에 자양분이 된 육사

3장 꿈을 향한 도전과 열정

01 | 총알도 피해 가는 겁 없는 대한민국 육군 소위

02 | 긴장의 도가니, DMG, MDL, 그리고 GP에서

03 | DMZ 주도권을 장악하라!

04 | 혼돈과 갈등, 그리고 실무간부로서 중심 잡기

05 | 희망의 꿈길, 청와대 종합상황실 작전과장

06 | 꿈길의 근육을 강화

4장 꿈길에서 암초에 걸렸지만, 또다시 도전하다

01 | '하나회' 멍에 지고 귀양살이로 전락

5장 꿈길 38년, 창의적이고 다이나믹한 리더십

01 | 타산지석

02 | 지휘통솔 성패 책임은 오직 지휘관만 진다

03 | 인정과 동기유발, 그리고 동고동락

04 | 창의적 다이나믹한 리더십

6장 기분 좋고 향기나는 삶의 비결

7장 꿈길 백의종군 군인가족의 애환

8장 꿈의 자양분이 된 어릴 적 경험

9장 새로운 꿈길을 향하여

01

꿈은 이루어지는 것이 아니고 만들어 가는 것

'내 꿈은 내가 만들어 간다!'

어린 시절 누구나 한 번쯤 큰 꿈을 꾼다. 하지만 그 꿈이 어린 시절의 한낮 추억으로 남는지 현실이 되는지는 온전히 자신의 의지와 실천력에 달렸다.

어린 시절 나는 푸른 군복에 반해 멋진 군인, 장군이 되겠다는 꿈을 꾸었는데 사실 그 꿈은 당시 상황으로는 어찌 보면 참으로 **언감생심**(焉敢生心)이었다. 하지만 내가 그 꿈길을 달려오면서 암초를 만났지만 포기하지 않고 계속 도전을 했던 것은 **'꿈은 이루어지는 것이 아니고 내가 만들어 가는 것'**이라는 다짐 덕분이었다.

나는 늘 되새기고 있다! 지금, 이 순간이 나의 미래라는 것을

나의 현재는 과거 경험과 준비 결과인 것처럼, 지금의 매 순간이 바로 미래를 위한 준비라는 걸 잊지 말아야 한다는 것이다. 매 순간순간을 치열하게 열심히 살아가면 그 결과가 더 나은 미래로 보상될 것이다.

'꿈은 이루어지는 것이 아니고, 끝없는 도전과 노력으로 만드는 것이다.'

꿈을 만드는 여정에서 예기치 않은 상황과 환경이 찾아올 수도 있다. 포기하거나 당황하지 말고 그 상황과 환경을 잘 분석해서 꿈의 비전과 목표를 조정하여 다시 도전한다면 꿈은 반드시 만들 수 있을 것이다.

나의 꿈에 대한 기억의 창을 열어본다. 어릴 적부터 '제멋대로'였는지.

01

삶의 환경이 꿈을 태동시키다

1) 내 인생 첫 기억과 야망의 태동

인생의 첫 기억은 빠르면 2~4살부터 늦으면 7~8세 전후라고 한다. 첫 기억은 내 인생의 시나리오가 어떻게 만들어지느냐의 출발점이 된다. 왜냐하면, 내가 보고 싶은 대로, 듣고 싶은 대로 자신의 인생 각본을 화려하게 자기중심적으로 각색하기 때문이다. 당장 첫 기억이 생각나지 않으면, 옛 친구의 모습이나 어릴 적 자란 환경을 더 듬어 본다면 분명 기억이 재생될 것이다.

나는 62년 전 내가 3살 때 할아버지 등에 업혀서 흙담에서 향토와 흙을 뜯어 먹었던 것이 내 인생 첫 기억이다. 할아버지 얼굴이나 이미지는 어렴풋하지만, 향토나 흙을 뜯어 먹던 모습은 생생하다. 유아원이나 유치원이 없는 시골은 부모님이 일하러 나가면 할머니, 할아버지께서 어린애를 돌본다. 할아버지와 할머니가 집에서 함께 놀

아주는 것이 아니고, 또래의 어린아이들을 한곳에 모아 놓고 내버려 두는 상황이었다. 어린애들은 알몸이나 기저귀만 찬 상태에서 콧물을 질질 흘리면서 땅바닥에서 흙장난을 치고, 흙을 주워 먹기도 했다. 배가 고파 울고불고 야단법석이었지만, 누구도 관심이 없었다.

내가 할아버지 등에 업혀 있을 때나 어린애들과 흙장난을 할 때 유난히 황토나 흙을 많이 뜯어 먹었다. 흙을 많이 먹었던 것은 배고픔을 이기기보다는 회충, 십이지장충 등 기생충이 많았기 때문이었다고 나중에 알았다. 몸속에서 기생충들로 인해 영양분과 칼슘이 부족하여 이를 보충하기 위한 생리적 현상이었다고 들었다. 어쨌든 3살 때 할아버지 등에 업혀서 황토나 흙을 많이 먹었던 기억이 생생한 것은 신기하다.

1960년대 시골 동네에 어린이들을 위한 놀이터 시설이 없었다. 미취학 아동들은 끼리끼리 모여서 장난치고 싸우고 기차놀이 등으로 시간을 보냈다. 우리 동네는 30여 가구가 사는 동네인데, 20가구가 전주 이씨 덕양대군파 친척들로 수시로 왕래하면서 한 가족처럼 살고 있었다. 우리 집안은 전주 이씨 효령대군파였기에 그들로부터 친척이 아니라는 이유로 늘 배척을 당했다. 어느 날 덕양대군파 아이들이 기차놀이를 하고 있었다.

나는 그들의 기차놀이에 참가하고픈 간절한 마음으로 새끼줄 기차를 세웠다. 그러나 기차놀이에 나를 탑승하지 못하게 하고 그냥 달려 가버렸다. 나는 화가 머리끝까지 났다. 나를 패스하고 가버린 새끼줄 기차보다 더 빠르게 달려가 앞에서 기관차 역할을 하는 두목을 한 대 패버렸다. 그 순간 기차놀이에 탑승해 있던 덕양대군파 애들 다섯 명이 패거리로 나에게 달려들었다. 5:1의 싸움이라 얻어맞고 코피가 터졌다. 더는 버티지 못하여 눈물을 머금고 돌아서야 했다.

새끼줄 기차놀이

그때 패배감이나 왕따 당한 감정이 있었고, 내가 쟤들보다 공부나 싸움을 잘해서 꼭 이기고 말겠다는, 그리고 야망이 불붙기 시작하였다. 5살 때 겪었던 패배감과 왕따의 서러움은, 이후에 경쟁심과 도전, 모험, 선동적 기질로 승화되어 중·고교 시절 3번의 항의성 데모를 주동하는 에너지와 꿈을 만드는 계기가 되었다.

2) 술 배달 아저씨의 분노

겨울방학이 시작되면 우리 동네 어린이, 어른들의 중요한 일과는 나무 땔감을 구하는 것이다. 동네 뒷산에는 나무가 없는 민둥산이었다. 그래서 6km 이상 떨어진 서북산(해발 739m)–여항산(해발

770m)에서 땔감을 구할 수밖에 없었다. 새벽 6시쯤 집에서 아침을 거르고 출발하면 목적지에는 9시쯤 도착한다. 여러 동네에서 모여든 100여 명의 나무꾼이 여기저기 뛰어다니면서 질 좋은 땔감을 후려쳐서 나뭇단을 만든다. 경쟁적으로 좋은 땔감을 찾아다니다 보면 배고픔도 잊는 경우도 많았다. 좀 여유가 있을 때는 오후 1시경에 점심을 먹게 되는데, 점심 끼니로 싸 온 고구마와 보리밥은 꽁꽁 얼어 버려 추운 겨울에 빙수를 먹는 기분이었다.

나의 키 2배 정도 되는 땔감을 짊어지고 종종걸음으로 어른들과 같이 갈려고 노력해보지만 항상 뒤처진다. 있는 힘을 다해 나뭇짐을 지고 가고 있는데 막걸리 배달 자전거 아저씨가 내 앞을 가로막는다. "야 꼬마야, 너 몇 살이냐?"고 묻는다. "예, 아홉 살입니다." "그래, 아버지 있나?" "예, 있습니다."고 대답했다.

그 아저씨는 내 나뭇짐을 술 배달 자전거 뒤에 꽁꽁 묻은 다음, 나를 아저씨 자전거 앞에 태우고 우리 집으로 향했다. 아버지를 만나자마자 "당신은 뭐 하는 사람이요, 이 어린애를 저 먼 산까지 추운데 나무하러 보내고…" 기습 공격을 받은 아버지는 내 아들이 겨울에 나무하는 것은 당연하며 오히려 자랑스럽다는 표정을 지으면서 "당신이야말로 뭐 하는 사람이요, 일 잘하는 아들을 왜…" 두 분은 한판 말싸움을 주고받았다. 나는 가운데 끼어 누구 편을 들어줄 수 없는 상황이었다.

평소에 할머니와 아버지, 엄마는 땔감 나무, 소 꼴(소 끼니 풀) 베는 일은 물론, 공부도 잘한다고 동네 사람들로부터 칭찬을 많이 듣고 있었다. 그래서 자전거 아저씨의 아동학대(?) 충고는 비방과 모욕으로 들릴 수밖에 없었다. 어려웠던 환경과 부모님의 무관심이 나를 강하게, 그리고 독립심과 꿈을 태동시키는 또 하나의 원동력이 되었다.

3) 한여름, 괴로운 농사일에서 벗어나고 싶었다

7~8월 여름방학 때가 되면 우리 4형제는 보리타작, 모내기, 그리고 논매기, 천수답에 물 퍼내는 농사일을 해야 했다. 특히 7월 말쯤 되면 마지막 3번째 논을 매는 시기이다. 30도를 넘는 무더위에 논바닥 지열이 더하여 온몸은 땀 범벅이 된다. 심은 묘가 키가 커서 눈이나 이마와 닿아 얼굴은 상처투성이가 된다. 또한, 발목과 장딴지는 거머리가 붙어서 피를 빨고, 쇠파리가 등 뒤에서 물고. 배도 고프고 허리도 아프다. 논매는 일이 하기 싫어서 무릎을 꿇고 헤집어 버리거나 배가 아프다고 꾀병도 부려 괴로운 순간을 모면하려고 한다. "에잇!" 하고 논에서 튀어나오고 싶었지만, 어린 동생도 요령 피우지 않고 엎드려 일하고 있어 억지로 참았다. 쉼 없이 2시간 정도 허리 굽혀 논을 매고 나면 할머니가 미숫가루나 보리 떡 새참을 가져온다. 이때다! 할머니에게 나는 학교 숙제가 밀려있다. 내일 시험이 있다고 하여 빠져나오려고 얘기한다. 할머니는 또, "야 이놈아, 공부하면 쌀 나오나, 밥이 나오랴, 무슨 공부야!" 하고 야단을 친다. 중학교 다니

는 형님도 "야! 무슨 초등학교에서 숙제가 그리 많아! 잔말 말고 하든 일이나 해."라고 할머니의 말에 거든다.

논매기만큼 힘든 일은 웅덩이에서 물 퍼는 일이다. 가뭄이 계속되어 천수답에 심은 놓은 묘가 비실비실하고 논바닥이 갈라졌다. 웅덩이에도 물이 모자라 밤낮 교대로 물을 퍼 올렸다. 지렛대 원리를 이용한 물 퍼는 일은, 힘과 몸무게가 있어야 하지만 요령도 필요하다. 나와 동생은 물 퍼는 지렛대에 키가 닿지 않고 힘이 약해 혼자서는 물을 펄수 없었기에 아버지나 형의 보조 역할밖에 못 했다. 이것도 젖먹었던 힘까지 내어야 하고, 땀이 나고 배가 고픈 노동으로 농사일 중에 가장 힘든 일이었다.

한여름, 논매기와 물 퍼는 괴롭고 고된 농사일에 벗어나려면 공부를 열심히 해서 출세하는 길밖에 없다는 것을 알고, 더욱 공부를 열심히 했고 꿈을 태동시킨 근원이 되기도 했다.

4) 아들보다 대우받은 우리 집 암소

농촌 마을에 소는 자식보다 귀하게 대우받았다. 농촌 부잣집에도 소는 한 마리밖에 없었다. 소가 없는 집도 많았다. 그런데 우리동네 농촌 마을에는 자녀가 평균 4~5명에서 10명까지 있는 집도 있었다. 어린 자식들은 의식주와 학비로 소비만 한다. 그러나 소는 돈벌이 수

단일 뿐만 아니라 생산의 원천이다. 소를 키워 새끼를 놓으면 송아지를 팔아서 학비에 보태고, 또 소가 논밭 갈이를 다해주니 농사일에 없어서는 안 되는 존재였다.

그래서 집안 식구는 소 키우는 데 모두 동원된다. 소 꼴을 준비하는 일, 소죽을 끓여 3끼를 먹이는 일, 주기적으로 마구간의 소 오줌·똥을 치우는 일, 쇠파리나 진드기 잡아주는 일 등이다. 부모님은 우리 4형제가 밥을 먹는 것보다 암소 한 마리 끼니에 더 관심이 많았다. 그래서 우리 4형제는 소를 미워할 수도 없었고, 소의 눈치를 볼 수밖에 없었다. 소는 우리 식구들로부터 총애를 받지만, 거드름을 피우거나 농땡이 치지 않았다. 참 순박했다. 또 소머리를 쓰다듬어 주거나 기분이 좋으면 빙긋이 웃어준다. 소등에 타면 뚜벅뚜벅 가자는 곳으로 데려다주기도 한다. 그러나 성질을 나게 하면 뒷발을 차거나 소뿔로 사정없이 공격하기도 했다.

내가 소를 잃어버려, 밤새 이산 저산 찾아 헤맨 기억이 난다. 소 목동들도 소를 풀어 놓고는 동네 가까운 바다나 개천으로 가서 수영하거나, 해삼이나 고기를 잡기도 하고, 개구리나 뱀을 잡아 구워 먹기도 한다. 소들은 오후 내내 자유 분망하게 풀을 뜯어 먹고, 해 질 무렵이면 왕초 소 따라 동네 어귀로 내려온다. 목동들도 동네 어귀에 가서 소를 데리고 각자 집으로 간다. 그런데 어느 날 우리 소가 동네 어귀에 보이지 않았다.

나는 소가 있을 만한 곳으로 찾아다녔지만 찾을 수가 없었다. 가족들도 소가 없는 것을 알고는 모두 산으로 올라가 소를 찾기 시작했다. 어둠이 짙어져 앞뒤를 가릴 수 없었다. 이산 저산 각자 흩어져 찾았지만, 새벽까지 찾지 못했다. 혹시 소도둑이 잡아갔을까 봐 걱정도 되었다. 새벽까지 찾지 못해 가족 모두는 아침이슬 맞으며 허기진 배를 안고 집에 왔다. 그런데 이것이 웬일이냐! 우리 소가 대문 닫힌 우리 집 앞에서 울고 있지 않은가? 가족 모두는 기특하고 반가워서 쓰다듬기도 했다.

또 하나는 소 꼴 때문에 상처를 입었던 일이다. 겨울에는 볏짚을 잘게 썰어서 뒹겨와 혼합하여 소죽을 끓여 준다. 소를 살찌우기 위해 수시로 보신 소죽도 끓여 준다. 나는 방과 후에는 친구들이랑 뚝새풀을 베러 들로 나간다. 나는 친구들에게 소 꼴을 베다가 낫 꽂기를 제의했다. 낫 꽂기는 20m 정도 거리에서 낫을 회전시키면서 정해진 원에서 제일 가깝게 낫이 꽂히면 베팅한 소 꼴을 가져가는 게임이다. 내가 낫 꽂기를 하면서 힘차게 던진 낫이 나의 정강이를 쳐 버렸다. 살점이 베어져 달아나 버리고 피가 억수로 났다. 55년이 지난 지금도 영광의 흉터는 그대로 남아 있다.

또 한 번은 소 꼴을 담는 바다리를 지게와 고정하기 위해 세끼 줄을 잡아당기다가 시퍼렇게 선 낫에 걸려서 우측 손 옆의 살점이 3센티 정도 날아 가버렸다. 다행히 뼈는 이상이 없었지만 지금도 살점 날아간 흉터는 2센티나 그대로 남아 있다. 육사 신체 검사할 때 이 흉터 때문에 불합격할까 봐 조마조마했다. 우리 부모님은 소 꼴을 베다가 두 번의 큰 상처를 입었을 때도 한마디 위로와 관심을 두지 않았다. 소를 위해 자식이 그 정도 희생은 감수해야 한다는 생각(?)은 아니었겠지만 섭섭하였다. 소죽 끓이면서 눈썹, 머리카락 다 태운 적도 있었지만, 가마솥 불에 구워 먹었던 고구마·감자, 보리·밀 맛은 잊지 못할 보릿고개 추억이다. 어릴 적 가난한 생활환경도 내가 성공해야 한다는 꿈 태동에 에너지가 되었다.

5) 기다렸던 명절 선물, 목양말 한 켤레

추석 때는 오곡백과 익는 때라 추석 상차림은 푸짐하였다. 처음 먹어보는 사과와 배도 있었다. 차례 지내는 순간에도 대추, 사과, 배 등 과일만 눈에 들어온다. 차례를 지낼 때 누구에게 절을 하는지는 모르지만 몇 번만 절을 더하면 차례상 과일을 먹을 수 있다는 생각뿐이다. 차례가 끝나면 할머니, 아버지, 형님부터 먹고픈 과일에 손을 댄다. 그 다음으로는 내 차례다. 그래 봐야 겨우 대추나 밤 한두 톨이다. 사과나 배는 세배 하러 오는 손님을 위해 남겨두기 때문에 그림의 떡이 된다. 그래도 명절은 많이 기다려졌다. 명절이면 새 양말을 신을 수 있기 때문이다. 늘 맨발이었거나 겨울에는 구멍 난 양말이나 여기저기 꺼멘 헌 양말만 신고 다닐 수밖에 없었던 때라 창피하기도 했다.

명절이 되어도 새 신발과 새 옷은 기대하기 어렵다. 왜냐하면, 새 신발은 검정 고무신이 다 찢어져야 사 주고, 옷은 항상 형님 것을 손질해서 물려받기 때문이다. 설에는 추석 명절보다 먹는 것은 덜하지만, 세뱃돈을 받는 기쁨이 있다. 할머니로부터 1원, 아버지로부터 1원, 큰아버지에게 세배 때도 받을 확률이 있었다. 고모나 외갓집에 가면 1원 이상의 세뱃돈을 받는다. 우리는 일찍이 성묘를 마치고 걸어서 먼 외갓집이나 고모 집에 간다. 멀리서 조카가 세뱃돈 받으러 인사하러 온 것을 아신다. 세뱃돈 받고 잘 먹고 집으로 휘파람 불며 도착하면 저녁이 된다.

받은 세뱃돈으로 외상값을 갚거나 현금 박치기 구슬치기, 떼기 치기, 자치기 내기를 한다. 코 묻은 세뱃돈을 다 잃으면 울어버리는 친구도 있었다. 1년에 두 번밖에 명절이 없음을 아쉬워했지만 2번이라도 좋다. 빨리 시간이 가도록 또 기다렸다. 그런데 나이가 들수록 그 시간이 빨리 오는 것이 좋은 것이 아님을 알게 되었다. 지금은 왜 이렇게 명절이 빨리 다가오는지 원망스럽네.

6) 고난에 순응했던 엄마에 대한 안타까움

"그 시대가 어떤 시대였는지 알고 싶으면 그 시대의 어머니를 보라."는 말이 있다. 베이비붐 세대들의 엄마는 일제강점기, 6.25 전쟁,

보릿고개를 극복하신 근대사의 주인공이었다. 우리 동네 엄마들은 잘살고 못사는 집 할 것 없이 가사일, 농사일, 소죽 끓이기, 새끼 꼬는 일을 늘 반복하였다.

새끼 꼬는 일은 생계를 위해 꼭 필요한 일이었다. 아버지와 형제들은 새끼를 꼴 수 있도록 준비하는 것을 도맡아 하였고, 엄마가 주로 새끼를 꼬았다. 엄마는 저녁 식사와 부엌 정리를 하시고 바로 주무신다. 그리고는 새벽 2시경에 일어나 교대하여 아침까지 새끼를 꼰다.

엄마는 잠이 모자라 밥상에서도 조는 경우가 많았다. 그래서 우리 엄마의 소원은 잠을 한번 실컷 자보는 것이었다. 큰 소원이 아니었지만, 엄마에게는 거의 불가능한 소원이었다. 농사일 있는 계절은 농사일에, 없는 계절에는 새끼 꼬는 일과 3끼 식사, 빨래, 집 안 청소 등 모든 가사는 엄마의 몫이었기 때문이다. 그리고 엄마는 새끼를 꼬거나 심지어 잠을 잘 때도 머리에 수건을 쓰고 있었다. 머리카락을 싹둑 잘라 머리가 없어진 것을 감추기 위해서였다. 잘린 엄마의 머리는 일본으로 수출하는 가발 머리 재료가 된 것이다.

우리 엄마는 친정 경조사도 거의 찾지 못했다. 갈 시간이 없을 뿐만 아니라 출가외인이라는 관습 때문에 친정집을 잊어버린 것 같았다. 이렇게 고생하고 머리카락까지 팔아 돈을 벌려고 했던 엄마를 할머니는 늘 잔소리와 야단을 치셨다. 할머니와 엄마의 관계는 고부간의 갈등이라는 표현은 너무 사치스러웠다. 상하 명령 관계였고 일방적인 갑질이었다고 생각되었다. 모진 삶의 환경에서도 묵묵히 일만 하신 엄마에 대해 안타까움이 꿈에 대한 도전과 생존력을 강화했다.

증손주까지 92세 엄마 생신을 축하하며 : 2021. 7.

02

가슴 뛰는 꿈을 꾼 계기와 꿈의 로드맵

1) 꿈꾼 계기: 밥풀떼기 3개와 강재구 소령 영화

나의 초등학교 2학년 담임은 여자 선생님이었는데, 전교생에게 대단히 무섭다고 소문이 나 있었다. 나무 교실 바닥과 복도 청소는 늘 반질반질 윤이 나야만 합격을 시켰다. 숙제를 못 해오거나 손을 검사하여 위생이 불량하면 벌을 주고 빰을 사정없이 때렸다. 특히 남학생이 잘못하면 교단으로 불러내어 여학생들이 보는 앞에서 바지를 엉덩이 밑까지 내리도록 하여 "보기 좋죠." 하시면서 회초리로 엉덩이를 마구 때렸다. 그런 선생님의 가르침 속에서도 꿈은 꾸고 있었다.

우리 동네 앞 하천바닥에서 군인들이 숙영하면서 훈련을 하고 있었다. 제일 높은 군인이 밥풀떼기 3개인 대위였고, 지프를 타는 군인이었다. 그 대위에게 우리 할머니가 주무시는 큰방을 비워주고 잠자게 하였다. '군인이 되면 저렇게 대우받을 수 있구나.' 하는 생각에 군인을 동경하게 되었다. 이러한 동경심은 강재구 소령 영화가 기폭제가 되어 육사를 갈망하게 되었다.

초등학교 5학년(1967년) 때 강재구 소령 영화가 학교 운동장 가설극장에서 상영되었다. 주인공 신성일 대위(강재구 대위역)는 부하가 잘못 던진 수류탄을 자신의 몸으로 덮쳐 막음으로써 부하들의 목숨을 건지고 초개같이 산화했다는 주제였다. 영화에는 강재구 대위가 육군사관학교 생도 시절의 여러 활동이 포함되어 있었고, 강재구 소령의 아들이 육사 예복을 입고 아빠 영정에 인사하는 장면이 나온다. 육군 대위가 할머니 방에 숙박한 것과 강재구 소령의 영화는 나의 육사 입교 동기이자 오늘날까지 각인된 위국헌신의 군인 가치관의 원천이었다.

▲ 강재구 소령 동상을 지나며 경례
◀ 강재구 소령 영화 포스터 (모작)

2) 꿈 비전과 목표의 로드맵

초등학교 때는 집에서 시키는 일 하고, 시간만 나면 친구들이랑 장난치고 놀기만 했다. 그러나 중학교 입학 후부터는 스스로 생각하고 육군사관생도라는 꿈을 이루어야 한다는 자각이 들었다. 소 마구간 옆 작은 방을 공부방으로 사용하였다. 나는 공부방 벽에 내가 앞으로 무엇이 될 것이고, 이를 위해 나는 어떻게 해야 할 것인가에 대한 비전과 각오를 써 놓고 실천하기로 하였다.

나의 꿈은 육사 졸업 후에 육군참모총장이 되는 것이었다. 그래서 공부방 벽에는 소위에서 육군 대장까지 진출하는 로드맵과 27살에 대위 진급할 때 결혼할 것이라고 연도별 달성해야 할 목표를 기록하였다.

나의 공부방 벽에는 "나는 결정적인 찬스에 모험과 희생으로 나의 획기적인 발전을 시도한다."는 행동철학이 적시되었고, "I must do, I can do, I will do, I am doing."이라는 꿈의 실천 의지와 자신감을 적어 놓았다. "I must do."는 나는 육사에 가서 장군이 되어야 한다는 목표를, "I can do."는 나는 육사에 들어갈 수 있다는 자신감을, "I will do."는 나는 그 목표를 반드시 실천할 것이라는 의지를 표명했고, "I am doing."은 내가 설정한 목표를 위해 오늘 열심히 하고 있다는 실천력을 강조한 것이다. 나의 공부방에 쓰인 인생 로드맵과 행동철학을 되새기면서 노력한 결과가 오늘의 나라고 생각된다.

03

꿈 근육을 강화하다

1) 호연지기와 담력: 야간 공동묘지 산행

나는 중학교 시절 매일 저녁 공부 끝난 후 밤 11시가 되면 공동묘지 등산을 시작했다. 정상에 도착하면 귀신이 출몰한다는 소문에 공포감을 없애고 체력단련을 위해 공동묘지를 이리저리 뛰어다니다가 고함지르며 하산하였다. 공동묘지를 오르락 내리락할 때는 가끔 여우(늑대)와 노루 등이 출몰하기 때문에 방어 무기로 몽둥이도 가지고 다녔다. 밤에 공동묘지를 오르내릴 때 겁에 질려 머리끝이 바짝 설 때는 기합 소리가 더 커지고 뛰는 속도도 빨라진다.

밤에 나의 고함과 구령 조정 연습으로 동네 사람들은 잠을 설친다고 할머니에게 항의하였다. "두룽 할매! 손자 윤규가 귀신한테 홀려 밤에 공동묘지 올라가 미친 짓을 하고 있으니 좀 말려야 합니다."라는 것이었다. 우리 할머니는 동네 사람들의 항의를 받고 나의 몸에

붙은 귀신을 쫓는 굿을 하였다. 내가 귀신한테 홀린 것이 아니라고 변명해도 소용이 없었다. 그런데 나를 앉혀 놓고 무당이 굿하는 모습을 본 아랫동네 박형도 선배가 나의 진심을 대변해 주셨다. "윤규는 귀신에게 홀려서 공동묘지 등산을 하는 것이 아니고, 육사 가기 위해 간담 키우러 운동하러 가는 것입니다."라고 하였다. 박형도 형님의 한마디에 할머니와 동네 사람들의 오해는 풀렸고 나의 몸에서 귀신 쫓는 굿은 끝났다.

이후부터는 우리 할머니는 일하라고 독려하는 대신 공부하는 것을 용인해 주었다. 야간에 공동묘지 갔다 내려오면 가끔 맛있는 꼬들꼬들한 삼양라면 하나를 반으로 잘라서 끓여 주셨다.

2) 학습능력: 과외 포기, 절로 가다

중3 과외 포기하고 절에서 독학하다

나는 반드시 마산고를 가야만 육사를 갈 수 있다는 생각으로 중3 여름방학 과외수업을 포기하고 집에서 독학을 생각했다. 그러나 집에서 공부할 수 있는 여건이 못되었다. 부모님이나 형제들이 다들 일하는데 공부한다고 골방에 박혀 있을 수도 없었다. 내가 단감 따 먹다가 떨어져 죽음 직전에서 구해주신 '의림사' 스님이 생각났다. 부모님에게 허락을 받지 않고 책과 옷가지만 챙겨서 무작정 의림사로 찾아갔다.

사찰에서 주지 스님께 넙죽 절하고는 과거 어릴 적 생명의 은인이었던 스님 얘기도 하고, 내가 사찰에 온 이유를 설명하였다. 주지 스님은 대견하다는 말씀과 함께 사찰 아래채에 공부방을 하나 내주었다. 옆방에는 수염과 머리를 깎지 않은 30대 청년이 사법고시 준비를 하고 있었다.

나는 그 형에게 깍듯이 인사하고 친해지려고 노력했다. 아침에 일어나 같이 체조로 몸을 풀고 공양을 함께하였다. 그리고 각자 독방에서 공부에 몰입하였다. 사찰 앞 큰 계곡에는 많은 물이 흘러 내린다. 또 큰 버드나무들이 있고 바위가 있어 계곡 물에 발을 담그고 피서를 하기에 아주 좋았다. 공부방이 더울 때는 계곡 물소리 들으며 공부를 하기도 했다. 사찰이라 밥상은 늘 깻잎, 호박잎, 고구마 줄기, 절인 콩, 그리고 콩나물뿐이었다. 그런데 가끔 멸치볶음이 나오는 때가 있었다. 음식을 준비해주시는 보살님이 고시 공부하는 청년과 나를 위해 별도로 장만한 것 같았다.

중학교 때부터 사찰에서 공부할 생각을 어떻게 했을까? 나는 어릴 적부터 인생 방향이나 가르침을 준 멘토가 없었다. 그래서 나 혼자서 생각하고 결정했기에 정제되지 않은 '제멋대로'. 언행과 별종 성격이 형성된 것 같다.

열공으로 명문 마산고등학교 입학

나는 명문 마산고등학교 합격을 했다. 하지만 자랑스러운 입학 소식을 한참 동안 가족들에게 알리지 못했다. 부모님은 상고나 공고 가서 돈을 벌어야 한다고 했다. 동네 어른들이나 아는 형님들이 윤규가 마산고를 가야만 육사를 갈 수 있다. 좀 고생하시더라도 동네 자랑인데 마산고 다닐 수 있도록 하라면서 조언과 칭찬을 해 주셨다.

난 마산고 합격을 위해 나름 3년 동안 집안일 다하면서 공부했고, 심지어 의림사에서 풀반찬 먹으면서 독학까지 했는데 가족들이 알아주지 않아 대단히 섭섭했다. 아무리 공부를 잘했어도 가난 때문에 상급학교 진학을 포기하고 스스로 '공돌이, 공순이'라고 자조 섞인 말을 하면서 고생한 친구들을 생각하면 지금도 마음이 아린다.

내가 그들과 달랐던 것은 그 친구들이 가진 효심(?)과 꿈을 만들어야 한다는 내 야심(?)의 차이인 것 같다. 내가 마산고를 들어가게 되어 형님과 동생들은 더 많은 고생을 해야 했다. 더군다나 덕규 동생은 입학금 때문에 중학교에 못 가고 야간 재건학교에 갈 수밖에 없었다. 그러나 덕규 동생은 야간 재건학교 졸업 후에 기술을 배워 지금은 창원에서 잘 나가는 ㈜한진전기공업사 사장이 되었다. 주경야독으로 대학원까지 졸업하였다. 동생 덕규는 형님 군 생활에 지장을 초래하니 형수는 돈 얘기하지 말라고 하면서 생활비도 도와주기도 하였다. 지금도 나의 고등학교 입학을 이해 해준 형과 동생들에게 미안하고 정말 고마운 마음을 간직하고 있다.

3) 리더십: 선생님 교체와 고발, 항의 데모

나의 꿈이었던 육군참모총장은 60만 대군을 이끌고 있다는 것을 알았다. 내가 60만 대군을 지휘 통솔하려면 리더십이 있어야 한다는 생각을 하였기에 무조건 급장이나 회장 선거에 도전하였다. 그 결과 초등학교 2학년부터 5학년까지 급장을, 6학년 때는 전교 어린이회장으로 선출되었다. 중 1학년, 2학년에서도 반장이 되었다. 1970년 3월에, 중 3학년 회장 선거 후보는 나랑 3명이었다. 투표결과 전교생 800여 명 중 16표 외는 전부 나에게 투표함으로써 98% 압도적인 득표율로 당선되었다. 내가 당선된 이유는 공부를 잘했고, 1~2학년 때 반장을 하였으며, 씨름뿐만 아니라 싸움도 잘했고, 육군사관학교를 간다는 소문과 평소 활달한 성격으로 이 동네 저 동네 다니면서 많은 친구를 사귀어 놓았기 때문이었다.

선생님 교체를 건의하다

당시 고교 영어시험은 대부분 문법, 발음기호, 해석 등이었다. 그런데 새로 전출 온 중앙대 영문과 출신 영어 선생님은 고교시험에 나오지 않는 영어 회화와 상용구 위주로 가르쳤다. 발음도 원어민에 가까운 발음으로, 발음기호 위주로 익숙했던 우리로서 들리지도 않았다. 예컨대 'yesterday'를 '예스라레이'로 발음하고, 'water'을 '워러'라고 발음하였다. 즉 'T' 발음을 생략하거나 'L'로 발음하였다. 그리고 상용구를 강조하셨다.

회화에는 도움이 될지 모르지만, 고교 영어시험에는 도움이 되는 수업이 아니었다. 나는 존경하였던 홍인석 교장선생님에게 찾아가서 사실대로 말씀드리고 영어 선생님 교체 건의를 드렸다. 영어 선생님을 새로 찾는 데 시간이 걸린 것 같았다. 정식으로 발령받아 오는 동안 숙대 교습생이었던 김경순 선생님이 오셨다. 이분은 예쁘기도 하고 영어를 재미있게 가르쳐 주었다. 팝송도 가르쳐 주고 학생들에게 친근하게 다가와서 가르쳐 주셨다.

몇 개월 후에 정식으로 영어 선생님이 오셨다. 그런데 새로 온 영어 선생님은 나의 요구대로 문법, 해석 위주로 가르쳤다. 그러나 이 선생님은 경남 진주 출신이라 경상도 사투리와 이상한 억양이 혼재되어 우스운 영어 시간이 되었다. 더는 선생님 교체 건의를 할 수 없었다. 중이 절이 싫으면 절을 떠나라고 했다. 내가 중3 여름방학 때 과외수업을 하지 않고 의림사에서 독학한 것도 이러한 선생님들의 수준도 동기가 되었다.

교복비 추가에 항의 데모 주동

1970년 3월 중순쯤 중학교 하복(당시 푸른 상의, 쑥떡배 하의)을 단체 구매하면서 450원 하는 것을 700원을 받았다. 나는 학생회장으로서 선생님께 항의하였고, 250원을 반환해 주도록 건의하였다. 그런데 선생님은 "학생회장이라는 놈이 공부는 하지 않고 무슨 쓸데없는 소리를 하느냐?"고 하시면서 나의 빰을 후려쳤다. 나는 졸지에 양

뺨이 벌겋게 달아올랐다. 나는 이 사건을 계기로 긴급 학생회를 소집하여 자초지종을 설명하였다. 그리고 내일 식목일에 등교를 차단하고 항의 데모를 하도록 하고 각자에게 임무를 부여했다. 정 무상 기율 부장에게는 학교 정문, 후문을 차단하고 항의시위에 동참토록 하였다.

식목일이라 9시에 운동장에서 교장 선생님 주관 전교 조회가 예정되어 있었다. 나는 8시 30분부터 출입문을 봉쇄하고 학생들에게 항의 구호를 외치게 하였다. "교복비 추가 웬 말입니까! 추가 교복비 돌려주세요."라는 구호였다. 일부 학생은 학교 돌담에 있는 돌멩이를 빼내어서 던지기도 했다.

마침, 삼진중학교 식목일 행사를 취재하러 온 경남일보 기자가 이 광경을 목격했다. 조금 있으니 담당 선생님이 학생들 요구사항을 들어 주겠다고 하면서 항의 데모를 중지하도록 하였다. 그 기자가 선생님들께 기사화되지 않도록 해 주는 조건으로 돈을 돌려주도록 한 것 같았다. 식목일 본연의 행사는 흐지부지 끝났지만, 교복비 추가에 항의 데모는 성공적이었다. 나는 중학교 때 항의 데모를 주동한 최초의 인물로 기록될 것이다. 독립운동 때 항일 데모를 제외하고는….

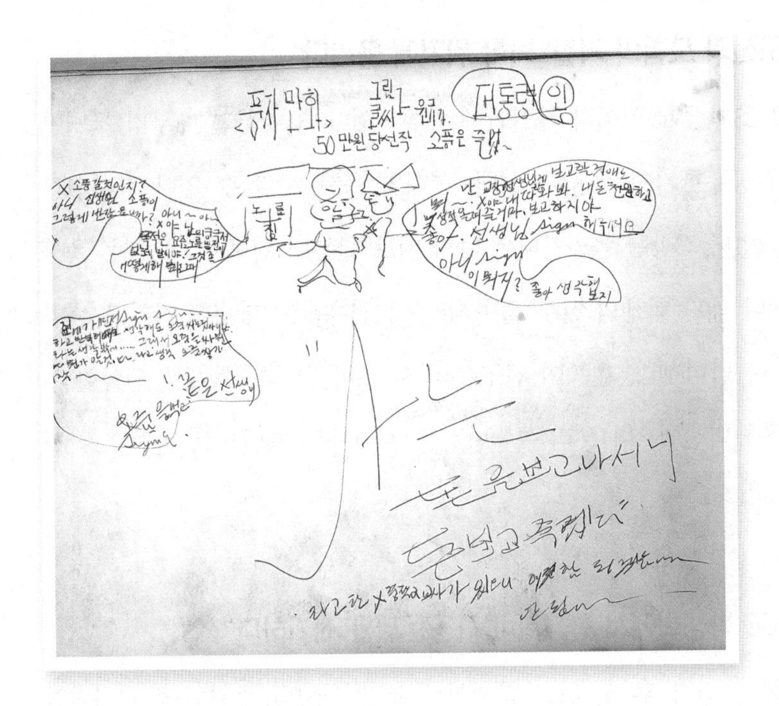

중학교 졸업앨범에 선생님에 대한 비판과 개선할 점 3가지를 기록하다.

4) 도전과 모험의 기질: 퇴학 위기에 몰리다

고 3학년 때도 이과 특별반에 선발되었다. 1~2학년 때부터 특별반에서 공부했기에 서울대, 고대, 연대와 육사는 갈 수 있다는 자신감이 있었다. 3학년 올라가니까 나의 멘토 현봉이 친구가 "윤규야, 육사 갈테니 네가 학생회 간부 출마해라."고 권유하여 학생회 간부로 출마했으나 낙마했다. 현봉이 친구는 다시 우리 반 학생들에게 선동한다. 윤규가 낙선했으니 우리 특별반장을 시키자는 제안으로 반장으로 선출되었다.

전교 학생회에서 학생회비 사용문제를 제기하다

3학년 진학 후 첫 전교 학생회가 교감 선생님 주관하에 개최되었다. 회의가 끝나고 질의시간이 되었다. "교감 선생님! 등록금에 학생회비까지 포함되어 있었는데 그 학생회비는 어디에 쓰고 있는지 밝혀주십시오."라는 항의성 질문을 하였다. 당시 교감 선생님은 3학년 친구의 아버지였다. 기습질문을 받은 교감 선생님은 당황하면서 답변보다는 나를 꾸짖기 시작했다. 그리고 나를 교무실로 호출하였다. 쫄쫄 따라갔다. 우리 담임 선생님이 계시는 앞에서 나에게 호통을 쳤다. 그리고 담임선생님에게 인계했다. 나는 모든 선생님이 쳐다보고 있는 교무실에서 담임선생님에게 빰을 얻어맞으며 모멸감을 당했다. 내가 너무 경솔했나 자문해 보았지만, 별로 잘못한 것이 아닌 것 같았다.

후배에게 폭행당한 친구의 울음에 참을 수 없었다

점심식사 시간에 반 친구가 눈물을 흘리고 있었다. 왜 그러느냐고 물었다. 2학년 후배에게 얻어맞아 원통해서 울고 있다는 것이다. 나는 마산고 전통에 있어 하급생이 상급생을 폭행한다는 것은 있을 수 없는 것으로 생각했다. 따라서 폭행한 해당 반 전체 학생을 운동장에 집합시켜 놓고 얼차려를 시켰다. 오후 수업시간까지 방해하면서 얼차려 교육을 시켰다는 이유로 징계위원회에 회부되었다.

반장 책임진다, 봉황기 야구 응원전에 참가하라

대학 예비고사를 위해 마지막 몰입을 할 9월 중순, 봉황기 야구 경남 대표 선발을 위해 마산 상고에서 우리 학교와 예선전이 벌어졌다. 전교 학생회에서 오후에 수업을 전폐하고 응원하러 가도록 건의하였다. 그런데 우리 담임선생님은 교장 선생님에게 3학년 5반은 응원에 참석하지 않고 자습시키겠다고 건의하여 승인을 받았다. 당시에 마고 야구팀은 3학년 강정일 선수가 '노히트 노런'으로 전국적으로 인기를 끌고 있었던 때였다.

전교생이 다 응원에 참여하는데 우리 반만 참석 못 하게 하니 반 친구들은 "반장 뭐하냐?"고 항의를 하였다. 그리고 다른 반 친구들도 "너희들은 마고 학생이 아닌가, 공부가 중요하냐, 그만두고 응원 나와라!"고 비아냥거렸다. 나는 다시 한번 담임선생님에게 건의하였지만 허사였다. "내가 책임질 테니 응원 가는 것은 자유이다. 마음대로 행동하라."고 했다.

일부 반원은 자습하고 있었지만 대부분 반 친구들은 나의 모험적인 발언을 믿고 교문을 뛰쳐나갔다. 3학년 담임선생님들에 의해 몇몇 반 친구들은 잡혀들어왔다. 이 사건에 대한 책임으로 나는 즉시 교장 선생님에게 불려갔다. 나는 징계위원회에 회부 되었고, 3일간 교무실에서 벌을 받았다. 그런데 우리 반 친구들의 의리가 폭발하였다. "만약 이윤규 반장을 퇴교나 무기정학 등 징계를 하거나 풀어주지 않으면 3학년 5반 학생들은 공부를 포기하겠다." 하고 농성이 시작되었다.

급우들의 의리 있는 반항 때문에 나는 아무런 징계도 받지 않고 담임선생님에게 몇 대의 빰만 얻어맞고 풀려났다. 나는 육사 1차 시험에 합격하고 2차 체력검정, 신체검사, 인물·면접을 준비하고 있었다. 2차 시험에는 교장 선생님의 추천서와 보증인이 있어야 한다고 했다.

나는 추천서 때문에 교장 선생님께 찾아갔다. 그러자 교장 선생님 말씀이 "이윤규, 너는 특별반 반장을 하면서 3번에 걸쳐 물의를 일으킨 놈이다. 너 같은 놈이 육사 가면 탱크를 남쪽으로 몰고 올 놈이다. 나는 육사 입학 추천서를 써 줄 수 없다."라는 것이다. 육사 추천서를 받지 못한다니…. 하늘이 무너지는 것 같았다. 나는 실망하면서 시간을 허비할 여유가 없었다.

이제 육사 1차 필기시험은 합격했기에 공부는 필요 없다. 우선 추천서를 받아야 했다. 확인해보니 교장 추천서를 대신할 수 있는 것이 장군의 추천서라고 했다. 그래서 나는 오후 수업을 빠져가면서 장군추천서를 받기 위해 경남 향토사단장인 39사단장(준장), 김해 공병학교장(준장), 진해에 있는 육군대학 총장(소장)을 찾아갔으나, 만나지도 못하고 돌아와야만 했다.

그러나 친척 중 한 분이 법원 5급 공무원이었다. 그분을 보증인으로 서류를 첨부하여 육사 2차 시험에 접수했다. 운 좋게 2차까지 합격했다.

무학산 정상과 3.15 의거탑에서, 늘 저항정신, 야망·의지에 찬 주먹 포즈

50년전 저항의 주먹은 관악산 태극기에 대한 경례로

육사 80년사에 모교 교장의 추천서가 없이 입학한 생도는 육사 25기 선배와 나 둘밖에 없다는 것을 알고는 오히려 추천서 없이 육사 입학한 것이 자랑스러웠다.

04

꿈을 향한 열정이 생존환경을 지배하다

1) 만원 버스 차장 '오라이' 등굣길

나는 중학교 다닐 때까지 실물 기차를 본 적이 없었고, 기차를 타 보고 싶어 현봉이 집에 따라갔다. 첫 기차를 타는 기분은 잊을 수 없다. 특히 초봄에 넓은 평야를 지나는 기분, 커브 철로에서는 기차 뒤 열차 칸과 기관차도 다 보였다. 뱀이 기어가듯 유연하게 달리는 기차 안은 너무나 행복하고 기분 좋았다.

첫 고교생활 6개월은 만원 버스 차장 아가씨의 "오라이!" 소리 들으며 등교하였다. 빨간 베레모를 덮어쓴 차장 아가씨가 버스 문에 몸을 매달린 채 "오라이!"라고 외친다. 만원 버스는 비포장 자갈길에 시커먼 매연을 뿜으며 '부릉~ 부~ 부릉~' 하고 힘겹게 소리 내며 또 자갈길을 달린다. 만원 버스는 5개 마을을 통과하면서 운전사는 한 사람이라도 더 탈 수 있도록 좌우로 버스를 흔들어 대고, 차장 아가씨는 온몸으로 밀어붙이고 겨우 문짝을 닫는다. 만원 버스에 이리저리 밀치고 떨치고 나면 내릴 때는 힘이 다 빠진다.

내가 타고 다닌 통학 길은 사고 위험이 큰 동전 고개가 있다. 만원 버스는 동전 고개 밑에서 자주 멈춘다. 버스 승객은 모두 하차하여 버스를 밀고 고개로 올라간다. 고갯길은 경사도 급하고 구불구불하여 브레이크 파손 등 사고도 자주 났다.

1972년 추석 전날 동전 고개에서 버스 한 대에 89명을 태워 이동하다가 120여 미터 계곡으로 구르는 사고가 있었다. 이 사고로 귀향길의 삼진면 주민 9명이 사망하고 80명이 중상을 입었던 최악의 버스 사고도 있었다. 나는 마산에서 자취나 하숙을 할 수 없었던 처지라 위험한 만원 버스에 6개월 동안 몸을 싣고 다녀야 했다. 버스통학 6개월 동안 학교생활과 마산 시내 구경, 친구 집 사는 모습들에 익숙하였고, 친구들과도 많은 교류가 있었으며 나름대로 나의 위치도 확보하였고 공부도 적응이 되었다. 이제는 육사 도전을 시작할 때라고 생각했다.

버스 차장 아가씨 / 통로에 매달리는 통학생들

2) 통학에서 자취생활로 전환하다

마산합포구 월남동에 옛날 일본강점기 때 판자촌 같은 허름한 집에서 김남태 형이랑 자취를 했다. 특히 남태 형은 나를 동생처럼 잘 대해주면서 공부 잘하는 것을 대견스러워했다.

2학년이 되어서는 자취방과 자취생도 바뀌었다. 중학교 친구 현규와 강규랑 3명이 북마산 제비산에 부엌 딸린 단칸방으로 이동했다. 처음에는 돌아가면서 밥도 짓고, 설거지도 하기로 약속했다. 그런데 한 달도 되지 않아 나의 타고난 외향성 성격이 드러나 버렸다. 매일 친구 집에 가서 들어오지 않거나, 자취방에 올 때는 친구들을 데리고 와서 현규, 강규 친구가 어렵게 준비한 끼니를 다 먹어 버리곤 했다. 월초에는 각자 집에서 잡비 1만 원에 쌀 1말을 가져온다. 나는 친한 친구들 불러놓고, 막걸리와 떡을 사서 마음껏 먹어 버린다. 한 달 동안 먹고 써야 할 것을 하루 만에 다 소진해 버렸다.

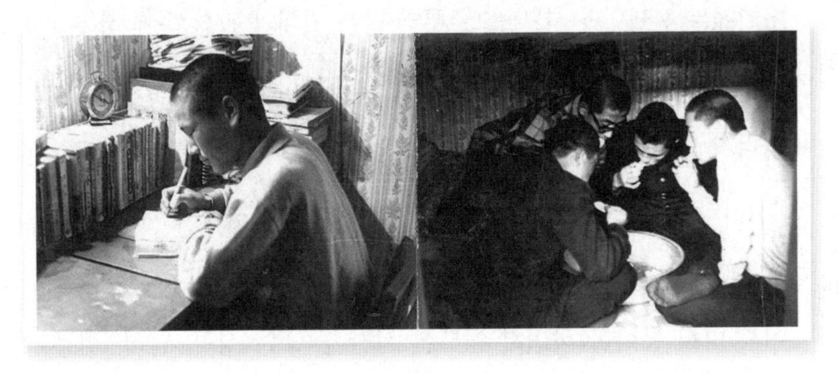

고교 자취방, 친구들 불러 떡과 막걸리로 한 달 먹을 식량/잡비 다 소비

내가 밥 당번이 될 경우는 나의 주특기 김치, 라면, 밥, 반찬을 솥

에 넣고 혼합 밥 죽을 만드는 것이다. 밥도 아닌 것이 죽도 아닌 것이 무슨 맛인 줄 모르고 저녁 한 끼를 때웠다. 솥이 타서 설거지도 하기 어려웠다. 설거지도 대강해 놓으면 주인집 꽃새 누나가 도와주었다. 나는 그 누나가 고마워서 누나 동생 문돌이 공부도 가르쳐 주었다.

3) 알바생? 무위도식 생활하다

자취나 통학은 공부하는 여건도 미흡하고 시간 낭비도 많았다. 마치 현규 친구가 제비산에서 자취 생활하다가 헤어졌지만, 나에게 중학교 선생님 댁의 큰아들 공부를 가르치는 조건으로 공짜 하숙생을 하라고 제의했다. 나도 시간도 확보할 수 있고, 숙식도 해결할 수 있으니 쾌히 받아 들였다.

초기에는 선생님과 사모님으로부터 많은 기대와 관심 속에 하루 1시간 정도 과외를 시켰다. 그러나 3개월 정도 지나도 과외수업 효과가 잘 나타나지 않았고, 나도 공짜 숙식을 하고 있다는 생각에 스트레스가 쌓여 시력도 나빠졌다. 나는 시력을 회복하고 내 공부에 매진해야 한다는 얘기를 하고 선생님 집의 아르바이트 생활을 끝냈다.

이후 다시 통학을 하면서 대부분 시간을 성수, 상규, 남국, 현봉이 집을 찾아가 공부하고 숙식을 해결하였다. 무엇보다 친자식과 같이 숙식을 허락해주시고 격려해 주신 친구 부모님들이 정말 고마웠다.

내가 통학을 하고 있을 때 반 친구가 나를 불렀다. "윤규야, 우리 부친께서 네가 내 동생 아르바이트했으면 좋겠다."고 말씀하셨다. 우리 집에서 숙식하고 나랑 같이 등하교하면 된다고 했다. 그러자고 하고 친구 집에 갔다. 우선 집이 너무 좋았고, 별도의 내 방도 마련되어 있었다. 그리고 화장실 변기가 수세식 비데였다. 식사는 계란찜을 비롯하여 너무 화려했다. 친구가 하교하면 바로 마루에 앉아 식모가 양말을 벗겨주고 발을 씻어주었다. 나는 너무나 확 달라진 부잣집 의식주 환경에 적응하기가 곤란했다. 제일 괴로운 것은 수세식 비데 화장실 사용하는 것이었다. 버튼을 누르니까 물이 솟아올라 내 얼굴에 조준되었다. 그리고 변기 물 내려가는 소리가 너무 커서 혹시 아랫방에 친구 부모님이 잠에서 깨실까 봐 걱정스러웠다. 그래서 소변을 볼 때는 살짝 나가서 주변에 적당히 해결하곤 했다.

또한, 나는 분명 동생 아르바이트하는 대가로 무료 숙식을 하는 줄 알았는데. 내가 아르바이트해야 할 친구 동생은 나보다 훨씬 잘하는 소위 SKY 출신에게 과외를 받고 있었다. 나는 무엇 때문에 친구 집에서 숙식하고 있는가? 왜 여기서 무위도식하는 것일까? 의문을 품게 되었다. 2달 정도 같이 숙식을 하게 되었다. 내가 친구에게 숙식하게 된 진짜 이유가 무엇인지 알아보았다.

그 친구의 말에 의하면 내가 아르바이트로 온 것이 아니고, 부모님이 도전 정신이 있는 나랑 친구가 되었으면 하는 바람으로 불러들인 것이라고 하였다.

05

구사일생 행운이 꿈을 응원하다

1) 단감 따려다가 탱자나무에 처박히다

탱자 울타리 감나무밭이 있었다. 초등학교 5학년 가을에 몰래 단감을 따기 위해 계단밭에서 뛰어 단감나무 가지를 잡았다. 그런데 그 가지가 두어 번 출렁출렁하다가 그냥 부러져 버렸다.

나는 탱자나무 울타리에 처박혔다. 감이 익어가는 가을이면 탱자도 노랗게 물들고, 그 탱자 가시는 최대로 성이 나서 송곳처럼 날카롭고 튼튼해진다. 탱자 가시들이 나의 머리, 목, 등, 엉덩이 허벅지에 박혀 피가 줄줄 샜다. 동네 외진 곳이라 사람도 잘 다니지 않는다. 고함도 칠 수 없었고, 고통이 심해 포기한 상태였다. 그런데 구원의 손길이 찾아왔다. 의림사 스님이 동네 시주를 하고 사찰로 돌아가는 길에 신음하고 있는 나를 발견한 것이다. 스님은 혼자서 나를 구할 방도가 없었다. 탱자나무에 처 박혀 있는 나를 달랑 들어올려야 하는데 수단이 없었다. 스님은 급히 200m 정도 떨어진 감나무 주인집에 가서 주인과 같이 낫과 톱, 가마니를 가지고 왔다. 탱자나무를 톱으로 자르고, 가마때기를 탱자나무 가지에 걸치고 나를 그 위에 끌어내었다. 인연이라는 것은 묘했다. 내가 마산고 시험 준비를 위해 여름방학 때 과외수업을 포기하고 절로 들어가서 독학한 곳이 바로 의림사였다. 지금도 고향 가면 가끔 의림사에 간다. 생명의 은인인 스님! 이 세상에 계시는지 모르겠지만 이제야 글로서 감사한 마음을 전합니다.

감나무 밭 울타리 탱자나무 가시

2) 하천 소용돌이에 빨려들어 가다

우리 마을 앞에는 2014년 태풍 때 시내버스가 떠내려가 많은 인명사고를 낸 사동교가 있다. 의림사 계곡과 서북산에서 내려오는 하천물이 만나서 소용돌이가 일어나는 곳이다. 깨끗한 하천물이라 주변 마을에 있는 청소년들이 모여 수영과 물놀이를 즐기는 곳이다.

내가 초등학교 4학년 여름방학 때이다. 며칠 동안 장마가 온 이후라서 사동 하천은 물살이 아주 세고 소용돌이도 강했다. 나는 막내 경규 동생을 등에 업고 거친 물살에 덤벼들었다. 10m쯤은 물살에 떠밀려 제대로 평형을 유지하였으나, 하천 중간쯤에 가서는 센 물살 소용돌이에 휘말려 하천바닥으로 뱅뱅거리며 빨려들어 가버렸다.

동생은 등에서 떨어져 친구들이 건졌다. 나는 하천바닥에서 뱅글뱅글 돌기만 하고 나올 수가 없었다. 물을 많이 먹어 더욱 움직일 수 없었고 정신을 잃어버렸다. 나중에 깨어나니까 하천가에 많은 사람이 둘러싸여 있었다. 내가 힘이 빠져 더는 움직이지 않으니까 소용돌이도 나 같은 만용을 부리는 자는 필요 없었는지 떠내려 보낸 것 같았다. 내가 동생을 등에 업고 물살에 몸을 던진 이유도 수영에는 자신이 있었기 때문이다. 여름방학 때가 되면 소를 뒷산에 방목시키고 어린애들은 1km 떨어진 바닷가 영지물이라는 곳에 가서 수영하곤 했다. 수영하다 보면 배가 빨리 고파진다. 허기를 채우기 위해 바닷가 바위틈의 미역을 따서 먹거나 작은 고기나 게를 잡아 날것으로 먹었다. 좀 더 깊은 곳에 가서 해삼을 잡아먹기도 했다.

초등학교 6학년 때는 멸치어장에 삶아 말려놓은 멸치를 훔쳐 먹기 위해 1km 정도 떨어진 무인도로 헤엄쳐 접근하기도 하였다. 힘이 빠지면 배영으로 파도에 몸을 맡기고 푸른 하늘 쳐다보며 한 줌 쥔 멸치를 먹고 힘을 내기도 했다.

3) 나무뿌리 끊어져 계곡으로 굴러떨어지다

초등학교 5학년 가을 토요일 오후였다. 나의 일상이 시작되었다. 또 오후에 나무 땔감을 해야 했다. 마을 뒷산 공동묘지 밑으로 동구리(나무를 자르고 난 밑 뿌리를 캔 것)를 하러 갔다. 나는 동구리 나무를 하기 위해 곡괭이, 톱, 도끼를 준비했다. 산꼭대기 하단부 비탈진 곳에 둥구리가 있었다. 나는 뿌리를 온전히 자르기 위해 주변을 넓게 흙을 파내고 도끼로 뿌리를 자르기 시작했다. 여러 번 흔들어 보기도 했지만 잘 빠지지 않았다.

또다시 도끼로 뿌리를 잘랐다. 이제는 쏙 빠지겠다는 판단이 들어 나무뿌리 윗부분을 잡고 몇 번 흔들면서 힘껏 아래로 당겼다. 그런데 이 뿌리가 '뚝' 하면서 빠졌다. 나는 급경사 아래로 힘차게 당기고 있었기에 그 뿌리랑 같이 경사진 산 아래로 데굴데굴 굴러서 70m 계곡에 처박혔다. 소를 먹이던 사람들이 내가 계곡에 처박혀 있는 것을 발견했다. 머리는 까져서 군데군데 해골이 보이고, 얼굴이고 손발은 상처투성이에 기절상태였다고 했다. 응급처치한 후 집으로 데리고 와서 상비약(머큐로크롬액)으로 소독하고 편히 자게 했던 것 같았다. 그다음 날은 머리, 얼굴, 손 등을 감아 메고 등교했고, 또 소 먹이러 갔어야 했다. 모질게 자랐다.

우리 동네는 6.25 전쟁 때 진동리 전투 격전지이었기에 여기저기 불발탄이 많았다. 불발탄을 화약만 빼고 고철로 만들어 엿이나 아이스케키와 교환해 먹기도 했다. 내가 뒷산에서 박격포 불발탄을 가져와서 탄피를 제거하기 위해 불발탄을 돌멩이로 부수고 있었다. 보고 있던 여자 친구가 "윤규야! 터지면 죽는다. 고만해라."고 충고하는 바람에 그만두었다. 그 여자 친구가 구세주였다.

어릴 적 모험과 만용이 내 생명을 위태롭게 했다. 하지만 생명의 행운은 늘 나와 함께했다. 그래서 나는 겁 없는 골목대장으로 성장하였고, 만용도 모험도 즐겼다. 생명에 대한 걱정도 없어졌다. 구사일생도 꿈길에 행운과 응원을 안겨 주었다.

02

군인의 길에 자양분이 된 육사

육사인에게 말하지 않고 이심전심으로 서로를 통하게 하는 독특한 언어, 행동 패턴과 사고방식, 정신과 이념인 **'청백대열'**이라는 공통된 가치가 있다. 선후배의 엄격한 위계질서가 있으면서 끈끈한 연대감과 우정으로 육사의 이념과 가치를 공유한다. 특히 육사의 교가를 부를 때 우리 모두는 하나가 되며 가슴속에서 울컥하는 감정이 용솟음친다. 또한, 사관생도의 신조를 소리 높여 외칠 때 우리 모두는 정말 순수한 마음으로 그 신조대로 살 것을 다짐한다. 나는 1974년 1월에 육사 34기로 입교하여 1978년 3월에 소위로 임관하였다.

육사 4년간 **"국가와 민족을 위하여!"**라는 성스러운 말을 수없이 듣고 외치며 인간한계를 초월하는 혹독한 수련의 시간을 초인적인 노력으로 버티어 냈다. **'30센티 자'**로 상징되는 생도대의 엄격한 내무생활, 교수부에서 통과해야 할 **무감독 명예시험에 의한 일일·장말·기말시험** 등 총 4,000번 이상의 시험, 석양이 길게 드리우는 해지는 저녁, 완전군장으로 하기식에 하강하는 태극기를 바라보며 무한한 자부심으로 가슴이 울컥하던 기억, 수없이 오르내리던 92고지, 각종 의식과 행사 등 빈틈없는 일상 속에서 **'절차탁마와 호연지기'**의 4년을 보냈다. 졸업한 지 44년이 지났지만, 육사 4년간의 인고와 수련의 기억은 생생하다.

– 사진, 글: 육사 26기 임관 50주년 기념 문집 인용, 재편집

01

아 ~ 우리 육사*

1) 육사 교훈·교가

국가방위에 헌신할 수 있는 육군의 정예장교 육성

– 智 (지): 긴박하고 복잡한 상황 속에서도 확고한 가치관을 토대로 핵심을 꿰뚫는 통찰력과 판단력을 발휘하는 지적·인식적 역량이다.

– 仁 (인): 참된 인성과 엄격한 자기절제를 바탕으로 타인을 존중하고 구성원과 소통함으로써 단결력과 전투력을 고양시키는 인격적·사회적 품성이다.

* 육사 홈페이지 인용, 재편집

– 勇 (용): 투철한 사명감과 명예심 강인한 의지와 체력을 바탕으로 생명의 위험과 불의의 유혹을 극복하는 가치와 신념의 언행이다.

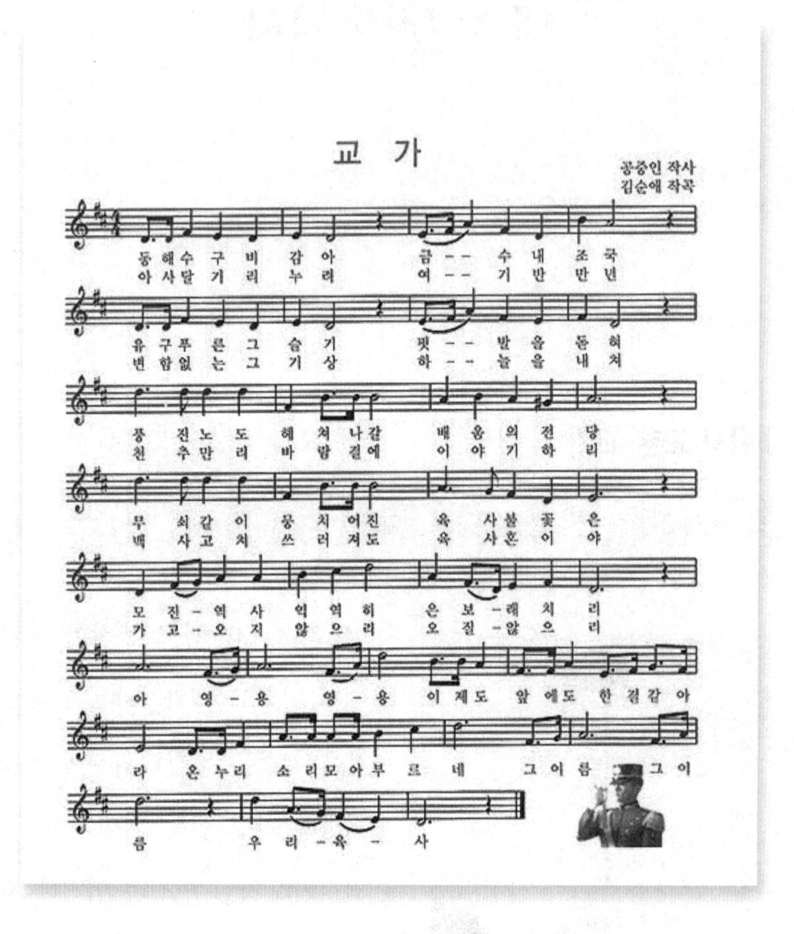

육사 교가는 6.25 전쟁 중 종군작가단에서 활약하던 공중인 시인이 가사를 짓고, 우리나라 최초의 여류 작곡가인 김순애 교수가 부산 피난민 수용소에서 작곡한 작품이 당선되어 교가로 채택되었다. 사관생도들은 행사 때마다 육사 혼이 담긴 교가를 힘차게 부르면서,

위국헌신 군인 본분의 사명감을 마음속에 되새기며 국가와 군을 위해 헌신하고 봉사하는 정예장교가 될 것을 굳게 다짐한다.

2) 육사 명예제도와 사관생도 신조·도덕율

육사명예제도는 사관생도 신조와 도덕률 실천으로 명예시험(무감독 시험), 3금 (금주, 금연, 금혼), 명예신고(명예제도 위배했거나 위배사항을 인지하면 자진 보고)가 있다.

또한, 생도 명예 자치위원회에서 명예 위반 생도에 대해서 퇴교 등 징계가 건의·결정된다. 육사 명예 제도는 군 장교로서 견지할 인품과 군인정신의 기저이다.

명예는 개인의 능력을 좀 더 높은 가치에 사용하도록 하는 인격의 선행조건으로서 '인격과 능력을 겸비하고 조국에 평생 봉사하는 미래육군의 리더'가 되어야 하는 사관생도에게 최우선적이고, 필수적인 구비 요소로서, 이를 실현하기 위한 제도가 명예제도이며 사관생도 신조와 도덕율로서 구현한다.

사관생도 신조

하나. 우리는 국가와 민족을 위해 생명을 바친다.
하나. 우리는 언제나 명예와 신의 속에 산다.
하나. 우리는 안일한 불의의 길보다 험난한 정의 길을 택한다.

사관생도 도덕률

하나. 사관생도는 진실만을 말한다.
하나. 사관생도의 행동은 언제나 공명정대하다.
하나. 사관생도의 언행은 언제나 일치한다.
하나. 사관생도는 부당한 이득을 취하지 않는다.
하나. 사관생도는 자신의 언행에 대하여 책임을 진다.

3) 육사 생도 자치제도

육사 생도는 지휘기법을 터득하기 위해 생도 자치지휘체제를 실시한다. 교수부 수업 외 모든 일과와 생도생활은 생도자치제도에 의해 이루어지며, 자치 근무 생도는 4학년 여단장 생도에서 1학년 중대 선임생도까지 전 학년이 직위별로 담당하게 된다. 이러한 생도자치제도의 지휘에 대한 시행착오나 군 지휘경험 부족 등을 고려하여 중대별로 훈육관(소령)이 편성되어 있다. 훈육관은 생도들이 교수부에 수업받으러 학과 출장한 후 중대 내무반을 순찰하면서 관물정돈과 청소를 확인하고, 편지나 일기를 검열하여 생도 생활 상태를 점검하기도 했다. 육사 생도의 일기 쓰기는 선택이 아니고 의무이며, 일기가 검열된다는 것을 모르는 생도들은 생도 생활에 대한 회의감이나 상급생도나 훈육관에 대한 비판의 글을 쓰는 경우가 있다.

그 사례가 박지만 생도(육사 #37)의 일기 내용에서 잘 드러났다. 박지만 생도의 일기에 '우리 훈육관보다는 2학년 선임 생도(육사 #36 김종업 생도)가 나를 진정한 육사인으로 만들려고 더 강하게 교육시키고 있다. 2학년 선임생도님이 진정 군인다운 면모가 있다. 그래서 훈육관보다 선임 생도님을 더 존경하고 믿는다.'라는 식의 내용이었다.

육사 생도들은 '총알은 출신 구분 따지지 않고 날아가지만 쉽게 판별되는 금수저 표적에 명중할 확률이 더 높다.'는 것을 잘 알고 있기에, 금수저 출신을 더 엄하고 강한 교육훈련을 강요하는 경향이 있다.

신분과 출신 차별화하지 않는 육사 혼과 전통이 국민이 바라고, 또 육사 교육목적과 사명을 다하는 것이다. 요즘 MZ세대가 추구하고 있는 공정, 정의, 공평무사의 가치관은 분명 밝은 대한민국으로 발전할 횃불이 될 것이다.

4) 육사 응원구호: 무 락 카

'무락카(Mul-Aca)'는 1953년에 만든 응원 구호로, Military Academy의 앞글자를 따왔으며, 당시 미군 교관들의 발음을 따라

지었다고 한다. '무락카'는 국어, 영어, 라틴어, 독일어 어휘를 혼합하여 필승의 힘찬 결의와 함께 아량과 포용력을 강조함으로써 화랑정신과 기사도 정신의 핵심가치를 골고루 담고 있다.

육사인들은 단결과 승리의 기쁨을 표현할 때 '무락카'를 제창해 왔다. 특히 삼군사관학교 체육대회 등 각종 행사나 모임에서 오른손을 아래위로 흔들면서 '무락카'를 힘차게 외치며 일체감을 드러내는 전통을 가지고 있다.

원문	의역
무락 베니(Veni) 비디(Vidi) 비키 (Vici)! 억쎈 엠에이(M.A)! 바이터러 비거러(Vital Vigor)! 카슈까라 레벤(Leben)! 사자 호랑나! 카레스(Caress)카레스(Caress) 육사! 육사! (2절은 빠르게 원문을 반복)	육사여! 왔노라, 보았노라, 이겼노라! 억세고 강한 육사여! 힘차고 용맹하게 달려가서 묵사발을 만들어라! 그러나 사자나 호랑이처럼 항복하는 자는 너그럽게 살려주겠노라! 나의 사랑 육사여! 나의 사랑 육사여!

02

탈민간인, 절대복종의 육사 기초군사훈련

매년 1월이면 어려운 관문을 통과하여 선발된 가입학 신입생도를 대상으로 기초군사훈련을 5주간 실시한다. 육사 기초군사훈련은 민간인에서 예비 육사 생도로 탈바꿈하고, 군 장교로서 갖추어야 할 기본적인 내적 자세와 신체적 자질, 적성 등을 테스트하는 과정이다. 기초군사훈련은 군 장교로서 극한상황에 적응할 수 있는 강한 정신적·신체적 훈련을 실시하게 된다. 그래서 이 기초군사훈련을 Beast Training(짐승훈련)이라고 칭하고 있다.

1) 군화에 발을, 옷에 몸을 맞추어라

1974년 1월 30일 저녁에 마산역에서 친구들의 환송을 받으며 새마을 열차를 탔다. 만감이 교차하였지만, 육군사관생도가 된다는 기대감에 마냥 들뜬 기분으로 밤을 새우면서 서울역에 도착했다. 신기하게 생긴 지하철을 타고 청량리역에 도착하여 45번 버스로 육사 후문에 도착했다. 유격 마크가 달린 군복을 입고 백테 화이버를 쓴 육사 생도들(기초군사훈련 지도를 맡은 3학년 생도: 이하 백테 생도)이 등록 순서대로 20명씩 줄을 세워 어디론가 인솔하였다.

어두 컴컴한 지하 목욕탕과 이발소였다. "지금부터 귀중품을 제외한 모든 물품은 이 포장지에 넣고 이름과 주소를 쓰라."고 했다. 속옷까지 모두 벗어 포장지에 넣으니까 포장지에 DDT 가루를 뿌린다. 알고 보니 이를 박멸하기 위해 보낼 소포에 약품처리 하는 것이었다.

다음으로 우리는 속옷, 양말, 전투복과 군화를 받았다. 전투화와 전투복의 크기는 상, 중, 하로 구분되었다. 여기저기서 "옷이 맞지 않습니다. 군화가 너무 작아요."라고 웅성거린다. 듣고 있던 백태 생도는 "귀관들! 군화에는 발, 전투복에는 몸을 맞추어라."라고 외친다. 무슨 말인지 이해가 잘 안 된 친구들은 "저는 275밀리입니다. 저는 대(大) 자의 옷이 작습니다. 그리고 뽀다구(맵시나 모양새)가 없습니다."라고 반복해서 건의해 보지만 백테 생도는 애교로 받아넘겼다. 지급된 군화를 신고 전투복에 적당히 자신의 몸을 맞추고는 탈의실 옆에 있는 이발소로 갔다. 10여 명의 이발사 아저씨들이 의자에 앉은 순서대로 이발기로 30초 만에 머리를 가차 없이 밀어버리고는 면도도 하지 않았다. 아쉬움을 표현할 틈도 없이 옆에 있는 목욕탕으로 갔다. 목욕탕 샤워 꼭지에서 찔찔 흘러내리는 온수에 머리와 몸에 물길만 적시고 나와야 했다.

2) Beast Training(짐승훈련)이 시작되었다

그동안은 빈들거리며 느릿느릿 고등학생 태도였던 우리는 백테 생도들의 구령에 재빨리 움직였다. 특히 첫인상을 좋게 해야 한다는 생각에 나는 중학교 때부터 단련시켰던 육사 예비지식을 발휘하기 시작했다. 점심 전 30분 동안 제식훈련을 받았다. 어느 정도 군기가 잡히니까 식당으로 인솔하였다. 8명이 앉은 식탁 가운데 5갤런 식기통과 국자와 국그릇 하나씩 놓여 있었다. 그 5갤런 식기 통 안에는 완전히 식어 퍼져버린 죽라면이었지만, '시장이 반찬'이라고 너무나 맛있게 먹었다.

점심을 먹고 편성된 내무반으로 찾아가니 모든 이불, 속옷 등이 직각으로 접어서 정돈되어 있고, 위생 도구도 일정한 간격으로 정돈되어 있었다. 백테 생도들은 내무정돈하는 것, 일과표, 언행, 금지사항 등을 교육하고는 중대 현관에서 제식동작, 경례, 직각 보행 등을 2시간 동안 훈련시킨 뒤 저녁 식사를 시켰다.

첫 저녁 식사는 분대-소대-중대-대대까지 집합보고를 하고, 최고 사령관격인 생도의 훈시를 듣고 식당으로 입장하였다. 저녁식사 메뉴는 쌀보리 혼합 밥에 김치, 국, 멸치 3찬이었다. 일직사령생도의 통제 속에 배식하고, 식사에 대한 감사의 묵념 후 "식사 개시!"라는 구령에 따라 일제히 직각 식사를 했다. 처음 해보는 직각 식사라 어색하기도 하고 자꾸만 흘렸다. 앞 생도의 직각 식사하는 모습을 보며, 낄낄대면서 천천히 먹고 있었다. 그런데 일직사령생도가 "동작 그만! 식사 끝 퇴장."이라는 구령이 내려졌다. 농담하는 줄 알았다. 모두 멍하니 있으니 숟가락 놓고 일어서 나오라는 것이었다.

우리는 식사 후 바로 큰 연병장에 인솔되었다. 백테 생도는 "오늘 저녁 상급생도들이 가입교 환영 행사를 한다. 행사장으로 보무당당하게 입장하기 위해 제식훈련을 잘 배워야 한다."라고 강조하고, 3시간 동안 얼차려씩 제식훈련을 시켰다. 드디어 상급생도들의 사자굴(환영 대열)에 섰다. 양쪽 300여 미터 대열이었다. 백테 생도는 상급생도들이 격려 푸싱과 어깨를 치더라도 전방만 쳐다보고 전진하라고 했다. 우리는 시키는 대로 800여 명의 상급생도 박수와 함성에 짓눌리면서 거의 구타 수준으로 어깨를 치고 푸싱을 당하면서 도열 터널을 뚫고 환영대열에 도착했다. 예복을 착용한 여단장 생도가 나타나 훈시를 했다. "어미 사자는 새끼를 낭떠러지 아래로 떨어뜨린 후, 혼자 힘으로 기어 올라온 새끼 사자만 키운다. 귀관들은 비스트트레이닝에서 꼭 살아남아야 한다. 참아라, 참아라, 그리고 또 참아라…!"라는 말을 남기고 사라져 버렸다. 드디어 기초군사훈련 비스트트레이닝이 시작되었다.

3) 야릇한 취침 나팔과 공포의 기상나팔

백테 생도는 10:00 취침소등 나팔 소리가 울리면 일체의 행동을 중지하고 취침 위치에 들어가야 하고, 10시 30분까지는 침대에서 움직이거나 말을 할 수 없다는 지시를 하였다. 드디어 '바안방~ 빵~ 빵~빤빤바라빵, '바안방~ 빵~ 빵~빤빤바라빵' 취침 나팔이 울려 퍼졌다. 처음 듣는 취침 나팔 소리가 이상야릇했다. 취침소동 후에는 일체 말을 할 수 없다는 백테 생도의 엄포에 같은 호실 4명의 동료는 취침 인사도 못 했다.

그런데 잠을 막 잔 것 같은데 '파안 파안 빠안방~ 빠안, 빠안 방~' 하는 이상한 소리가 들렸다. 기상나팔 소리였다. 복장을 착용하고 침구와 호실을 간단히 정돈하고 선착순 아침점호 집합을 했다. 선착순 번호가 "하나, 둘…." 하는 순간 내가 선착순 대열에 합류했다. 나보다도 먼저 나온 동료가 2명이 있었다. 아마 2명은 금지된 기상 예비 동작을 한 것 같았다. 뒤따라 뛰어나와 선착순 구호에 합류하였다. 백테는 1번을 제외하고 전방에 있는 시계탑 선착순을 시켰다. 축구장만 한 공간에서 350여 명의 선착순 번호와 풋샵, 백테 생도의 "동작 그만!" 소리가 물 댄 논에 개구리 우는 소리같이 웅성거렸다. 가입교 생도들은 처음으로 아침점호 행사를 맞이하였다. 애국가 4절, 사관생도 신조·도덕률 제창하고 일직사령생도의 지시·강조 사항이 있었다.

4) 직각 식사·보행·정돈만 허락되었다

육사 생도에게는 개별적인 성장 및 교육환경, 습관적인 언행이 일절 허용되지 않았다. 생각도 언행도 모두 두부모같이 반듯하게 직선과 직각만을 강요했다. 기상나팔에 스프링 달린 철제침대에서 직각으로 상체를 세워 벌떡 일어나는 것부터, 팔 흔드는 것도 90도, 보행도 직각으로, 식사도 직각 식사, 말도 "예, 아니요, 이유 없습니다." 외는 허용되지 않았다.

백테 생도는 식사 집합하고 선착순, 직각 보행, 제식동작, 얼차려 등 각양각색의 훈련과 교육을 시켰다. 뱃가죽이 완전히 붙어 버리고 혼이 빠진 상태에서 식당에 도착했다. "식사 개시"라는 구령이 떨어지자마자 한 숟가락이 입에 들어갔다. "동작 그만, 귀관들 직각 식사를 잊었나. 일어서 앉아 5회 실시!" 시킨다. 다시 어설픈 직각 식사로 국물과 밥풀이 얼굴에 흘렀다. 남은 밥을 한 숟가락 뜨려는 순간, 일직사령생도가 전생도 "동작 그만, 식사 끝 퇴장!"이라는 명령이다. 아~ 통재라, 5숟가락도 채 못 먹었다. 또 끌려서 나간다. 왜 먹이고 훈련을 시켜야지 굶기면서 훈련을 시키느냐고 항변하고 싶었다. 직각 식사는 기초군사훈련 기간뿐만 아니라 생도 1학년 때까지 계속된다.

나는 1학년 생도의 날 축제에 파트너를 구하기 위해 상급생도가 주선한 미팅에 참여하였다. 이대 1학년생이었다. 생도회관에서 파트너와 마주 앉았다. 음료수와 빵을 사 와서 파트너 앞에 먹으라고 하고 나는 빵을 직각으로 나의 입까지 들어 올려, 직선으로 빵을 입에 넣었다. 파트너는 자기 머리 위까지 빵을 들어 올려 나의 입으로 직행하는 것을 쳐다보고는 이상한 사람으로 생각하고 비웃는 것 같았다. 그 파트너랑 30분 이상 같이 있으면서 나는 직각 식사, 그녀는 직각 식사 쳐다보고 있는 것 외는 말도 없었다.

직각 식사, 턱 주름 3개 이상 생기게 당겨! 가입교 전야 환영식 터널

03

촌음과 싸우는 다양한 한 주의 일과

육사의 한주는 일반수업 외에 다양한 이벤트 일정과 행사가 요일마다 진행된다. 일반대학에서는 찾아볼 수 없는 수련과 경험이었기에 육사인으로서 자긍심을 갖게 되었다.

월요일은 국기강하식과 10KM 구보가 있는 날이라 모두가 괴로운 하루이다. 그러나 피하지 못할 고통이면 즐겨야 했다. 월요일 학과 수업이 끝나면 단독군장으로 화랑 연병장에 집합한다. 휴일에 있었던 잡다한 일상을 잊어버리고, 국가와 민족을 위한 국가관 및 군인정신 확립을 위한 국기강하식 행사이다. 17:00 정각이 되면 태극기가 내려지고 전투복에 단독군장의 중대별 분열이 시작된다. 분열은 화랑 연병장 사열대를 지나 육군박물관 앞에 세워진 강재구 소령 동상을 지나면서 예의를 표하고 군인정신을 다시 한번 가다듬고 단독군장 구보 대형으로 정렬한다.

단독군장 구보는 중대별(80명) 건제 순에 따라 소대 단위(25명)로 육사 정문–노원구 공릉동 사거리–서울공대 입구까지 왕복 10km 코스이다. 나는 어릴 때부터 단련된 체력과 육사에 대한 꿈 때문에 단독군장 구보를 즐겼다. 육사 생도가 아니면 이런 멋과 맛을 언제 어디서 느껴 보겠느냐는 생각에 자부심까지 충전되었다. 지금도 "피할 수 없는 고통이라면 즐겨라."라고 말하고 있다. 우리 속담에 "어릴 적 고생은 사서도 한다."고 하지 않았던가?

월요일 하기식과 단독군장 10km 구보

화요일 오후 2시간은 체육 시간이다. 생도들은 축구, 테니스, 태권도, 복싱 등 10여 개 과목에서 체력단련과 체육 기술을 배운다. 특히 태권도와 유도는 전 생도가 유단자가 되어야 졸업을 할 수 있기에 의무적으로 배우고 단련한다. 나는 2학년 때 태권도와 유도에 1단을 획득 후 3, 4학년 때 각각 2단을 획득하였다. 특히 어릴 적 고픈 배를 안고 단련한 씨름기술 덕분에 짧은 시간에 유도 2단을 획득할 수 있었다. 자신이 투입한 노력의 대가는 언젠가 자신에게 돌아온다. 헛된 고생은 결코 없다는 생각이 들었다.

수요일 오후는 육사 생도들이 가장 기다리는 과외활동시간이다. 과외활동은 서예부, 타자부, 음악부, 승마부, 골프부 등 취미 및 레저 활동으로 15개 과목이 있었다. 나는 2개 학기 외는 모두 골프부를 선택하였다. 1학년 1학기 봄 첫 과외활동시간에 5개의 아이언 골프채가 든 미니 골프백을 들고 골프장에 도착했다. 최상호 프로라는 분이 우리를 환영하면서 골프의 내력부터 기술까지 설명을 해준 것이 기억난다. 4학년 진학 후에는 골프부장 생도가 되어 라운딩을 자유롭게 할 수 있었다. 그러나 3여 년 동안 수요일 골프부에 몸담았지만, 실질적 연습과 18홀 라운딩 경험은 거의 없었다.

1977년 5월에 보통 수요일 때와 마찬가지로 나는 연습장에서 생도들 골프 활동을 통제하고 있었다. 갑자기 주변에 검은 양복을 입은 신사들이 군데군데 배치되었다. 골프부장 생도 1번 홀로 오라는 호출이 왔다. 1번 홀로 가니 육사교장 정승화 장군께서 나에게 눈치를 준다. 옆을 쳐다보니 박정희 대통령이 골프채를 들고 서 계셨다. 각하께서 악수를 청하고 "생도! 한번 쳐봐."라고 하신다. 나는 긴장된 몸으로 드라이버를 잡고 연습 스윙 없이 내리쳤다. 그런데 힘차게 내려친 골프공은 100m도 채 굴러가지 않은 '또루'가 났다. 나의 무안함을 없애주기 위해서인지 각하께서는 "다음에는 힘을 빼고 천천히 치면 된다."고 하셨다. 박 대통령이 쳤다. 나보다는 2배 정도 멀리 나갔다. 옆에 있는 육군참모총장과 육사교장은 "굿샷입니다." 하면서 손뼉을 친다. 나도 따라서 박수를 쳤다. 정신없이 첫 홀은 끝나고, 2번째 홀에 이동했다. 각하께서 "생도, 편안한 마음으로 한번 쳐봐라."라고 당부하신다.

나는 또 연습 스윙 없이 편안한 마음으로 힘껏 드라이버를 날렸다. 그런데 너무 강하게 쳐 버렸다. 훅이 걸려 육사 체육관(후문) 방향 울타리를 넘어버린 "OB"였다. 나의 얼굴이 벌겋게 달아올랐다. 별말씀이 없었다. 2홀까지 또 정신없이 따라갔다. 3번 홀에서 나보고 먼저 치라고 하시면서 아무 말씀도 없었기에 좀 편안한 마음으로 골프채를 휘둘렀다. 박정희 대통령께서 "굿샷!"이라면서 박수를 치신다. 내 몸도 시원하게 빨려가는 기분이었다. 순간 나는 이 자리에서 이탈해야 한다는 생각이 들었다. "각하, 저는 생도들 교육이 있으므로 가겠습니다."라고 보고했다. 각하께서 그래 생도 잘하는구나, 열심히 단련하라면서 격려 악수를 청한다. 연습장에 도착한 나에게 어디 갔다 왔느냐고 묻는 동기생이 있었지만 나는 보안이라는 것을 알고 있었기에 묵묵부답이었다. 아무도 내가 박정희 대통령과 라운딩한 것을 기억하지 못하는 이유이다. 유사시 주요 군 간부들이 즉각 출동을 위해 근거리 대기개념으로 만들었고, 그린벨트 역할을 하기 때문에 보존되어야 하는데, 아파트촌으로 개발하려고 시도하고 있으니 참 아쉽다. 나는 골프부장 생도 경험과 파트너와의 추억을 담아 육사 34기 앨범 '멋'에 아래와 같이 적어 놓았다.

"하얀 공이 시원스레 창공에 선을 긋는다. 회심의 미소를 짓고 이를 바라본다. 인생이 긴 여로에서 조그만 목표들을 이루어 가듯이 한홀 한홀 심혈을 기울여 친 후 돌아온 결과에서 생의 의미를 찾는다. 분주하고 갈등의 와중에서도 여유와 상쾌한 기분은 20만 평의 파란 잔디 위! 백구를 허공에 치는 기분과 hole in 시키는 스릴은 진정 골퍼인 만이 느낄 수 있을 것이다. 수요일 오후 4시간과 휴일에 골프장에서 데이트는 멋진 시간이었다. 골프부의 60여 명에 대한 코치도 보람차고 아름다운 자연에 동화되어 생도 생활의 갈등을 승화시킬 수 있었다. 연못의 잉어! 3코스의 앵두는 아직도 있을 것이다. 정서적 안정 없인 칠 수 없었던 그 하얀 공!"

수요일 과외활동 시간: 가장 인기 있었던 승마부와 골프부

목요일 오후 2시간은 군사학 교육을 받는다. 참모학, 화기학, 교수법 등 군사 일반에 대한 강의이다. 장차 장교로서 갖추어야 할 가장 기초적이며 중요한 과목임에도 불구하고 진작 가장 인기 없는 시간이고 배우려는 열정도 없었다. 그 이유는 군사학은 졸업 후에도 보수과정에서 배울 기회가 있고, 낮은 점수를 받아도 학업성적에 큰 차이가 없는 등 학습 '동기유발'이 되지 않았기 때문이었다.

금요일은 영화감상 시간이 있다. 금요일 석식 후에 1시간 동안 토요일 내무검사 준비를 한 후 7시부터는 대강당에서 영화를 감상한다. 일반 시중에는 미개봉된 영화이기 때문에 영화 제목도 스토리도 모르고 그냥 영화 감상 시간이라 '소 팔러 가는 데 개 따라가듯' 따라간다. 학년별로 자리를 구분하여 착석하기 때문에 1학년 생도들은 상급생도들의 간섭이 없는 최고의 취침 분위기가 조성되어 모자라는 잠을 보충하기도 했다.

한주가 끝나는 토요일 오전은 내무검사와 화랑의식 행사이다. 아침 식사를 끝내고 화장실, 내무반 복도 등 담당구역과 개인 장구류, 침구 손질 등 내무검사 준비를 한다. 시간이 촉박하기에 복도 청소의 봉 걸레 속도는 분당 120회 시계추처럼 왕복 되어야 한다. 개인화기의 총구는 빛이 나야 하고, 군화와 단화는 파리가 앉으면 미끄러질 수준으로 빤짝거려야 한다. 침구 모포, 팬티, 러닝이 모두 각으로 접혀 정확하게 30센티 폭으로 정돈되어야 한다. 드디어 상급생도에 의해 내무검사가 시작된다. 내무검사 준비 잘못으로 지적받아 외치는 관등성명과 토끼 뛰기로 울리는 쿵쿵거리는 소리, 푸쉬업에 힘들어하는 신음이 진동한다. 내무 검사시간이 끝나면 예복을 입고 화랑의식 행사에 참여한다. 화랑의식은 육사 생도들이 한 주를 마무리하는 생도자치근무제에 의한 행사이다. 화랑 연병장에서 4학년 여단장 생도가 "사관생도는 결코 불의와 타협해서는 안 된다. '내 생명 조국을 위해'라는 육사 정신을 늘 가슴속에 새겨둬라." 일장 훈시 후 다음 주 사관생도 생활 중점을 하달한다. 그리고 중대별 분열이 시작된다. 화랑의식이 있는 토요일 육사 연병장은 항상 초청 외부인사들이 지켜보고 있기에 많은 연습도 하고 긴장해서 행사에 임한다. 한 주 동안 벌점이 초과되면 외출·외박이 금지되고 보행벌칙을 받는다.

벌점 초과자 토요일 외박·외출 대신 보행 벌칙 / 토요일 화랑의식 분열

육사 생도 생활 한 주는 하루하루 이벤트적 행사이며, 긴장을 풀 수 없고, 하루 6회의 집합시간을 준수하기 위해 촌음과 싸워야 하고 직각 언행도 지켜야 한다. 그러나 휴무일에는 시간을 어떻게 보내야 할지 몰라 혼란스러웠고, 우물쭈물하다가 삽시간에 휴일은 지나가 버린다. 길고도 짧은 육사의 주말 시간을 잘 보내는 생도가 성공한 생도가 된다. 그래서 상급생도에게 하급생도들은 일요일 저녁에 "휴일 잘 보냈습니까?"라는 인사를 한다. 시간의 중요성은 촌각을 다투어 본 자만이 알 수 있다.

04

극한상황 극복과 선의의 경쟁

육사 생도는 학년마다 역할과 위상에 따라 애칭이 있다. 1학년 '두더지 생도'는 두더지처럼 햇빛을 보지 못할 정도로 쉴 새 없이 뛰어다녀야 한다는 고달픈 생도 생활임을 뜻하는 애칭이고, 2학년 '빈데 생도'란 두더지를 못살게 구는 귀찮은 존재로서의 애칭이고, 3학년 'DDT 생도'는 2학년 빈데 생도가 잘못하면 박멸한다는 의미로서 2학년 생도가 1학년 생도를 잘 못 교육할 때 뿌리는 독한 약 역할을 한다는 것이고, 4학년 '놀부 생도'는 1학년 생도를 데리고 장난을 치기나 해야 할 일에 대해 사역을 시키는 등 그야말로 이기적이며, 농땡이 피우는 위치에서 하급생도의 부러움을 독차지하는 태도를 대변하는 애칭이다.

일반대학교는 여름방학이 2개월이지만, 육사 생도들은 20일이 휴가이고, 남은 40일은 전 학년이 하기 군사훈련과 국군의 날 행사 준비를 한다.

1) 두더지 생도의 수영

1학년 하기 군사훈련의 하이라이트는 수영훈련이다. 어릴 적 물에 대한 트라우마가 있는 생도들은 물에 뛰어들기를 두려워했다 '말을 물가에 끌고 갈 수는 있지만 물을 먹일 수는 없는 것'처럼, 물을 무서워하는 생도들은 교관 조교의 어떠한 위협과 압력에도 절대 입수하지 않고 버티기만 한다. 수영훈련 1주 차는 육사 야외 수영장에서 기초수영을 배우고, 2주 차는 강원도 묵호항으로 이동하여 실전 수영훈련을 한다. 묵호항 수영훈련은 입수 전 PT 체조나 선착순 등 고된 훈련 때문에 많은 생도가 실망한다. 나는 수영에 자신이 있어 동해에 휴가 온 기분이었다. 마지막 주, 수영선수대회 때는 개인전에서 거제 출신 박기하 생도가 1등, 나는 2등을 하여 성취감도 느낀 즐거운 하기 군사훈련이었다.

1학년 하기 군사훈련 추억을 담은 육사 34기 앨범은 다음과 같이 기록하고 있다.

> "사자 새끼의 고통이 눈발에 얼룩지던 날 묵묵히 받아들인 군인. 군인의 길…. 1학년의 약한 마음에 거세게 충격을 가해온 가스실! 판초우의를 뒤집어쓰고 있지 않아 먹어도 먹어도 줄지 않던 국물! M16의 총성이 콩 볶는 듯 불암 사격장을 울려가고 팔벌려뛰기 2,000번에 목이 터지라 악이 바쳐 번호 붙이던 날들. 동해 모래밭에서 입수 전 PT 체조, 물에 대한 트라우마 때문에 결코 입수를 거부했던 몸부림. 그러나 그 모든 것들이 끝난 후에 우리는 진정 군인으로서의 긍지를 가질 수 있었다."

묵호항의 수영훈련

태능의 가스 실습훈련장

2) 빈대 생도의 열악한 훈련 여건

2학년 하기 군사훈련은 원주 부사관 학교에서 1달 동안 훈련을 받는다. 부사관 훈련과정은 훈련 자체보다 무더위와 열악한 숙식 환경을 극복하는 것이 더 어려웠다. 나무 그늘 하나 없는 슬레트 내무반 시설에는 선풍기도 없었다. 밤에는 1개 내무반에 30명의 생도가 내뿜는 열기와 열대야로 잠을 이룰 수 없었다. 식사는 2021년 병사들이 폭로한 '부실급식'보다 더 열악하였다. 우선 허기진 배를 채우기에는 너무 양이 적었다. 1식 3찬의 반찬은 김치와 콩나물, 배춧국이었다. 단백질 보충을 위해 가끔 두부나 돼지고기가 있었지만, 한 입에 들어가는 정도로 적었다.

훈련 기간 샤워 및 세수할 물도 절대 부족하였다. 샤워와 세수는 조별 선착순으로 실시되었다. 앞 팀이 사용하면 다시 물통에 물을 채워야 했다. 화장실도 아침부터 선착순이다. 특히 힘들었던 것은 구보였다. 육군본부에서 극한극복 체력단련을 강조하였기에, 매일 4킬로 구보와 주 1회 선착순 10킬로 구보가 시행되었다. 그리고 자동화 사격장의 전진 무의탁 사격훈련의 불합격자에 대한 훈육관의 혹독한 얼차려는 모든 생도가 긴장과 공포감을 느끼게 하였다.

훈련 복귀 시에는 원주에서 남양주 국수역까지는 기차로 기분 좋게 이동하였지만, 국수역에서 화랑대까지 40킬로는 완전군장 행군이었다. 국수역에서 저녁을 먹고 첫 20km까지는 휘파람 불면서 꿋꿋한 자세로 행군을 하였지만, 심야가 되니 배도 고프고 잠도 오고, 피곤이 누적되었다. 10분간 휴식시간만 되면 도롯가에 퍼져 앉아 존다. "휴식 끝! 출발 준비!" 소리가 왜 그렇게 소름 끼치는가? 10분이 그렇게 빨리 가버렸는가? 다음날 종일 걷고 또 걸었다. 전 생도가 쩔

룩거렸다.

그런데 불암산이 눈에 보였다. 이것 또 무엇인가. 군악대 소리가 들린다. 그 군악대 소리에 생도들은 '다 왔다, 해냈다.'라는 성취감이 치솟았다. 성취감에 도취된 생도들의 함성은 하늘을 찌를 듯했다. 2학년 하기 군사훈련 추억을 담은 육사 34기 앨범은 다음과 같이 기록하고 있다.

> "보라! 목표를 향한 일발 필살의 눈매를…. 서곡 사격장의 그 넓은 사격장. 무언의 염원이 총구에 어린다. M16, 무반동총, 3.5인치 로켓포, 박격포, 공용화기, 수류탄…. 우리의 손을 거치지 않은 무기가 있을까? "좌선 사격 끝! 사격 그만." 표적을 가지러 가는 손에 땀이 쥐어진다. ○○○훈육관의 매섭던 야구 배팅 솜씨…. 그러나 합격자의 기쁨을 만끽할 수 있었던 골짜기 그 시원한 계곡물."

자동화 사격장의 전진 무의탁 사격　　국수역에서 육사까지 철야 행군복귀

3) DDT 생도의 동복 올빼미와 도피 탈출

육사 3학년 생도는 보병학교에서 소대 전술과 화기학을 교육받은 후, 마지막 2주는 전남 화순에 있는 동복 유격장에서 유격 훈련을 받는다. 첫날 PT 체조는 말 그대로 피(P)가 나고 터(T)지는 시간의 연속이었다. 교관과 조교들은 PT 자세 불량을 빌미로 별도로 특별 얼차려 교육을 했다. 일과가 끝나면 텐트마다 신음이었고 온몸 근육은 알이 배기고 쑤셨다.

첫째 주는 PT 체조 후 기초 장애물 코스와 산악 코스의 로프와 레펠, 수직낙하 등의 훈련이 계속되었다. 둘째 주 훈련은 도피 탈출이다. 한 장의 지도와 나침반으로 화순 동북 유격장에서 지리산 천왕봉을 거쳐 새로운 집결지까지 2일간 도피 탈출이다. 야전에서의 생존 훈련과 병행해서 이루어지는 훈련이기에 일체의 음식 제공은 없었다. 상점이나 민가에서 음식을 사 먹을 수도 없었다. 나는 어릴 적부터 식사 대용으로 먹었던 개구리, 뱀, 빗 피, 송구, 산나물, 옥수수 대 등 생존술에 익숙해 있었다.

화순 동복 유격장을 출발하여 밤새 지리산 칼 능선을 지나 천왕봉 정상까지 왔다. 새벽녘이다. 지리산 천왕봉에서 본 하늘 아래는 안개가 자욱하여 무릉도원의 장관이 펼쳐졌고, 잠시나마 무아지경에 빠질 수 있었다. 그러나 그 아름다운 곳을 오래 만끽할 시간적 여유도 없었고 허기진 배도 허락하지 않아 바로 마지막 집결지로 향했다.

2주의 유격 훈련은 견디고 버티는 한계의 순간들을 맛보고 체험한 극한의 훈련이었다. 고진감래(苦盡甘來)라고 했던가? 훈련을 끝낸 보람과 성취감은 너무나 크고 기뻤다. 3학년 하기 군사훈련 추억에 대해 육사 34기 앨범은

"1번 선 ○번 올빼미 하강준비 끝! 그 아찔하던 암벽에서의 묘기들. R4 코스를 뛸 때의 그 아찔함. 올빼미 고지를 향한 선착순. 그리고 PT 체조, 진흙 속에서의 참호격투, 도피 및 탈출에서의 위기스릴 서스펜스 … Ranger Course. 태양을 잊어버린 사나이들 그러나 진정 군인의 멋이 여기 있었다."

전남 화순 동복 유격장 하강훈련 / 외줄타기 / 지리산 도피 탈출 / 참호격투

4) 놀부 생도의 하늘에 백장미

4학년 하기 군사훈련은 특전사에서 "안 되면 되게 하라!" 구호를 외치면서 4주간 공수훈련을 받는 것이다. 1주 차에는 매일 아침 5~7km 구보로 시작되는 체력단련과 착지훈련, 모형기체 안에서 수신호에 따른 행동요령과 주의사항을 교육받고 모형비행기 탑에서 실제로 뛰어내리는 훈련을 했다.

2~3주 차에는 고소공포증을 극복하고 기체탑승에서 실제 강화까지의 전반적인 사항에 대한 종합평가와 최종숙달 훈련 및 야간강하를 대비한 야간 모형탑 훈련을 한다. 모형탑(막타워) 훈련은 실제 낙하 전 훈련의 결정판이다. 인간이 가장 공포심을 많이 느끼는 약 11m 높이의 모형탑에서 뛰어내리면서 고소공포증을 극복하는 훈련이다. 막타워 훈련 시에는 '자격 강하'를 위한 최종종합평가를 하게 된다. 구령부터 비상 낙하산을 펴는 시늉까지의 동작을 평균 10~15회 중 3회 이상 완벽하게 소화해야 한다. 마지막으로 송풍 및 낙하산 수거 훈련을 받게 된다. 종합숙달훈련이 끝난 4주 차에는 단독·완전군장, 야간강하 등 총 4회를 점프해야 수료증과 자격증이 주어진다.

1,200피트 상공에서 문이 열리고 조장의 낙하 신호를 보면서 몇 초 안에 탑승자 전원은 모두 뛰어내린다. 만약 앞선 대기자가 머뭇거리면 낙하지점을 지나 엉뚱한 곳에 떨어져 위험해질 수도 있다. 낙이불착(樂而不着)이라 했던가? 집착을 버리고 즐기도록 마음을 고쳐먹

으니 고소공포증은 사라졌다. '한 번 죽지, 두 번 죽나?' 몸을 창공으로 던졌다. L자로 굽어진 채 수직 낙하하고 있었고 무릎 사이 전투복이 바람에 파르르 떠는 모습을 보았다. '덜컥' 낙하산이 펴지는 충격에 출렁거렸다. 이제부터는 방향을 잘 잡아 인접 동료와 충돌하지 않도록 조심하며 착지 지점을 찾았다. 다행히 배운 대로 착지 되고 낙법으로 뒹굴어 부상도 없었다. 마지막 점프가 끝나자 낙하지점에서 파티가 이루어졌다. 철모에 받아먹는 막걸리는 육사입교 4년만에 처음 마셔 보지만 꿀맛이었다.

4학년 하기 군사훈련 추억에 대한 육사 34기 앨범에는,

"일만 이만 삼만 사만…. 하늘의 백장미! 생각나십니까? 한 송이의 흰장미를 피우기 위해 우리가 겪었던 그 긴 사연들을…. 쏟아지는 빗속에서 우리의 사타구니를 죄어 짜던 하네스 끈. 그리고 이 모 철 대위의 그 잔학무도한 만행들…. 씻어도 씻어도 또 나오는 모래알들 새로운 세계를 위한 집념이 C-123 수송기에서 몸을 날렸을 때 하나의 백장미를 형성하고 눈앞에 새로운 경이와 함께 환희의 기쁨이 엄습한다. 행복합니까? 네 정말 행복하고 또 행복합니다. '…. 돌아오나 백둘…. 이백…' '단결 초전박살 공중 동작 제19교시…' 또 시작이다. 물은 빼놓을 수 없는 우리만의 커다란 필수품이요. 물만 먹고 살아서 물공수라고 하지만 파란 하늘 위에 수놓은 날 우린 새로운 흥분에 휩싸였다. 이것이 땀의 대가였다고…."

막타워 / 송풍 훈련 / 주야간 낙하: 김희철(육사 #37) 장군 제공

5) 2등은 없다: 체육대회

2등은 없다, 피 튀기는 춘계체전

육사에서 4월은 춘계체육대회가 개최되어 가장 잔인한 달로 인식되고 있다. 왜냐하면, 춘계체육대회는 생도 16개 중대가 우승만을 목표로 하고 있고, 2등은 없다는 생각 때문이다. 따라서 육사 춘계체전에서는 '최선을 다한다.'라는 말은 없고, '이겨야 한다! 우승뿐이다.'라는 구호만이 난무할 뿐이다. 체육대회 연습은 별도 시간을 주지 않는다. 일조 및 일석 점호, 식사 전후에 짬을 내서 한다. 1주일간 계속되는 춘체 기간은 한 경기 승패에 따라 책임이 주어진다. 경기에서 무조건 이겨야 한다는 것만을 강조하다 보니 기마전과 격구 등은 경기기술보다는 투지력과 깡으로 임하기 때문에 피 튀기는 경기가 된다.

나는 춘계체육대회마다 나의 주특기인 씨름 실력을 발휘하여 승리의 주인공이 되었다. 육사 34기 졸업앨범의 멋에 춘계체전의 변을 다음과 같이 기록하고 있다.

"군인은 2등이란 있을 수 없다. 승리 아니면 패배다. 자기 중대의 명예를 위한 전 중대원이 젖먹던 힘까지 끄집어낸다. 으라챠! 한순간의 기합이 상대방의 큰 거구가 힘없이 쓰러져버리고 바짝 마른 갈비에서 나오는 한주먹이 상대방의 기름진 턱에 작열한다. 생도들에게 가장 필수적인 종목이 바로 구기이다. 축구, 배구, 농구, 격구, 럭비, 송구…. 온정신을 집중한 슛이 네트 위에 꽂힐 때, 럭비 볼을 옆구리에 꼭 낀 채 슬라이딩 트라이! 그리고 날카로운 왼손 슛이 적 수문장의 다리 사이를 빠져들어 갈 때. 진정 젊음의 기쁨이 바로 거기에 있다. 단체경기의 중요성 중에 우리에게 필요한 가장 중요한 것이 협동심과 단결력을 기를 수 있는 것이다."

공보다는 사람을 잡고 치는 격구게임 / 선후배도 없는 권투 시합

엎어지고 망가져 버린 중대장 생도의 스케이트

나는 1~3학년 때 동계빙상대회 시에는 응원만 했었다. 그러나 4학년 2학기 때는 중대장 생도의 직책이었기에 계급별 릴레이에 필수 선수로 참가해야 했다. 나는 긴장되었다. 그리고 1~3학년 선수 생도들에게 팀워크를 강조하면서 최선을 다하라고만 주문했다. 드디어 3학년 주자가 3위로 들어와 나에게 배턴 터치를 했다. 나는 적어도 3위는 놓치지 않아야 한다는 생각에 힘껏 달렸다. 마음은 벌써 골인 지점으로 가고 있었다. 그런데 스케이트를 타고 가는 것이 아니고 긴장과 서투른 실력 때문에 얼음판에서 달리기 자세로 뛰고 있었다. 얼음판에서 달리기 자세는 넘어지는 예비 동작과 같은 것이었다. 나는 출발하여 커버코스에서 얼음판에 넘어져 버렸다. 다시 몸을 잽싸게 일으켜 세워 달렸지만, 또 빠다닥 엎어졌다. 그러나 사력을 다해 일어나 달리기형 스케이트로 골인하니 꼴찌에서 두 번째였다. 하급생이 올려놓은 동계빙상대회 성적을 내가 뭉갰다는 자책감 때문에 고개를 들 수가 없었다. 800여 명의 생도는 나와 2명의 중대장 생도가 엎어지고 넘어지는 난장판에 파안대소로 화답해주었다. 중대 하급생도들께 진정 미안하다. 나는 빙상대회의 치욕스러운 순간을 잊을 수가 없다. 따뜻한 남쪽 마산 진동 출신이라 스케이트를 탈 기회가 없었다고 변명하기에는 너무 잘못했다. 연습이라도 열심히 했더라면 2번이나 넘어지지 않았을 텐데….

골프장 4번 홀에 있는 호수에서 동계빙상대회 개최

3군 사관학교 체육대회 멋과 맛

1954년 11월 처음 열린 3군 사관학교 체육대회는 1993년까지 매년 10월 1일 국군의 날 행사 기념으로 사흘간 효창운동장이나 동대문운동장에서 개최됐다. 이후 없어졌다가 부산 아시아경기대회 개최를 앞두고 체육 붐을 조성하기 위해 1999년 부활, 2002년까지 진행됐다. 3군 사관학교 체육대회 준비 과정에는 땀과 눈물이 가득했다. 입학 체력측정에서 체력이 탁월하거나 선수 경험이 있는 자가 입학시험에 합격하면 그들을 1학년 때부터 축구와 럭비선수 생도로 선발하여, 일반수업을 하면서 짬짬이 훈련을 시킨다.

3군 사관학교 체육대회에서도 연고전과 같이 각 군 사관학교의 독전 포스터를 포함한 응원전이 국민의 눈과 귀를 즐겁게 해주었다.

1977년 10월 1일 국군의 날 기념식이 끝나고 '상한 점심 도시락'을 먹고 종로 일대로 시가 행진 시 생도들의 구토 사고와 다음날 삼사체전은 잊지 못할 추억이 되었다.

국군의 날 시가행진

삼사체전 응원과 럭비 경기

05

극한 속의 여유와 멋

1) 1만 원으로 전국 무전(無錢)여행

육사 생도 연간 휴가는 40일로서 여름휴가 20일과 겨울 휴가 20일이다. 생도 생활 동안 촌음을 아끼며 시간 준수가 습관화되었기에 시간의 중요성을 잘 알고 있었다. 그래서 휴가계획을 시간 단위로 짜서 휴가출발 전 상급생도에게 점검을 받는다. 지금 생각하면 사생활, 인권침해에 해당하는 일들이다. 1학년 하기휴가는 생도 입학 후 7개월 만에 처음으로 육사 밖의 세상을 접하는 순간이었다. 고속버스를 타고 고향에 가는 길이 너무 설렜다.

드디어 고향에 도착했다. 동네 아이들과 어른들이 멋진 육사 제복 입은 '육군사관 생도 이윤규'를 구경하러 모여들었다. 육사 복장과 확 달라진 나의 언행이 신기하듯 구경하러 온 사람들은 저녁 먹을 때까지 우리 집을 떠나지 않았다. 나는 저녁 먹을 때도 또 밤에 동네 어른께 인사할 때도 육사 복장을 그대로 착용하고 있었다. 다음 날 아침부터는 계획된 대로 친지, 초등학교, 중학교, 고등학교 친구들에게 인사하러 다녔다. 1학년 여름 휴가는 인사하러 다니다가 20일의 시간을 다 보냈다. 20일 중의 4일만 집에서 숙식하였고, 15일은 친구, 친척 집에서 숙식을 해결하였다.

1학년 동계휴가는 정신없이 보냈던 여름휴가와 달리 의미 있는 휴가계획을 세웠다. 휴가 둘째 날 마산 아리랑 호텔에 마산고 출신 선배와 6명의 동기생은 어머니를 모시는 자리를 마련하였다. 어머니는 자랑스러운 아들의 효심을 확인하고 흐뭇해하셨다.

휴가 5일째는 펜팔을 주고받았던 순천의 이○○ 여고생을 만난 후에 전라선 기차를 타고 남원의 이정준, 그리고 담양에 사는 소순영 집에 가서 즐거운 시간을 보내고, 다시 충남 당진군 합덕면의 신석현 생도 집을 찾았다.

석현이랑 나는 1974년 12월 31일 24:00 정각에 제야의 종이 울릴 때 굳은 악수와 포옹하며 영원히 친구가 되자고 약속하는 퍼포먼스를 했다. 3년이 지나 알았던 사실이지만 신석현은 나의 아내 고은영이랑 고등학교 다닐 때 같은 집에서 하숙과 자취를 했다고 했다. 우연이라기에는 너무나 신기했다. 다음 대전역에서 김철수 생도를 만나 점심을 먹고, 권혁순 생도 집으로 향했다. 권혁순 생도 집에서 1박을 하고 나는 또 부산 외삼촌 집으로 인사하러 갔다. 이렇게 순천-여수-남원-담양-합덕-구룡포-부산으로 다닌 시간이 10일이 지나버렸다. 집에 도착하니 귀대 일이 4일밖에 남지 않았다.

1학년 겨울 휴가도 20일 중 4일만 집에서 숙식하였고, 나머지는 외박한 셈이다. 외박비는 단돈 1만 원이 소요되었다. 나머지 숙식과 교통비는 모두 동기생이나 친지가 준 돈이었다. 지금도 우리 집보다는 밖에서 숙식하는 것을 좋아하는 것은 타고난 천성일까, 야생생존의 적응력 때문일까?

어머님을 처음 모신 자리, 어색했다

신석현 생도와 합덕에서

2) 생도의 날 양다리 걸친 생도의 저주(?)

생도의 날(5월 31일)은 작품 전시회, 음악제, 생도들의 분열이 펼쳐지고, 1만여 평의 넓은 화랑 연병장에서 1,000여 명의 생도와 파트너가 군악대 연주에 맞추어 포크댄스 등 즐거운 시간을 갖는다. 축제가 끝나면 2학년 생도 이상은 외출·외박을 나가지만 1학년 생도들은 내무반에 방콕을 해야 하는 서러움에 젖는 날이기도 하다.

생도의 날은 파트너 없이 참가할 수 없으므로 4, 5월의 토요일 육사 교정은 온통 미팅 전쟁이다. 생도의 날에 1학년 생도 파트너가 없으면 2, 3학년 생도가 관심 및 하급생 지도 소홀로 질책을 받기 때문에 미팅은 상급생도가 주선해 주었다. 따라서 애인이나 파트너가 있는 생도들도 의무적으로 상급생도가 주선한 단체미팅에 참여해야 한다. 그래서 파트너나 애인이 있는 생도들은 곤란한 상황이 벌어지는 경우가 종종 발생한다.

생도의 날 1만 평의 화랑 연병장 잔디밭에서 포크댄스

나랑 함께 단체미팅을 하고 있던 김 생도에게 2학년 일직하사 생도가 생도회관에 면회 온 분이 있다고 전달이 왔다. 김 생도는 단체미팅 파트너에게 잠시 기다리게 하고 생도회관으로 달려갔다. 김 생도는 면회 온 애인에게 지금 급한 일이 생겨서 오늘 만날 시간이 없다고 핑계를 대고 돌아가도록 하였다. 김 생도는 미팅 파트너에게 다시 돌아와 함께 교정을 거닐었다. 면회객과 육사 교정을 거니는 코스는 일정하다. 그런데 김 생도와 미팅 파트너, 그리고 돌아가도록 한 애인과 교정코스에서 마주치게 되었다.

김 생도와 파트너, 그리고 마주친 애인은 당황하는 모습이 역력했다. 김 생도는 내키지 않았던 미팅에 참여하여 기존의 애인과도 헤어지게 되었고, 새로운 파트너도 붙잡지 못했다. 양다리의 저주일까? "애인 있습니다."라고 말 못한 김 생도의 자업자득일까? 파트너가 없는 생도들은 단체로 동원한 여학생들과 현장에서 짝을 지어 축제에 참여했다.

3) 미팅 파트너가 지어준 별명 와단구

2학년 때 생도의 날 축제 파트너를 구하기 위해 단체미팅을 했다. 나의 파트너는 중앙대학교 1학년 조○○ 학생이었다. 나는 육사 생도의 자존심을 의식해서 좀 근엄하게 폼을 잡고 마주 앉았다. 그런데 마주 앉은 내 파트너는 말없이 웃고만 있었다. 나는 내심 이 파트너가 나에게 매력을 좀 느꼈구나! 착각하고 폼을 더 잡았다. 그런데 그 여학생은 웃으면서 나에게 첫 마디를 던졌다. "이 생도님! 제가 별명 하나 지어드릴까요?"라고 했다. "좋습니다. 지어주세요." 하니 그 여

학생이 웃으면서 한 대답은 "와단구가 어떨까요?" 였다. '와단구', 와! 단단한 구슬처럼 야무지게 생긴 사람이라는 애칭처럼 느껴져서 좋다고 했다.

파트너는 별명을 흔쾌히 받아들이는 나를 보고 계속 웃고만 있었다. 그녀는 내가 '와단구'가 무슨 말인지 모르고 있다고 느꼈는지 "와단구가 무엇의 준말인 줄 아십니까?"라는 질문을 한다. 모른다고 하니까 파트너는 '와이셔츠 단추 구멍' 줄인 말이었다고 했다. 이 정도면 나의 작은 눈을 빗대어 지어준 별명이라고 눈치를 채야 했다. 그러나 그 별명이 나의 작은 눈을 지칭하는 줄을 모르고 계속 웃고 있는 나에게 "이 생도님의 눈이 와이셔츠 단춧구멍같이 매력적이기 때문이라."고 말했다. 그때야 나의 적은 눈을 두고 만든 별명이었구나 하는 것을 알아차렸다. 그러나 와이셔츠 단춧구멍보다는 뒤에 이어지는 매력적이라는 말에 마음이 끌렸다.

4) 5년 군 생활하고 공무원으로 나와야 해. 오발탄!

나는 2학년 겨울 휴가 때 육사 동기생들과 단체미팅을 하였다. 마산교대 1학년으로 후련한 키에 청순한 모습이었다. 둘은 1년 동안 많은 연애편지를 주고받았다. 3학년 동계방학을 끝내고 나는 육사 37기의 기초군사훈련 지도 근무 생도로 후배양성에 몰입하고 있었다.

그녀는 편입시험 준비후, 육사에 면회를 와서 의미심장한 말을 했다. "오빠, 내가 한양대 편입하려는 이유는 오빠랑 자주 볼 수 있고 더 가까이 있고 싶은 것 때문이다. 그런데 오빠는 육사 졸업 후 5년 장교 생활하고 사무관(육사 졸업 후 사무관으로 전환제도)으로 나와야 한다."라고 했다.

나는 순간 멍했다. 나를 좋아했던 그녀가 나의 꿈을 버리고 공무원으로 나오라니…. "뭐! 나는 군인이 되기 위해 서울대도 포기하고 육사에 왔다. 너 무슨 소리 하는 것이냐. 당장 내려가라!"라고 호통을 쳤다. 그녀는 고개를 들지 못하고 눈물을 펑펑 흘리고 있었다. 나는 그녀에게 환송도 하지 않고 돌아와 버렸다. 그녀는 편입시험도 포기하고 돌아가버렸다. 그리고 마지막 절교의 편지를 보내왔다. 나는 수십 장의 편지지를 접어 4m 정도의 긴 마지막 편지를 썼다. 그녀에게 너무 매몰차게 절교를 선언하여 충격을 준 것에 대해 사과를 하고 싶다.

절교 후 심란한 마음이었지만, 1달 동안 계속된 육사 37기 생도의 기초군사훈련에 몰입함으로써 진정시킬 수 있었다. 토요일 오후에 전방 실습하러 가고 없는 졸업예정자인 백낙문 중대장 생도 등 파트너들이 면회를 왔다. 나는 그녀들에게 전방 실습 간 상황을 얘기하고는 상급생도를 대신하여 학교 교정을 친절하게 안내하였다. 따라온 3명의 여자 친구분들은 나에게 호감을 표했지만 나는 내색하지 않았다.

그런데 그다음 주에 나에게 면회 신청이 들어왔다. 영문도 모르고 생도회관에 나가 보니까 전방실습간 5학년 생도 파트너와 같이 온 친구였다. 청바지에 제법 이쁜 얼굴이었다. 어떻게 왔느냐는 질문을 하였다. 그녀는 지난주 이 생도님의 첫인상이 너무 좋아서 친구에게 "이 생도님 파트너 있느냐고 물었더니 없다고 했어요. 그래서 제가 이 생도님 파트너가 되고 싶어요."라는 얘기였다. 정말 기분 좋았다. "그래요. 저도 그대가 특별히 돋보였기에 은근히 찾아왔으면 하는 기대가 있었어요. 참 잘 왔어요." 우리는 첫 만남이었지만 좋아하는 모습을 숨기지 않았다.

그녀는 그날 이후부터 매주 면회를 오겠다는 약속까지 하였다. 그 약속은 1년 내내 이어졌다. 두 번째 만남이 있었다. 그때는 내가 말했다. '자'로 끝나는 이름이 세련되지 않고 촌스럽고, 또 일본 냄새가 나기 때문에 개명했으면 권했다. "저도 그렇게 하고 싶어요." 하면서 무슨 이름을 했으면 좋겠냐고 묻길래. 그 순간 부르기 좋고, 청순한 의미도 있는 '은영' 하면 좋겠다고 했다. 그녀도 아주 만족했다. 그래서 '고○자'라는 이름은 자연스럽게 '고은영'으로 불러졌다.

5) 파트너가 애인으로 발전하는 계기

화랑제 축제는 육사의 가을 축제이다. 1년 동안 과외활동, 취미활동 결과물이 전시되고 경연대회와 음악회가 개최되며, 마지막 날은 오직 4학년 생도만을 위한 행사가 진행된다. 1, 2, 3학년 생도들은 자기 소속의 4학년 생도의 마지막 축제 행사를 성공적으로 진행하기 위해 각종 이벤트를 준비한다. 나는 4학년 때 1중대장 생도로서 화랑제 축제를 맞이했다. 파트너는 결혼까지 약속한 고은영이었다.

과외활동 시간에 연마한 각종 특기 경연대회, 중대장 생도실과 파티장에서

하급생에 의한 중대별 이벤트가 끝나고 마지막 하이라이트인 댄스파티는 육사교장(중장)이 베푸는 연회이다. 사관생도는 국제신사라고 늘 치켜세워 준다. 그리고 이 화랑제를 통해 국제신사로서 파티문화를 터득하도록 하는 것이다.

화랑제 축제 파트너는 각별한 여자 친구나 결혼까지 염두에 둔 애인이 통상 참가한다. 그래서 동기생 부인 중 화랑제 파트너가 제일 많다. 화랑제 기간의 아름답고 즐거웠던 추억, 생도의 멋진 모습이 가슴 깊이 새겨졌기 때문에 장교 부인으로서 어려운 과정을 감내할 수 있었던 원동력이 되었다고 얘기를 한다.

06

아~, 시원섭섭한 육사 졸업식과 새로운 각오

1978년 3월 28일 드디어 육사 졸업식이다. 졸업식은 일반대학교와 같이 2월 초에 개최되어야 하나 대통령의 임석 여건을 맞추려다 보니 통상 3월 말~4월 초에 개최된다.

위국헌신상, 강재구 선배 동상, 박정희 대통령의 내 생명 조국을 위해

우리 졸업식에는 박정희 대통령과 퍼스트레이디 역할을 한 박근혜

양이 참석하여 축하해 주었다. 박정희 대통령과 박근혜 양에게 악수할 때 절대 손을 잡고 흔들거나 꽉 쥐지 말고 갖다 댄다는 기분으로 살짝 내밀어야 한다고 강조한 것이 기억난다. 4년 동안 파란만장한 추억들을 뒤로하고 육사를 떠난다는 생각을 하니 눈물이 앞을 가로막았다. 마지막으로 육사를 떠나며 4년 동안 나를 수련시킨 사관생도 신조와 도덕률을 한 번 더 외쳐보며, 그리고 안중근 의사 '위국헌신 군인본분!' 박정희 대통령의 "내 생명 조국을 위하여!" 강재구 선배님의 '희생정신'을 되새기며 꿈길을 향했다.

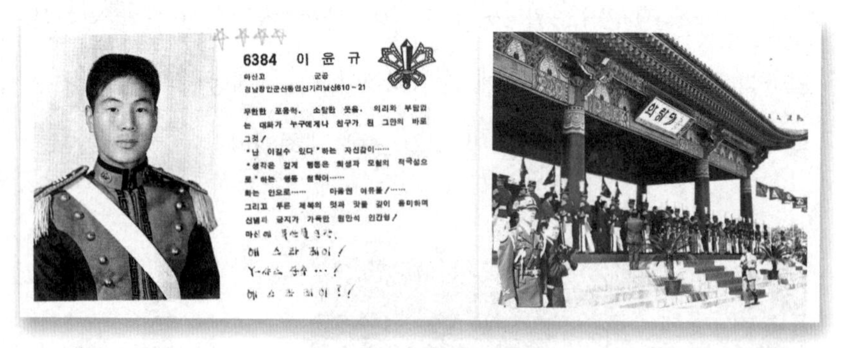

앨범에 남긴 글 / 78. 4. 3. 졸업식에 박정희 대통령과 박근혜 양의 격려 악수

육사 34기 앨범에 졸업식에 대해 다음과 같이 기록하고 있다.

"– 드디어 하나의 아기별이 탄생하였습니다. 삼백예순닷 세! 그 네 배의 무수한 수난과 대화의 나날들, '명예시험 개시!' 내무반장 통제 하에 치렀던 수많은 시험…. 정녕 그것은 오늘 이 탄생을 위한 기나긴 연륜이었습니다.

– 선배님들 기억나십니까? 칼날같이 무섭던 기분의 백테를. 당신과 나만의 상층샤워장의 사연을. 승리의 환호 속에 울려 퍼지던 무락카의 함성을….' 제34번 올빼미! 하강준비 끝!' '하강…!'유난히도 시원하던 만경대의 푸른 물결, '행복합니까? 행복합니다.' 이윽고 펼쳐진 하늘의 백장미. 그리고 은은히 밀리는 왈츠와 함께 깊어가던 화랑 축제의 밤을."

화랑대의 별: 장군 되도록 후배들이 염원하는 축하행사

03

꿈을 향한 도전과 열정

어릴 적 1차 적 꿈인 육사 생도는 실현되었고, 이제는 '총알도 피해간다.'라는 겁 없는 '대한민국 육군 소위'가 되어 꿈길 대장정의 첫 출발 길에 섰다.

장교는 휘하에 모든 구성원을 이끌어 부여된 사명을 완수해야 할 책임이 있다. 따라서 장교는 국가와 군의 미래 위협환경을 예측하며 대비할 수 있도록 부단히 공부하고 수련, 연습·훈련을 해야 한다. 따라서 장교 양성과정의 교육으로 만족하지 않고 임관 후 군 생활에서 부족한 리더의 자질과 능력을 겸비토록 부단히 노력하여야 한다. 나는 장교로서 군대의 존재와 군 생활에서의 배움을 새롭게 인식하고 장병교육과 지휘통솔에 적용하였다.

첫째가 군대는 '만약'이라는 가정하에 존재한다는 사실, 즉 '만약 전쟁이 난다면, 만일 도발한다면….' 그래서 이런 '만약'을 가정해 훈련하고 대비를 해야 한다는 것을 깊이 인식하였다.

두 번째는 군에서 터득한 전우애, 애국심, 약속 준수, 명예심, 극한상황 극복, 단결과 협동심, 책임감 등은 많은 예비역들이 전역 후 자신의 삶에도 큰 영향을 주었다고 토로하고 있는 사실을 귀담아들었다.

세 번째, 일본인들은 한국에서는 1년에 15만 명의 청년들이 군대라는 용광로에서 단련되어 사회로 진출한다는 것을 두렵고 경계대상으로 생각하는 사실이다. 따라서 나는 입대한 젊은이들을 육체적·정신적으로 강하게 단련시켜야 된다는 것을 깊이 인식하게 되었다.

네 번째는 군인은 계급 고하를 막론하고 주인의식과 책임의식이 확고해야 한다는 인식을 하였다. 나는 '이가 없으면 잇몸이 대신하는 것이 아니라 다른 이가 대신하는 것, 사수가 없으면 준비된 다음 타자 사수가 나서는 것이다.'라는 개념이 확고하다. 따라서 군인은 계급 고하와 직책을 막론하고 각자가 '만약', '다음 타자 사수'를 위해 항상 준비하고, 성공적인 임무 완수의 책임의식이 확고히 정립되어야 한다는 것이다.

01

총알도 피해 가는 겁 없는 대한민국 육군 소위

1) 3금 해제와 꿈길 첫 출발

금지된 자유가 해방될 때 환희야말로 감동 그 자체였다. 자유, 해방이 삶에 얼마나 귀중하고 행복한 요소인지 깨닫게 된 계기가 된 것이 초등군사반(OBC) 교육이었다. 육사 졸업 1주일 후 광주광역시 보병학교 초등군사반(1974. 4. - 7:4개월) 교육과정에 입교하였다. 4명이 한 호실을 사용하는 것은 육사 내무반과 같았으나 일과시간 준수 말고는 통제하는 것이 없었다. 3금(금주, 금연, 금혼)이 해제되었고, 토요일에는 외출·외박이 시행되어 젊음을 만끽할 수 있었다.

임관 후 첫 부임지는 임진강 하천선 경계 임무를 수행하는 문산 외곽에 있는 제1보병사단 예하 대대였다. 나의 전임소대장은 당시 육군참모총장의 장남으로 육사 1년 선배였다. 병사들은 육사 출신 소대장이 또 부임하였다고 자랑스러워하였지만, 한편으로는 원칙과 군기를 강조한다는 소문으로·병사 자신들은 힘들다는 생각도 하는 것 같았다. 더군다나 나의 매서운 눈매와 마른 얼굴의 인상 때문에 더욱 긴장하는 분위기였다.

전임 소대장은 참모총장 아들이었기 때문에 많은 배려와 관심, 인정을 받을 수 있지만 나는 그렇게 해서는 안 된다는 것을 알았다. 그래서 점호, 군장 검사, 순찰, 훈련, 취사장 운용 등 전임소대장과 확연히 차이가 나도록 원칙대로 소대를 지휘하였다. 나는 소대원들과 숙식을 같이 하면서 24시간 동고동락하였다. 그러니 고참들은 괴롭고 융통성을 부릴 수 없었다. 해안경계 근무 나가서 졸거나 담배를 피우는 등의 금지된 행위를 수시로 확인하여 군기를 잡았다. 나는 3개월 동안 24시간 소대원들의 일거수·일투족을 추적 감시하여 이탈행위를 색출하였다. 드디어 전방 해안경계 소대답게 경계근무와 군기가 잡힌 소초로서 제자리를 잡을 수 있었다.

병사들은 갓 임관하여 사관학교에서 배운 대로, 원칙대로 지휘하는 '육사 출신 소위'가 제일 무섭다는 선입감을 가지고 있다. 따라서 병사들이 무섭다는 선입감이 있을 때 군기를 바로잡고, 강한 리더라는 인식을 심어주어야 한다는 생각이다.

2) 덤벙대다가 치욕적인 실수

대대 ATT(대대훈련시험)는 대대장 배문환 중령이 2년 대대장 보직 중 단 1번의 평가를 받는 가장 중요한 훈련이었다. 대대장은 나를 육사 출신이고 임무를 잘 수행한다고 신뢰하고 대대 행군 첨병 소대장으로 임명하였다.

아침 6시 비상발령 후 만반의 행군 준비를 하고 자신 있게 대대 행군의 첨병 소대장으로서 출발했다. 고참병 2명을 앞세우고 행군하고 있는데 두 갈래 길이 나타났다. 이리 갈까? 저 길로 갈까? 머뭇거리고 있는데, 고참 병장이 "소대장님, 이쪽(지도에 없는 길)으로 가면 빨리 갈 수 있습니다." 고 조언을 하였다. 시간도 급하고 고참 병장의 경험이라고 생각하고 고참병이 가자는 길로 행군을 강행했다. 조마조마한 마음으로 10분 정도 행군을 하고 있으니 대대에서 무전이 왔다. 길을 잘못 가고 있으니 다시 돌아오라는 명령이었다. 하늘이 무너지는 것 같았다. 대대 행군은 일시 중지되고 다른 길로 1km를 더 가버린 1, 2중대는 다시 돌아가야 했다. 두 갈래 길에서 대대장과 평가관이 나를 째려보고 있었다. 집결지에 도착한 나는 대대장과 중대장 앞에서 고개를 들 수가 없었다. 나의 순간적 판단 착오로 대대 ATT 출발부터 잘못되게 했으니 무슨 명목으로 소대장을 더 할 수 있는가? 만회할 길은 남은 대대 시험에서 주어지는 임무 완수에 최선을 다하는 길밖에 없었다.

이후 독도법의 중요성을 뼈저리게 체험하고 OAC(고등군사반)에서는 지도만 보면 그 지역의 '물소리 새소리'까지 들을 수 있도록 몰두하고 배웠다.

네비게이션이나 네이버 지도 찾기가 있는 지금은 독도법이 필요 없다고 생각할 수 있지만, 아직도 군사지역은 지도에서 찾을 수 없게 되어있다. 그래서 군인에게는 여전히 독도법이 중요하다.

3) 토목과 출신인데, 설계도를 볼 줄 몰랐다.

육사 4년 동안은 문과·이과로 구분되어 저마다 전공과목 수업을 받는다. 다만 일반대학에 없는 전사학과, 병기과 등 군 특수성을 살린 전공과목이 별도로 편성되어 있다. 나는 가장 인기가 있었던 토목을 전공으로 선택했다. 나는 전공과목 선택 이전 2학년까지는 성적은 상위그룹이었으나 토목전공과목인 수리 공학, 토목공학, 설계 등은 모두 B, C학점이었다. 나의 육사 토목과 B, C학점 성적은 1979년 여름에 내무반 건축 과정에서 문제가 발생했다. 중대장은 내가 육사 토목과를 나왔다는 것을 알고 "설계도를 참고하여 15일 이내로 내무반 공사를 마무리지어라."라는 명령을 하였다. 혼자 설계도를 들고 고민하고 있었다. 그런데 건축 경험이 있는 소대원이 찾아와 자기가 설계도를 보고 막사를 지을 수 있다고 자신했다. 나는 그 병사의 도움을 받아 소대원들을 공사에 독려하였다. 기초 공사와 벽체를 세우고, 자갈, 모래, 시멘트 모르타르가 잘 혼합될 수 있게, 그리고 틈이 생기지 않도록 몽둥이나 삽으로 계속해서 다지라고 다그쳤다. 소대원들은 밤에도 횃불을 들고 소대장이 시키는 데로 열심히 다졌다.

이틀 뒤에 벽체를 확인해보니 한쪽으로 볼록 튀어나와 있었다. 소대장이 힘차게 다지라는 지시에 소대원은 벽체가 튀어나오는 줄도 모르고 힘차게 다진 결과였다. 중대장에게 이 사실이 노출될까 봐 튀어나온 벽체를 징과 곡괭이로 찍어서 올바르게 고쳐야 했다. 소대원들은 토목과 나온 소대장의 건축 실력을 믿고 시킨 대로 이행했는데 다시 뭉개는 이중작업을 하게 되었다. 많은 시행착오를 거쳤지만, 움막 같은 내무반은 명령대로 보름 만에 완공할 수 있었다. 군인은 곡괭이와 삽만 주고 집을 지으라고 해도 이행해야 했다. "안 되면 되게 하라, 無에서 有를 창조하라."라는 군대다운 명령체계를 처음 맛보았다. 자신감이 생겼다.

4) 연대장 밥그릇에 젓가락으로 헤졌다

내가 6개월 보병대대 소대장 임무를 수행하고 나니 DMZ 작전을 담당하는 수색대대로 전출명령이 났다. 최평욱(육사#16)연대장에게 전출 신고하니 저녁에 연대장 공관으로 오라고 했다. 내가 긴장한 모습으로 연대장 공관 현관에 들어서니 연대장께서는 반갑게 맞이하셨다. 연대장은 클래스에 얼음을 넣고 '조니 워커' 양주를 조금 부었다. 나의 글라스에는 물 대신 조니 워커를 빨갱이 잡는 선(8부 능선)까지 따라 주셨다. "자아~ 한잔하자!" 하시길래 연대장 앞에서 거절도 못 하고 글라스 두 잔을 연거푸 원샷(One Shot)으로 마셔버렸다. 연대장은 아직도 칵테일 잔을 다 비우지 않은 상황이었고, 나의 객기(?) 어린 원샷에 너털웃음을 하시면서 당번병에게 저녁식사 준비하라는 지시를 했다.

연대장은 나를 식탁으로 데리고 가 마주 앉게 하였다. 내가 젓가락을 들고 반찬을 먹기 위해 쭉 뻗은 곳이 반찬 그릇이 아니고 연대장의 밥그릇이었다. 연대장 밥그릇을 내 젓가락이 헤집고 있었다. 얼마나 황당한 일인가!.. 연대장은 웃으시며 "임마, 이것은 내 밥인데, 왜 내 밥을 먹으려고 하는가."라는 말씀이었다. 나는 정신이 바짝 들었다. "예, 죄송합니다". 나는 또다시 실수하지 않으려고 국만 몇 숟가락 떠 넣었다. 연대장은 내가 술에 취한 것을 알고, 당번병에게 1호차를 대기시키도록 명령하였다. 나는 제대로 밥숟가락을 들지도 못하고 연대장 환송 만찬장을 빠져나와야 했다.

나는 1호 차 앞 좌석에 타고 문산 대대 BOQ(독신 숙소)에 도착했다. 그 뒤는 생각이 나지 않았지만, 대대는 비상이 걸렸다. 위병소에서 연대장 1호 차가 대대 본부로 들어와 순찰하고 하천선 경계지역으로 갔다고 대대장에게 긴급보고를 하였다. 대대장은 급히 연대장 순찰차를 수행하기 위해 하천선을 향했다. 아무리 찾아도 없었던 모양이었다. 위병소에서 내가 탄 1호 차를 연대장이 순찰한 것으로 잘못 보고한 것이다. 나의 첫 임관 보병소대장 6개월은 조니 워커 2잔에 정리하고 판문점 좌우 DMZ 작전을 담당하면서 제3땅굴을 발견한 수색대대 소대장으로 전출 갔다.

02

긴장의 도가니, DMG, MDL, 그리고 GP에서

1) 제3땅굴 발견한 '훈장 5소대장'

1974년 9월 5일 귀순한 북한의 김부성 하전사에 의해 땅굴 공사 첩보를 근거로 1975년부터 문산 축선 지역에 대해 시추작업을 하였으나, 사단장 보직이 끝날 때까지 땅굴을 발견하지 못했다. 이후에 전두환 사단장이 부임하였다. 전두환 사단장은 재직 중에 '무장공비를 잡고, 땅굴을 찾겠다.'는 지휘 중점을 설정하고 지휘역량을 집중하였으며, 보직 후 1년 6개월이 지난 1978년 6월 10일 새벽 3시에 드디어 제3땅굴 징후를 발견하였다. 징후를 최초로 보고하고 확인한 요원이 내가 보직 받은 소대였다.

대공초소 경계병 황기익 병장이 야간감시 장비 TOD로 땅굴 예상지점에서 '펑' 하는 소리와 함께 물줄기가 하늘로 치솟는 것을 발견하였다. 즉시 GP 상황병은 중대–대대 상황실로 보고하였다. 그러나 대대 일직사령이었던 작전과장은 이 결정적인 상황보고를 비무장지대에서 나타나는 일상적인 폭음이라고 무시하고 사단으로 보고하지 않았다.

역갱도에 투입된 수색대원 / 전두환 사단장 역갱도에서 / 제3땅굴 입구에서 저자

반면에 GOP 철책선 경계초소에서는 DMZ에서 미상 폭발음을 청취했다고 사단으로 보고한 상태였다. 사단에서는 새벽에 현장으로 확인하도록 명했다. 소대 선임하사 김을수 상사와 수색팀은 현장에서 시추공 주변에 물줄기가 솟은 흔적이 있는 것을 발견하고 상급부대로 확인 상황을 보고하였다. 지하에 땅굴을 파면서 높아진 공기압에 의해 시추봉으로 물줄기가 분출한 것이다. 전두환 사단장은 '개나리 작전'이라는 TF를 편성하여 DMZ에 매복작전과 보안을 강조하면서 역 갱도를 신속히 뚫도록 하였다. 제3땅굴 발견 사실을 공식 발표하지 않은 채, 제1보병사단은 1978년 10월 1일 국군의 날에 대통령 부대 표창을 수상하였다. 역갱도는 10월 17일 완성되었고, 제3땅굴 발견 사실이 만천하에 공개되었다.

2) 소대장님! 동작 그만! 지뢰 밟았습니다!

우리 소대는 판문점 좌측, 송악 OP 앞의 제3땅굴 전방에서 DMZ 주도권 장악을 위해 수색매복작전을 수행하였다. 작전 지역은 개성 송악산 앞의 사천강이 흐르는 구릉지와 평야 지역으로 피아 지뢰가 유실되어 있기 때문에 DMZ에서 잦은 지뢰 사고가 발생하였다.

정찰팀장으로서 첨병 뒤에서 팀원을 지휘하면서 수색 정찰을 하는데, 뒤따라 오던 김해수 상병이 "소대장님! 동작 그만! 지뢰 밟았습니다!"라고 외쳤다. 순간 나는 움직이지 않았고 팀은 즉각 사주경계 상태였다. 나는 지뢰를 밟았다는 직감이었으나 폭발하지 않았기 때문에 압력 해제식 지뢰인 것이므로 판단하고 움직이지 않았다. 잠시 생각 끝에 소대원에게 명했다. 휴대한 야전삽과 대검으로 내가 밟은 발 옆에 구덩이를 굴토하도록 하였다.

강추위에 30분 정도 로봇처럼 꼼짝 않고 서 있었고, 소대원들은 내가 옆으로 뒹굴어 몸이 들어갈 정도로 굴토를 하였다. 그리고 충성스런 송승기 일병과 약속 대련을 하였다. '하나! 둘! 셋! 굴렀다! 눌렀음! 지뢰는 폭발하지 않았다. 나는 살았다. 이제는 충성스러운 송승기 일병을 살려야 한다. 나는 흙을 파낸 구덩이에서 나오면서 송승기 일병에게 야전삽을 누른 상태로 굴토된 구덩이로 들어가도록 하였다. 그리고는 야전삽 위에 큰 돌과 바위들을 모아 50kg 정도 무게로 압력을 가하고 송승기 일병이 야전삽을 놓고 구덩이에서 빠져나오게 하였다. 그리고 팀원들을 대피시키고 지뢰와 눌러진 돌멩이들을 조준사격하였다.

그러나 눌러진 돌도 무너지고 지뢰도 손상이 갔지만 폭발하지 않았다. 오랜 세월 동안 뇌관에 물이 들어가 부식되었고 지뢰 자체가 얼어 있었기 때문에 작동하지 않았던 것이었다. 어찌했던 소대원과 내가 지뢰를 밟고도 모두가 무사했다.

소대 콘세트 내무반 / DMZ 작전 후 격구경기로 소대원과의 동고동락

GOP 철책을 통과 / DMZ에서 성순, 수환, 섭이, 진규, 삼석 전우랑

수색소대장 보직 받은 지 6개월도 안 되었는데 벌써 2번의 죽을

고비를 넘겼다. 왜 그랬을까? 어릴 적부터 만들어진 자만심, 골목대장 기질, 만용 때문이었을까? 나는 자책을 했지만, 또 한편으로는 구사일생의 경험이 오히려 생명에 대한 집착보다는 운명으로 받아들이는 용기가 생겼다. 생명에 애착을 가질 필요가 없어졌다. 이후 더 과감해지고 용감해졌다. 나는 113살까지 살 계획을 하고 있지만, 인명은 재천이라 희망 사항이다.

3) 사단장과 눈싸움에 지지 마라

수색대대 소대장 부임 후 DMZ 작전 6개월 경험한 나에게 드디어 GP 장으로서 근무할 기회가 왔다. 전두환 사단장에게 황의식 육사 동기생과 GP장 교대 신고를 위해 사단사령부로 갔다. 비서실장(육사 #25)은 신고연습 후에 사단장실 입구에서 마지막 경고를 하였다. "사단장 훈시가 1시간 넘을 것이다. 눈을 부릅뜨고 훈시를 듣되, 사단장님과 눈싸움에서 절대 지면 안 된다."라는 당부였다.

신고가 끝나고 T자 테이블에 앉았다. 1시간 30분 정도 사단장의 훈시가 있었다. 42년이 지난 지금도 생생하게 기억난다. "이 소위, 황소위, 남자가 돈 없고 백 없으면 군대 생활이 최고야, 내 어깨 별 2개 보이지?, 나는 당장 지금 별 2개를 떼도 여한이 없다. 나는 사나이로서 성공했다. 오늘 문산에서 둘이서 술 한잔하고 앞으로 2개월 동안

GP장 잘해." 하시고는 봉투 2개를 건네주려 했다. 둘은 1시간 반 동안 눈싸움에 지지 않기 위해 눈도 깜빡거리지 않고 사단장 눈을 뚫어지게 쳐다보았기에 눈물이 흘러 얼굴에 범벅이 되었다.

문제는 1시간 반 동안 고개를 우측으로 돌려 있었기 때문에 고개가 돌아오지 않아 엉거주춤한 자세로 봉투를 받아 나왔다. 황 소위와 나는 화장실에서 굳은 목을 안마해서 풀고 눈물을 씻고 문산에 나갔다.

황의식 소위와 나는 육사 3, 4학년 2년 동안 같은 중대 근무 생도를 하였기에 누구보다 잘 알고 친한 동기생이었다. 지금도 한 명의 육사 친구를 불러라고 하면 '황의식'이다. 참 멋지고 끈끈한 육사 동기생이다. 지금도 분기별로 만나는 임관 동기인 ROTC16기 김재환, 삼사 14기 오형창 전우랑 4명은 42년간 다져온 우정으로 젊음과 천하 1사단 소대장 시절 객기를 부리고 있다. 4명의 전우 친구 만남은 인생의 행운이다.

4) GP장! 나는 왕이로소이다

나는 GP장 재직 시 '나는 왕이로소이다.' 하는 식으로 지휘를 했다고 고백한다. 아직 초급장교라 비무장지대의 정전규칙과 군율 등을 잘 몰랐던 탓도 있었다. 무식한 사람이 용감하다는 말처럼 나는 겁 없는 GP장 생활을 하였다.

대성동 주민 월북차단, GP에서 음주

1979년 11월경, 대성동(판문점 인접 DMZ 유일의 마을)의 가을 추수가 끝나고, 사천강 습지에 갈대가 휘날리고 있었다. 날씨가 맑아 대성동 태극기 깃발과 북한 개성 선전마을의 인공기(세계에서 가장 높은 108m 깃대와 13×8m 크기의 인공기) 펄럭이는 모습, 선전마을의 소달구지 이동과 어린아이들의 등교 모습 등이 선명하게 관측되고 있었다. 대공 관측병이 긴급 상황보고를 했다. "소대장님 대성동 좌측 사천강 둑에서 민간인 1명이 군사분계선(MDL)으로 이동 중입니다."라는 보고였다. 즉각 상급부대에 상황보고를 하니, "신속하게 추적하여 월북을 차단하라. 적의 대응과 지뢰지대를 유의하라."라는 명령이 내려왔다. 현장은 MDL 근접 사천강 갈대밭이었고, 북괴군 경계병과의 거리는 500m 정도였다. 나는 민간인에게 "북쪽으로 향하면 사살하겠다."는 경고를 하면서 남하하도록 유도하였다. 차단과 추격작전을 계속하고 있을 때 민간인은 몸을 내밀며 손을 들고 자수 의사를 표시했다. 나는 대성동 농사일에 임시 고용된 후방지역 민간인으로 확인하고, 대성동 담당 부대(유엔사 소속 JSA 부대장)에 인계하고 작전을 종료하였다. 덕분에 작전 유공으로 군단장 표창을 수상하였으며, 감사의 선물로 받은 대성동 막걸리를 절대 금주 지역인 GP에서 마음껏 분음하는 기회도 얻었다. 이를 계기로 이후에 대성동 소대장으로 보직 받은 육사 동기생 왕진, 이충호 중위와 GP⇔대성동으로 교류하였고, 모험적인 활동도 있었다.

DMZ에서 / 6.25 전쟁 시 파괴된 DMZ 기관차 앞에서 이충호와 왕진 동기생

왕명이다. 대공 초소만 운용하라. 그리고 골프 심리전

야간에는 여러 초소에 경계근무를 수행해야 한다. 하지만 눈이 오거나 달밤에는 시계가 양호하고 적 침투 확률이 적기 때문에 주간 근무처럼 대공초소 1개만 운용하고 휴식하도록 하였다. GP 근무규정에는 어긋나지만 나는 지휘통솔의 집중과 선택 원칙에는 부합된다고 생각했다. 그리고 장병들에게 시간만 나면 육체미 단련이나 취미활동을 보장해주기도 하였고, 나도 비무장지대에 잘 자란 진달래 나무를 뿌리째 뽑아 우드 골프채도 만들고, 솔방울이나 황토를 다듬어서 골프공을 만들었다. 그리고, 북괴군 GP 요원들을 불러내어서 골프가 이런 것이라고 한 방 날리면서 대북심리전도 하였다.

GP에서는 일체의 음주를 할 수 없다. 그러나 비무장지대 유일한 대성동 마을에서 구해온 술로 소대원에게 격려 회식을 시키기도 하였고, 중대인사계에 부탁해서 구입한 캡틴Q를 한 뚜껑씩 성수처럼 분음하기도 했다.

준비된 사수! 사격 개시!

수색대대의 임무는 DMZ 주도권 장악이었다. 따라서 적 상황에 대한 철저한 감시와 정보획득, 침투차단, 적이 두려 할 수 있는 공세적이고 실전적인 모습, 그리고 대적 심리전이 주 임무 수행 과제였다. 나는 의도적으로 긴장을 조성하고, 즉각 조치 훈련을 시켰다. 실례로 GP 외곽의 잔밥 처리장이나 우물에 노루나 꿩이 출몰하면 비상을 발령하여 진지투입과 사격을 명하는 등 즉각 조치 훈련을 실시하였고, 사냥 부산물은 GP 부식 재료로 활용하였다.

GP 작품전시회에 사단장을 초청하다

한번 GP에 투입되면 수개월 동안 수행하는 임무는 24시간 경계근무, 적정관측과 화목작업, 급수작전 반복뿐이다. 혈기 왕성한 젊은이들이 단순화, 일상화, 지루함과 고독감으로 자살, 월북, 가혹행위, 폭발물 사건 등이 많이 일어난다. 나는 매일 반복되는 일과에 변화를 주고 싶었다. 그래서 틈만 나면 운동, 작전준비, 공부, 취미생활을 하게 했다. 그런데 모두가 좋아하는 일이 있었다. 비무장지대의 참나무, 버드나무, 그리고 노루와 꿩 뼈, 6.25 전쟁 시 철모, 대검 등으로 예술작품을 만드는 것이었다. 특히 참나무를 매끄럽게 다듬고 자신의 꿈과 그림을 그리는 것을 좋아했다.

충북 영동군 출신 전상규 일병은 사회에서 조각에 상당한 기술을 보유하고 있었고 예술성도 뛰어났다. 나는 최연식 사단장(육사 #11, 전두환 사단장 후임) 등 상급지휘관을 GP에 초청하여 작품전시회를 개최하였다. 정전협정 이후에 GP에서 최초 작품전시회 개최라는 이정표를 세웠다고 자화자찬하면서 소대원의 자긍심을 고취시켰다.

GP에서 골프 심리전 / GP 방카 입구 참나무 작품 앞에서 사단장 / 팀원의 여유

GP 장실은 검정고시 공부방

내무반장 김원본 하사는 전역 2개월 전에 검정고시 공부할 여건을 마련해주기를 건의하였다. 나는 내무반장을 무한히 신뢰했기에 배려하는 마음으로 GP 장실을 공부방으로 사용하도록 허락하였고, 나는 GP 내무반에서 소대원과 같이 숙식을 하였다. GP 요원들은 상호 불편하였다. 그러나 워낙 내무반장이 GP 요원들과 GP 장과의 연결고리

역할을 잘해주었기 때문에 GP 요원들도 불편함을 감수해 주었다.

이러한 나의 조치는 상하동욕(上下同欲)의 리더십을 체험하는 계기가 되었고, 이것이 연유되어 '훈장 5소대' 모임을 만들게 되었다. 사실 내가 GP 장실에서 내무반으로 숙식 장소를 옮기고 보니 더 편하고 따뜻한 곳이었다. 왜냐하면, 병사들이 취침하는 내무반은 베치카와 화목 난로가 설치되어 있고, 매일 DMZ에서 벌목해온 참나무로 난로를 피우기 때문에 온기가 유지되고 있었다. 반면 GP 장실은 조그만 등유 난로 하나가 설치되어 있었고, 항상 등유 냄새와 연기가 가득하여 아침에 일어나면 콧구멍이 새까맣게 그을리고 불편하였기 때문이다.

김원본 내부반장 / 이승구 상황·서동렬 군견병 / GP 취사병 / GP 장 북녘을 바라보며

5) 북괴군과 날마다 말싸움하다

GP는 적과의 거리가 가깝고 시계가 좋아 대면 심리전, 전단살포, 시청각 심리전, 방송심리전, 평화 비둘기 보내기 등 피아(彼我) 심리전을 전개할 수 있는 여건이 잘 조성되어 있었다.

적 GP 뒷다리 대남심리전의 역효과

1979년도 말 돼지가 수요보다 공급이 너무 많아 '돼지고기 파동'이 일어났다. 군부대에서도 비계가 있는 돼지고기는 먹지 않았다. 매일 돼지고기가 메뉴에 올랐다. 그러한 시기에 북쪽 GP에서는 돼지고기를 상급부대에서 지원해주었다고 시청각 심리작전을 해 왔다. 시청각 심리작전이란 상대를 대상으로 장구, 꽹과리, 춤꾼까지 동원하여 이목(吏目)을 집중시킨 후에 전개되는 심리전의 작전형태이다.

북괴군 적공조 요원(북괴군 심리전 요원)들은 돼지 뒷다리를 둘러메고는 GP 정상 초소에서 "오늘 돼지고기가 지원되었다. 함께 먹고 싶다. 정말 기분 좋은 날이다."라고 자랑한다. 1시간 후에는 그 돼지 뒷다리를 인접 GP로 이동시켜 또 자랑하는 선전 심리전이었다. 그러나 우리 GP 요원들은 매일 돼지고기가 부식으로 나와 신물이 날 정도였기에 북괴군의 돼지 뒷다리 선전심리전은 오히려 북괴군의 부식수준이 형편없다는 것을 인정하는 역효과였다.

"장대비가 곧 온다. 빨래 걷어라." 대북확성기 방송 심리전

대면 작전과 대북확성기 심리전 방송은 지정된 시간이나 상황 발생 시 수시로 전개한다. 대부분은 북한체제 및 우상화 비판, 자유대한민국 우월성 주제로 심리전을 전개하지만 때로는 현장 상황과 연계하여 적시에 전개한다. 북괴군이 가장 신뢰하고 관심이 많은 주제는 기상예보와 실생활, 북한 내부의 정보를 알려주는 것이다.

예컨대 "소나기가 곧 오니까 빨리 빨래를 걷어라."고 하면 빨래를 걷는다. 그리고 북한 출신 미국 NBA 농구선수인 리명훈의 활약상을 알려주면 아주 좋아했다. 또한, 용천역에 큰 폭발사건이 일어나 많은 주민이 희생되었다. 이 사실을 알려주고 너의 부모·형제는 무탈한지 편지를 쓰라고 한다. 그들은 우리의 정보를 듣고 휴가를 가거나 다른 계통으로 듣고는 우리의 정보가 진실임을 믿게 되었다. 이렇게 일상생활이나 내부정보 사실을 알려주고 신뢰와 관심을 끌게 한 후에 대북심리전을 전개하면 심리전 효과가 있었음을 알 수 있었다.

우리는 대통령도 비판할 수 있다.

대면 작전은 피아 GP 요원끼리 육성이나 메가폰으로 대화를 주고받는 심리전 형태이다. 북괴군 대면 작전 요원은 전문교육을 받은 군단 예하의 적공조 요원이 GP까지 배속된다. 반면에 우리는 심리전 교육을 받지 않은 GP 요원 누구나 대면 작전을 실시했다. 주기적으로 상급부대에서 대면 주제를 하달하여 실시하는 때도 있지만, 해당

GP에서 현장 상황과 이슈를 선점하여 실시하는 때도 있었다. 대면 작전 준비나 요원 능력에서는 북괴군보다는 열세하다고 평가되었지만, 우리는 사상과 언론의 자유라는 강력한 무기 때문에 북괴군과의 대면 작전에서 절대 불리하지 않았다.

북괴군은 전문 요원에 의해 사전에 철저하게 기획하여 대남심리전을 전개하기 때문에 대단히 논리적이면서 기습적이다. "야! 남조선 초소 동지들, 수고가 많네. 오늘은 내가 상식문제를 낼 테니 알아맞추어 봐라. 야, 세계에서 가장 높은 산은 어디에 있는 무슨 산인가?" 갑자기 질문하면 아는 것도 당황하여 머뭇거리는 경우가 있다. 북괴군은 우리 초병이 머뭇거리는 순간 "야, 그것도 모르나 히말라야 산맥의 에베레스트 산'이다, 동무가 모르는 것은 당연하지, 동무는 농어촌 못사는 집에서 태어나 돈이 없어 공부도 못 했지? 야, 남조선 친구야! 돈 없이도 평등하게 공부하고 잘사는 북조선으로 넘어오라. 영도자께서 대환영할 것이고 너의 한을 풀어줄 것이다."라고 우리 병사의 마음을 휘저어 놓는다. 이러한 기습 대면 작전으로 북한의 무상교육 제도를 선전하고, 남한의 빈부 격차, 부정부패 등 남남갈등을 조장한다. 우리는 북괴군의 기습 대면 작전에 대응하거나 회피하기 위해 김일성 우상화를 비판한다. 북괴군은 김일성 이름만 나오면 "야!친구들 그만하자"고 하면서 사라져 버린다.

이제 우리가 공세적 대면 작전을 유도한다. "야! 광식이 나오라! 요즘 우리 부대 상급자들이 부식을 많이 횡령하는 것 같다. GP에 하루에 통닭 10마리씩 보내주었는데, 상급자들이 착복했는지 7마리 밖에 못 받았다. 박정희 대통령이 군 사기진작해주라고 했는데, 박정희 대통령도 군 지휘관 부패를 잡지 못하는가 보다." 광식 친구야! 우리는 상급자 잘못을 마음대로 말을 할 수 있는 언론의 자유가 보장되어 있다. 너희들은 없지?"라고 얘기하면 북괴군도 사상과 언론의 자유가 있다고 한다. 그러면 언론의 자유가 있는지 한번 표현해 봐라, 김일성 주석 비판해 봐라, 나처럼 해보라고 한다. 또 북괴군은 그만하고 들어가라고 신호한다.

북괴군에게 시청각 심리전 시도

비둘기 평화 메시지 심리전

나는 심리전이야말로 부전승(不戰勝)과 최소 피해 전승의 국가안보 및 군사전략을 구현할 수 있는 최고 전략이라고 생각하고 있다. 독일 통일은 브란트 수상의 동방정책(부전승을 위한 동독 개방화와 교류협력의 심리전략)의 산물이었음을 고려해 볼 때, 최근 '대북전단 금지법' 제정은 북한 개방화와 평화통일을 포기한 것이 아닌가 생각이 되어 유감스럽다.

03

DMZ 주도권을 장악하라!

1) MDL에서 야간 매복작전

DMZ 야간 매복작전은 기도비닉이 작전의 성패를 좌우한다. 따라서 여름엔 침투 유효사거리 2cm가 되는 모기떼와 싸우면서, 겨울에는 살인적인 추위 속에서도 일체의 미동과 소음도 내지 않고 기도비닉을 유지해야 한다. 1979년 2월 나는 매복작전팀이랑 DMZ에서 작전 준비를 완료하고 적 침투상황에 대비하고 있었다. 영하 10도 이상의 추위에 기도비닉을 유지하면서 매복작전을 실시하는 것은 정말 힘들고 괴로운 시간이었다. 4시간이 지났을 것이라고 시계를 보면 1시간도 채 지나지 않는 시곗바늘을 보며 한숨만 쉬고 있었다. 왜 이렇게 시간이 느리게 가는지, 고장 난 시계도 아닌데…. 조금 있으니 옆에 있는 작전 조에서 코 고는 소리가 들렸다. 팀이 졸거나 자는 징후임이 틀림없다.

군사분계선 팻말, 군사분계선을 넘어 북쪽 땅에도 발을 담그고

나는 매복작전팀에게 철수 준비를 지시하고 "이놈들아! 매복작전하면서 왜 조느냐?"라는 호통을 치면서 군사분계선 쪽으로 인솔했다. 작전 팀원들은 소대장의 모험적인 지시에 공포감을 느끼면서 "소대장님, 잘못했습니다. 작전 임무 잘 수행하겠습니다."라고 애원했다. 나는 소대원의 애원을 무시하고, MDL 지역에 매복작전을 감행하였다. 작전팀원들이 숨소리도 들리지 않을 정도의 완벽한 기도비닉을 유지한 채 매복작전을 임하는 것을 확인하고 다시 후방으로 철수하여 매복작전을 수행하였다. 왜냐하면, MDL 지역에서 매복작전은 정전협정 위반뿐아니라, 적의 기습에도 취약하기 때문이다. MDL에서

의 매복작전은 소대원들이 나의 모험적이고 과감한 작전지휘를 새롭게 인식하는 계기가 되었다.

2) DMZ 화공작전 시 아찔했던 순간

1980년 10월 1일부로 수색대대가 증편되는 바람에 중대장 2명이 추가 소요되었다. 대대장은 DMZ 작전 경험이 많은 나를 1중대장으로 보직시켰다. 우리 중대 소대장은 육사 36기, 삼사 16기, ROTC 18기 등 5명으로 나보다 2년 후에 임관하였지만 모두 중위 소대장이었기에 대위 진급예정자인 나와 계급으로는 중대장과 소대장이 구분되지 않았다.

나의 첫 수색중대장 임무는 DMZ 화공작전으로 시작되었다. 화공작전은 적의 장애물 위치 확인과 적 지역 감시 관측의 장애물을 제거하는 데 중점을 두고 실시한다. 따라서 풍향이 북서풍일 때 화공의 방향이 북으로 향하게 하는 데 역점을 둔다. 1980년 11월 초순쯤이었다. 화공작전 팀원에게 작전지침과 안전교육을 시행 후에 개성 전방 사천강 하류 지역의 군사분계선 일대로 인솔하여 화공작전을 개시하였다. 화공작전 초기에는 의도한 대로 북쪽으로 불길이 잘 향했다. 그런데 갑자기 풍향이 돌변하여 작전 팀원 쪽으로 불길이 다가왔다. 동시에 DMZ에서 평화롭게 뛰어놀던 노루들도 불길을 피해 남쪽으로 도피하였다. 작전 팀원들이 집결하고 있었던 곳으로 갑자기 화염이 붙어가고 주변에서는 지뢰가 폭발하고 있었다. 나는 신속히 팀원들을 탈출·분산시켜 아찔했던 순간을 모면하였다.

중대장 업무보고 / 중위 소대장 5명과 DMZ 장단면사무소와 기관차 앞에서

수색중대장 지프 / 개성 전방 사천강 하류 불탄 흔적, 화공작전 현장지휘

3) 적공조와 상면작전을 준비하다

상면작전은 영화 「JSA」에서 나오는 장면처럼 남북한 GP 장병이 MDL에서 만나서 대화하는 심리작전 형태이다. 1981년 봄날이었다. 적 GP 적공조 요원이 아군 GP 요원들에게 "남조선 동무들, 날씨가 너무 좋구나. 우리 총칼 다 버리고 MDL에서 즐거운 시간을 갖자." 만남을 유혹한다. 아군 GP 요원은 계속해서 만나자는 유혹을 정전협정위반이라고 거절한다. 그러자 또 공세를 가한다. "남조선 동무들, 너희들이 자유 민주국가라고 자랑하는데 자유를 행동으로 보여주라. 그렇게 용기가 없느냐?" 기가 죽은 아군 GP 요원은 GP 장에게 "DMZ 주도권 장악을 강조하시는데 만나야 하지 않습니까. 저놈들에게 쪽팔립니다."라고 만남을 졸랐다.

만남을 결심한 GP 장은 6명을 선발하여 M-16을 장전하고, 치약과 라면을 휴대하고 MDL 약속장소로 내려갔다. 그런데 북괴군은 비무장으로 악수를 청하고, "동무들, 총과 수류탄 내려놓고 술이나 한 잔하자."라고 하면서 막걸리판을 벌인다. 그리고 '김일성' 이름이 새겨진 시계를 선물로 준다. 기가 죽은 GP 장은 치약과 라면을 선물이라고 전달하면서 '만남' 사실의 보안 유지를 당부한다. 몰래 북괴군 적공조 요원과 만남은 탈 없이 잘 끝났다. 문제는 GP 교대하고 단체휴가를 간 상병이 아버지에게 '김일성 시계'를 보여주면서 발생했다. 아버지는 아들이 휴가 귀대하는 날 혹시 월북할지 모른다는 생각으로 보안부대에 신고한 것이다. 즉시 전파되어 휴가 복귀하는 GP 요원들은 서울역에서 모두 체포되었다. 이 사건으로 해당 소대는 해체되고, GP 장이 군법회의에 회부되어 이등병으로 강등당했다.

'DMZ 주도권 장악'을 강조한 상급부대는 문제 해결 방안으로 정식으로 상면 작전을 준비하라는 지시가 수색대대로 내려졌다. 수색대대에서는 나를 팀장으로 임명하고 6명의 작전 요원을 선발하였다. 나는 북괴군 상면 작전 대상인 적공조의 특성과 만남까지의 과정, 그리고 만나서 해야 할 언행 등을 교육하고 훈련했다. 2개월의 팀원 교육이 끝나고 작전명령을 기다리고 있었으나, 명령은 내려오지 않았다. 상면 작전은 비무장지대에서 전개되는 북괴군과 만남이기 때문에 유엔사의 군사정전위 소관 업무이다. 그런데도 상면 작전 준비를 지시한 것은 GP 장 임의로 만남을 못 하도록 하는 예방 차원이었다.

적 GP 적공조 요원이 상면작전 유도

MDL에서 만나는 상면작전

4) 특수작전부대로 육성하다

완전군장 장거리 급속행군

1982년도 가을이었다. 당시 최세창(육사 #13) 군단장 지시로 김신조가 증언한 침투 시 급속행군 능력과 비교하는 시험을 하라는 명령이 수색대대로 내려왔다. 대대에서는 이 명령을 우리 중대에 부여하였다. 나는 중대원 중 체력이 강한 24명을 선발하여 밤낮으로 훈련을 하였다. 북괴군 김신조의 청와대 습격 루트는 파주 장단면 장파리 지역에서 출발–파평산–북한산–북악산–세검정–청와대였다. 우리 중대에 특수명령을 하달한 군단장과 사단장 등 지휘관들은 헬기를 타고 파평산 정상에 도착해 있었다. 우리 중대 정예요원 24명은 명령을 받고 부대에서 파평산으로 급속행군을 하였다. 800고지의 파평산 급속행군은 급경사에서 구보로 등산하는 것과 같은 상황이었다.

24kg 군장을 메고 휴식 없이 급속행군하는 것은 인간한계를 초과하는 시험이었다. 도중 낙오 징후가 계속 발생했지만, 군장을 대신 메어 주고 밀고, 끌어서 정상에 도착하였다. 기준시간보다 초과하였지만, 낙오 없이 정상에 도착한 것만으로 우리는 만족하였다. 군단장은 한 명도 낙오 없이 마지막까지 사력을 다한 우리 팀에게 "잘했어. 수고했다."며 격려를 하였다. 나에게 소감을 물었다. "최선을 다했습니다. 저의 중대 능력으로는 김신조가 증언한 시속 8km 완전군장 급속행군은 어렵다고 생각됩니다. 더 훈련을 시키겠습니다."라고 대

답하였다.

군단장, 사단장은 나의 얘기를 듣고 사실 산악지형에서 완전군장으로 시속 8km는 불가능하다고 판단한 것 같았다. 김신조가 증언한 산악급속행군 시속 8km 침투는 '나무꾼 우 씨 3형제'에게 노출된 이후에 이탈하거나 산 정상에서 하산할 때, 행군속도를 증언한 것이었다.

천리행군(400km)에 도전하다

서부전선 철책선 근처에 주둔한 부대가 포천의 칠봉산 유격장까지 이동하여 2주간의 유격 훈련을 받고, 천리행군으로 부대를 복귀하는 훈련이었다. 천리행군은 포천–의정부–구파발–한강하구–문산을 경유하는 코스로써, 4박 5일 주야 행군이었다. 발바닥 보호를 위해 스타킹, 양말 비누칠 하기 등 만반의 준비를 하였지만, 소용이 없었다. 소모된 체력과 졸음, 벌어진 발바닥의 통증 등으로 극한상황이 연속이었다. 그러나 천하 제1사단 정예수색대대 요원이라는 자긍심으로 버틸 수밖에 없었다. "천하의 1사단 정예수색 1중대 원 여러분, 우리는 천리행군을 피할 수 없으니 즐기자. 중대장을 따르라, 그리고 기분 조오타아~ 외쳐라!" 기분 조오타아! 기분 조오타아! 기분 조오타아." 또 독려하여 다음 휴식까지 걷고 걸었다. 드디어 도착했다.

5) H시 하달! 그리고 SOS

상급부대에서는 우리 중대에 군사령관을 모시고 침투습격 임무 수행 시범을 하라는 명령이 내려왔다. 나는 시범에 대한 준비로부터 장병 개개인의 행동에 이르기까지 타임 테이블과 시나리오를 준비하였다. 소총과 기관총 사격은 물론, 수류탄 투척, 지뢰 및 부비트랩 등 장애물 개척, TNT 설치 및 폭파 등 모든 화기 및 폭발물은 실전 상황과 같은 조건에서 초 단위로 전투 임무를 수행할 수 있도록 하였다. 주간에 반복적인 연습과 야간 악천후 숙달을 계속하였다.

D-2일, 비가 오는 야간 악천후 상황에서 총 예행연습을 실행하였다. 나는 전 작전팀에게 H 시를 하달하였고, H 시가 되자 기관총, 수류탄 등 모든 화기의 일체 사격으로 훈련장은 실제 전투상황처럼 전개되었다. 일체 사격이 끝나고 뒤늦게 정상에서 TNT 폭발음이 들렸고 비명과 함께 무전으로 SOS가 왔다. 나는 즉각 훈련을 중지, 철수 지시와 함께 구급차를 요청하고, 사고 병사를 응급처치 후 하산시켰다. 부상병은 빗소리 때문에 TNT와 연결된 도화선이 타들어 가는 소리를 듣지 못하고 늦게 투척함으로써 발꿈치 아래 화상과 상처를 입었다. 시범 후 격려 회식, 포상휴가, 표창장으로 장병들의 3개월의 고생과 희생에 보답하였다.

나는 시범 후에, 모든 임무 수행 전에 반드시 워게임으로 안전체크를 할 수 있도록 세부 타임 테이블로 작성하여 실행하였다. 군에서 안전사고 때문에 훈련을 포기하거나 실전적 훈련을 하지 않은 분위기가 형성되고 있다는 얘기를 많이 듣는다. 워게임식 임무 수행 방식을 적용하여 강한 훈련을 시키면 안전사고가 오히려 감소한다는 것을 강조하고 싶다. 또한, 안전조치가 강구된 실전적 강한 훈련은 지휘 주목과 군 기강 확립, 단결심, 전우애 등이 고양됨을 알 수 있었다.

04

혼돈과 갈등, 그리고 실무간부로서 중심 잡기

1) 임무 수행과 인간애 균형 잡기

GOP 철책 근무와 비무장지대 작전을 담당하는 수색대대 간부들은 정상출퇴근이 없었다. 임관 후 5년 만에 사단작전처에 보직되었다. 나는 예민장교 4개월 근무 후에는 예하 부대가 가장 무서워하는 사단 교육 훈련 장교로 보직이 변경되었다.

1년 동안 사단의 모든 교육 훈련 검열과 측정을 담당하는 교육 장교로서 가장 큰 고충은 무엇보다도 균형 잡기였던 것 같다. 교육장교로서 할 일을 제대로 열심히 한다는 것은 검열과 측정을 받는 입장에선 공포스러울 수도 있다. 그렇다고 교육장교가 검열과 측정받는 입장을 이해하는 데 치중해서 적당하게 봐줄 수도 없다. 사정을 이해하다 보면 끝도 한도 없고 무엇보다도 불공정의 문제가 발생하기 때문이다. 그래서 업무에 있어선 무엇보다 냉철한 머리로 완벽한 업무수행에 중점을 두었고 인간 대 인간으로선 누구보다 뜨거운 가슴으로 대하려고 노력했다.

그리고 교육장교로 지내면서 다시 한번 깨닫게 된 진리는 '철저한 업무수행과 뜨거운 인간애'가 결코 상반되는 대립개념이 아니라는 점이다. 평소 훈련을 열심히 하고 대비하고, 제대로 평가하는 것은 바로 팀, 부대와 나를 지키는 최상의 임무 수행 자세라고 생각된다.

사단 작전처에서 출퇴근 근무라고 좋아했던 것도 잠시뿐이었다. 작전처 근무는 실질적인 일도 많았지만 할 일이 없어도 야근을 해야 하는 곳이었다. 오후 6시에 숙소에 가서 저녁을 먹고, 다시 사무실로 들어와서 매일 7시에 일일 결산을 했다. 그리고 8시부터 12시까지 야근을 하고, 집에 들어간다. 그리고 아침 7시에 출근한다. 작전처 장교들은 주말에도 상황 근무하거나 사무실에 출근하여 밀린 업무를 수행해야 했다. 2년 동안 사단본부에 근무했지만, 휴가, 외박, 그리고 휴일을 가족과 함께 쉬어본 적은 기억에 없는 것 같다.

2) 지휘관의 인간애가 아쉬웠다

새로 부임하신 사단장은 사단 작전환경을 잘 알고 있는 나를 비서실장으로 임명하였다. 12월 ○○일 밤 12시경에 국방부 장관이 불시에 전방 OP로 방문한다는 연락을 받았다. 그날따라 사단장 전속부관(육사 #40)이 외박을 나가고 없었던 때였다. 급히 사단장 지프 차에 전속부관 대신 비서실장인 내가 타고 금촌으로 달려갔다.

장관은 1번 도로 첫 번째 방벽에 먼저 도착하여 즉각 대기포 진지에서 사격명령을 내리고 있었다. 장관 도착 이후에 군사령관, 군단장, 사단장이 도착한 꼴이 되었다. 전방 OP와 JSA 후방 있는 진지를 방문하였다. 눈이 쌓인 논둑 위로 통과하다가 장관이 넘어질 뻔도 하였다.

장관의 전방 불시 방문이 끝나고 문산으로 안내된 시간이 새벽 3시 반이었다. 헌병 대장이 해장국집에 안내하였다. 기다리는 시간에 또 담배를 찾는다. 새벽이라 담배를 구입할 수가 없어 수행원이 피우던 담배를 모아서 1갑을 만들었다. 어렵게 위기 상황을 대처하였건만 사단장은 사전 준비 잘못이라고 판단한 듯 화가 끓어오른 듯했다. 사단사령부 복귀하자마자, 사단 간부들을 비상소집시켜 혼내고는 나와 참모장을 완전군장으로 오전 내내 연병장 구보를 시켰다.

부하의 잘못을 지적하고 벌을 줄 때는 구체적으로 잘못을 지적하고 그 잘못의 결과가 어떻다는 것을 객관적으로 계량화해야 한다. 이런 객관성과 구체적인 계량이 없다면 아랫사람은 '괜히 이유 없이 벌을 받는다.'는 억울한 감정이 앞서고 반성을 하지 않게 된다. 반성이 없으니 개선도 없고 잘못은 반복되게 마련이다. 그리고 무엇보다도 지휘관에 대한 존경심과 신뢰도도 낮아진다는 게 가장 큰 문제다. 특히 사단장이 나와 참모장에게 완전군장으로 연병장을 구보하라고 벌칙을 내린 것은 부하에 대한 인간애가 결여되었다는 생각으로 참으로 아쉬움을 느꼈다. 어쨌든 사단장으로부터는 지휘관으로서 해야 할 언행, 하지 말아야 언행에 대해 반면교사로 배운 점이 많았다.

나는 이 사건 이후로 사단장을 더욱 가까이에서 보좌까지 하게 되면서 나의 일상은 그야말로 사단장 가족의 일상이 돼버렸다. 사단장의 개인적인 손님맞이, 큰딸 고교 졸업식, 휴일 종교행사 등 모든 가정사까지 모두 돌보았으니 궂은일 도맡아 하는 집사라고 할까…. 당시 나의 군 생활은 휴일이 없었던 월 화 수 목 금 금 금의 연속이었다. 사단장은 공사 구분 없이 밤낮으로 일 시킨 것이 미안했던지, 아니면 내 업무 자세가 만족스러웠는지 임진각에서 부부동반 육대 입교 환송식사 자리를 마련해 주었다. 그런데 문제는 환송사였다. "이 대위는 머리는 나쁜데, 아주 열심히 했다. 육대 입학을 축하한다. 가서 공부 열심히 하라."는 격려(?)를 하였다. 내 아내는 물론이고 사단장의 부인과 한참 후배인 전속부관도 동석한 자리였기에 분위기가 묘해졌다.

그런데 이렇게 부하들에 대해선 자존감을 찍어내리는 말을 곧잘 해서 이상한 분위기를 조성하던 사단장이었지만 윗사람들에 대해선 그렇지도 않았는지 사단장은 그 뒤로도 승승장구하여 군 최고직위까지 올라갔으니 세상사 참으로 알 수 없는 것이 많다. 특이한 성격의 사단장을 보필하면서 공사구분, 불편부당, 부하에 대한 인간애에 대해 깨닫게 되었다.

지휘관은 부하의 인격도 배려할 수 있는 최소한의 인간애를 기초로 지휘통솔이 이루어져야 한다고 생각되었다.

3) 4.13 호헌과 6.29 선언 훈육 딜레마

1987년 계엄령이 선포되고 4.13 호헌이 발표되자 직선제 관철을 위한 시위는 과격한 양상으로 전개되었다. 육사교장은 4.13 호헌조치의 타당성을 생도들에게 교육하라고 지시를 하였다. 전국 모든 대학교에서 반정부 시위가 전개되었고, 결국 6.10 민주화 항쟁까지 이르게 되었다. 급기야 대통령 후보로 나설 노태우 당시 민정당 대표가 대통령 선거를 간선제에서 직선제로 전환하겠다는 '6.29 선언'을 하게 되었다. 2개월 전에 4.13 호헌조치의 타당성을 교육하라던 육사교장은 또다시 '4.13 호헌'의 정반대 상황인 '6.29 선언'에 대한 타당성을 교육하라는 지시를 내렸다. 훈육관들은 교육 지시를 거역하느냐, 지시를 따르느냐는 갈림길에서 고민이 되었다. 구세주가 나타났다. 바로 최승우(육사 #21) 생도 대장이 "훈육관 여러분은 일체 생도들에게 '6.29 선언'에 대한 언급을 하지 마라. 그러나 교장의 지시를 어길 수는 없으므로 내가 책임지고 교육하겠다."라고 하셨다. 생도 대장의 전략적 결심으로 훈육관들의 고민은 해소되었다.

'6.29 선언' 직후에 청와대 경호실로 차출되었다는 연락이 왔다. 상급지휘관에게 보고할 수밖에 없었다. 생도 대장은 현재 상황에서 청와대 경호실에 차출되는 것은 희생양이 될 수 있다면서 김석재(육사 #23) 훈육연대장에게 취소 건의를 하라고 하였으나 이미 늦은 상황이었다. 국가 혼란 상황에서 청와대 경호실에서 근무하는 것은 숙명이라 생각하고 영광보다는 최악의 상황까지 각오할 수밖에 없었다. 10.26 사태나 12.12 사태가 생각이 났다.

그리고 생도 대장은 나에게 "지금 청와대 경호실로 전출 가는 것은 영광보다는 위험하고 희생양이 될 수 있다. 조심하라."는 얘기를 했다. 이것이 '하나회'와 연계된 예고된 충고였다고 생각이 된다. 나는 군인이기에 유불리를 따질 수 없었다. 오직 명령을 따를 뿐이었다.

05

희망의 꿈길,
청와대 종합상황실 작전과장

1) 청와대와 청남대 속살을 보다

청와대 종합상황실 작전과장으로 보직신고 시 경호실장의 첫 일성이 "가문의 영광으로 알고 충성을 다해 근무에 임하라."였다. 아마 여러 가지 요소를 고려하여 특별히 선발되었다는 것을 암시하는 것이었다. 청와대 종합상황실 작전과장은 업무수행능력, 인간관계, 육사 졸업성적 등을 고려 9배수를 뽑아 특별 신원조회를 통과하면, 3명을 후보로 압축하여 최종 심사과정을 통해 선발되었다. 청와대 종합상황실은 1983년 10월 9일, 서석준 부총리 등 대통령 수행원 17명이 사망한 버마 아웅산 폭파사건 발생 시, 국내외 긴급상황을 종합처리하는 체계가 없어 우왕좌왕했던 것을 개선하기 위해 청와대 경호실에 만들어졌다. 나의 주 업무는 청와대와 청남대 경비작전부대를 통제하는 직책이었기에 베일에 싸여 있던 청와대와 청남대에 대해서도 구체적으로 파악할 수 있었다. 특히 현재 관광지로 개발된 청남대는 충북 청원군의 대청호에 있는 대통령 별장으로 당시에는 전혀 일반인에게 알려지지 않았다. 청남대는 3만 평 정도 규모에 2층의 본관 건물과 수영장, 미니 골프장과 경호 병력 막사가 있는 것이 전부였다. 그러나 대통령의 수중궁궐, 호화별장 등 유언비어가 떠돌고 있었다.

언론에서는 청남대 경호 병력이 가축 시설(축사)에서 생활한다고 보도되기도 하였다. 이는 경호경비 목적상 청남대가 있는지를 공식적으로 알릴 수 없었기에 경호부대를 지적도에는 축사 시설로 인가되도록 하였기 때문이다. 이러한 와중에 내가 처음 임무를 수행한 것이 바로 유령의 청남대 경비부대를 경호실 정식 파견 편제 부대로 반영하고, 부대장의 계급을 상향 조정한 것이다.

2) '보통사람 대통령'이 당선되었다

'6.29 선언' 이후 대통령 직선제가 1987년 12월 16일로 결정되었다. 대통령 후보자는 여당 민정당에서는 노태우, 야당에서는 3김(김영삼, 김대중, 김종필)이 각각 다른 당으로 출마하였고, 재야에서는 민중당 백기완 후보가 출마하였다. 결정적인 선거 운동은 12월 12일이었다. 노태우 후보는 여의도 광장에 150만 군중이 운집한 가운데 '보통사람 대통령'이라는 슬로건으로 후보연설회를 개최하였다. 나는 여의도 노태우 후보의 선거유세 후에 바로 광화문 광장으로 달려갔다. 광화문에서는 수천 명이 '노태우 후보 사퇴'라는 구호를 외치면서 서울 시청으로 향했다. 날씨가 너무 추웠다. 드디어 서울 시청 앞 광장은 '민중민주주의'를 외치는 사람들과 광화문 시위대로 가득 메워졌다. 서울대 이○○ 무용 교수가 한풀이 춤을 추면서 분위기를 돋운다. 바닥에 깔고 앉아 선구자 노래를 불렀다. 모두 춥고 배고픔을 느꼈다. 드디어 백기완 후보가 단상에 나타났다. 백기완 후보의 첫 마디는 강렬하고 선동적이었다. "여러분, 지금 너무나 춥죠, 따끈따끈한 국물에 소주 한잔 생각나죠. 그러나 내 말 3분만 경청해 주세요."라고 선동하니 군중은 화답하였다. "오늘 역적 노태우는 여의도에 150만을 동원하여 연설하였다. 우리가 여기서 질 수가 없지 않은가?"라고 다이나믹하고 선동적인 연설을 했다. 모든 군중이 "옳소!"라고 화답하였다.

'보통사람 노태우 대통령'이 당선되었고, 예비역 육군중장을 경호실장으로 임명하였다. 새로 임명된 경호실장은 부임하자마자 경호실의 돈과 인사를 담당하는 주요 직책을 교체하고 경호활동비를 감액시켰다. 명분이야 작은 청와대 운용이었다.

3) 권력의 단물을 맛보다

88올림픽과 볼쇼이발레단 공연 관람

대통령 경호 임무를 수행하면서 88올림픽 경기장에서 역사적인 현장을 생생하게 관람할 수 있었다. 또한, 88올림픽 축하 공연에 초청된 러시아 볼쇼이발레단 공연 관람 기회가 주어졌다. 일반 시민들은 예매가 어려웠지만, 청와대 직원들은 경호 등의 명목으로 VIP랑 함께 관람할 기회가 주어졌다. 「백조의 호수」를 비롯한 명 작품이 선을 보였다. 분위기는 엄숙하면서 들뜬 기분이었다.

나와 가족은 R석에서 관람하였지만, 작품 내용을 잘 몰라 지루함을 느꼈다. 그리고 1시간 30분 이상 계속된 공연에 그냥 졸아 버렸다. 가족이 옆에서 창피스럽다고 깨웠다. 아마 볼쇼이발레단 공연을 감상하면서 조는 사람은 세상에서 나밖에 없을 것이라고 했다. 창피하기도 했지만 솔직한 심정으로는 재미가 없었다. 작품 줄거리도 모르고 발레리나들의 동작들이 무엇을 표현하는 것인지도 몰랐기 때문에 같은 동작에 지루함을 느꼈다.

볼쇼이발레단에 대한 나의 좋지 않은 기억은 계속되었다. 2000년도에 국방대학원 안보과정에서 우리 팀은 해외 전적지 시찰이 러시아와 독일로 계획되었다. 모든 분이 모스크바 볼쇼이발레단 전용 극장에서 관람을 요구했다. 나는 재미없다고 관람을 반대했지만, 다수결에 의해 관람하는 것으로 반영되었다. 전용 극장에서 「백조의 호수」 작품을 감상하는 것은 분위기와 느낌이 완전히 달랐다.

청와대 개방과 새로운 청와대 건축에 참여

전두환 대통령 집권 시까지는 청와대 앞길도 통행할 수 없었다. 그래서 효자동이나 옥인동에서 삼청동으로 갈려면 경복궁 앞 광화문으로 가서 둘러 가야 했다. 경호문제이기도 했지만, 청와대를 신비화한 측면도 있었다고 생각된다. 노태우 대선 후보의 선거 슬로건이 '보통사람의 대통령'이었고, 청와대도 개방하겠다고 약속하였다. 나는 청와대 앞길과 녹지원 및 영빈관을 개방하고, 청와대를 새로 건축하는 작업에도 참여하였다.

청와대 지역 출입문과 내외곽 울타리는 경호경비 측면에서 많은 것을 고려하고 건축하도록 하였다. 청와대 출입문에는 나의 작품이 그대로 남아 있어 찾아갈 때마다 뿌듯함을 느낀다. 청와대 관광은 국회의원들이 표를 얻는데 상당한 효과가 있었기에 많은 부탁이 있었다. 나도 친구, 중학교 동창생 등 많은 사람을 초청하여 구경시켰다. 지금도 초청받았던 삼진중학교 총동창회 등 지인분들은 이윤규 덕분에 청와대와 제3땅굴을 관람할 수 있었다고 자랑하곤 한다.

'여우와 두루미' 이솝 우화가 생각나다

내가 청와대 개방에 많은 기여를 했다는 생각에 부모님에게도 청와대를 꼭 구경시켜 드리고 싶어 초청했다. 나는 부모님을 모시고 청와대 앞길과 북악산 팔각정에서 서울 전경을 구경시켜 드렸다. 그리고 북악산 팔각정 2층에서 부모님께 맛있는 함박스테이크로 식사 주문을 하였다. 부모님은 먹는 방법도 잘 몰랐고 입맛에도 맞지 않으신 표정이었다. 국도 없고 밥도 없었다. "윤규야, 국은 왜 없나?"라는 말씀을 하신다. '아 참! 음식을 잘못 주문했구나!' 하는 것을 느꼈다. 차라리 다른 식당에서 부모님이 좋아하시는 곰탕이나 불고기를 시켰더라면 좋았을 것인데 참 후회스러웠다.

여우가 두루미를 자신의 식사에 초대하여 곤란하게 만든 이솝 우화가 생각이 났다. 지금도 부모님께 죄송함을 느낀다. 나중에 우리 자식들이 자기들 입맛만 생각하고 나를 저렇게 대접하면 어떨까 하고 걱정도 해봤다. 그것이 화근인지 몰라도 우리 아들, 딸은 내가 좋아하는 회를 먹지 못한다. 그래서 외식을 할 때면 나는 아들·딸이 좋아하는 음식을 억지라도 먹어야 한다.

4) 권부요원이라고 폼 잡다

어어! 청와대 이 과장! 전화 끊어

평소 자주 연락하던 고등학교 친구에게 내가 전화를 걸었다. "어어! 청와대 이 과장! 내가 좀 바쁘다, 전화 끊어."라고 하면서 급하게 전화를 끊어버렸다. 아니 나한테 부탁하던 친구인데 전화를 마음대로 끊다니 좀 이상하다고 생각되었다. 30여 분 후에 다시 그 친구로부터 전화가 왔다. "윤규야 참 미안하다. 그리고 고맙다."라고 인사를 한다. 사무실에 매달 찾아오는 보건소, 소방관들에게 관행적으로 인사를 해야 한다는 것이었다. 그런데 내 전화를 끊고 난 후에 그 불청객들이 누구냐고 묻길래 "청와대 작전과장인 고교친구인데 별로 신경 쓰지 않아도 된다."라고 대답하니 불청객들은 그냥 조용히 나갔다고 했다. 이후 그들은 찾아오지 않았다고 했다. 그 친구는 준조세가 나가지 않는다고 좋아하면서 한턱을 내고는 고맙다는 인사를 한다.

"어어! 청와대 이 중령이 왔구나."

최고 IT 기업 부장 친구가 중령 계급장을 달고 사무실로 찾아오라고 했다. 나는 그 친구가 왜 그러한 부탁을 하는지를 알았다. 친구가 청와대 근무하는 것을 부하직원에게 자랑하고 싶은 것이었다. 난 중령 계급장이 달린 군 정복을 입고 친구 회사로 찾아갔다. 출입문에 도착하니까 수위가 알아차리고 안내를 하였다. 그 친구는 직원 10여 명을 불러놓고 회의를 하고 있었다. 내가 사무실에 들어가니 "어어! 청와대 이 중령이 왔구나." 반기면서 바로 회의를 끝냈다. 친구는 고맙다는 얘기를 한다. 덕분에 본인이 직원 앞에서 자랑스럽고 폼 잡을 기회를 주었다는 것이다.

긴급호출 장비 '삐삐'가 신분을 드러내다

1987년, 당시의 소통방법은 유선전화와 무전기밖에 없었다. 다만 청와대 종합상황실, 주요비서관, 경호관에게는 긴급호출할 수 있는 '삐삐'가 지급되었다. 24시간 청와대 경비를 책임지는 작전 과장으로서 언제 어디에서든 청와대 복귀와 필요한 조처를 할 수 있는 수단이 강구되어 있었다. 그래서 퇴근 후에는 이 '삐삐'를 휴대하고 친구들과 술도 마시고 폼도 잡았다.

술 먹으면서도 '삐삐' 덕분으로 언제라도 자리를 이탈할 수 있었다. 그리고 친구들은 청와대 신분의 상징이라고도 부러워하기도 하였다. 사실은 부러워할 장비가 아니고 늘 긴장해야 하는 족쇄의 수단이었다. 일부 힘 있는 장관들은 개인적으로 이 '삐삐'를 확보하여 활용하고 있었다. 왜냐하면, 전두환 대통령의 예고 없는 순시에 대비하기 위해서였다.

전두환 대통령은 불시에 국정현장 순시나 장관들을 호출하는 경우가 많았다. 연락체계를 갖추지 않으면 준비되지 않은 채로 대통령 방문을 맞이해야 하기 때문이었다. 대통령의 불시행사라도 최소한 준비할 시간을 청와대 종합상황실에서 알려 준다. 각 장관실에서는 청와대 종합상황실에 목을 매고 있었다. 전두환 대통령은 불시 방문을 통해 장관 등 주요 직위자들에게 항상 긴장을 유지시키고, 소위 군기(?)를 잡는 스타일이었다.

5) 경찰과 공직자 생리를 이해하다

청와대 내곽 경비를 담당하는 경찰 부대장 이취임식을 하는데 청와대 종합상황실장(김용석 육군 대령=2급 상당 대우)이 주관하라고 하였다. 청와대 종합상황실장은 경호실 작전부대인 경찰·군을 모두 통제하는 대한민국 대령급으로 가장 파워 있는 직책이었다. 그러나 경찰 내에서 경무관은 군의 장군급으로 대우를 받는다. 나는 상급자의 명령이라 이를 이행해야 했다. 그러나 경찰부대의 자존과 위상문제 때문에 고민스러워 해당 부대장에게 찾아가서 의향을 물었다.

그 박수영 경무관(경남 경찰청장으로 승진)의 답변은 이취임식을 주관하시는 분이 육군 대령으로서가 아니고 종합상황실장이고, 또 훌륭한 인품을 갖춘 분이라 이취임식 주관하는 것을 환영한다고 하셨다. 나는 그 말을 듣고 상황실장과 논의하였다. 그러나 비록 부대장의 긍정적인 의사를 표현하였지만, 경찰부대 내의 부하들의 입장과 자긍심에 영향을 줄 수 있다는 결론을 내리고 경호실 차장이 주관토록 건의한 사례가 있었다.

김용석 대령은 당시 청와대에 근무하는 군인·경찰·경호관·비서관들 모두로부터 존경을 받았다. 육사 27기 졸업식 때 대표 화랑상을 수상하였으며 후련한 외모와 서울대학교 위탁교육과 박사학위, 인간애와 포용력의 인품, 업무능력, 정무감각 등 그야말로 문무를 겸비한 분으로서 나도 늘 존경의 마음으로 부여된 업무를 수행하였다.

경찰 경위계급인 옥인동 파출소장이 경감 진급을 원하지 않는다고 청원하였다. 이유를 확인해보니, 파출소장은 주민들이 신뢰할 수 있는 분들이라 근무여건도 좋고, 청와대에서도 격려도 해 준다고 했다. 만약 본인이 경감으로 진급하면 지방이나 일선 경찰서에서 참모직을 수행하러 전출하여야 한다고 했다. 나이가 많아 향후 총경으로 진급할 가능성이 없으므로 이대로가 좋다는 것이다. 그래서 진급을 원치 않는다고 했다. 진급만 바라보면서 모든 것을 희생하는 군인인 나로서는 이해되지 않았다.

청와대 종합상황실 근무하는 통신 반장이 결원이 생겨 새로운 반장이 필요하였다. 나는 반원 중에 고참을 승진 건의하여 반장으로 보직 받게 해주었다. 은근히 내가 건의하여 승진되었다고 자랑하고 고맙다는 인사를 받고 싶은 마음으로 "김 반장 승진 축하합니다."라고 전했다. 그런데 김 반장의 반응은 이외였다. 왜 나의 의사도 묻지 않고 승진을 시켰느냐고 오히려 불만을 토로하였다. 당황스러운 순간이었다. 도대체 왜 그렇게 불평하느냐고 물었다. 그는 말했다. 현재 직급대로 야간, 휴일 3교대 근무를 하면 휴일수당, 야간근무수당이 나오지만, 반장으로 승진하면 주간만 근무하게 되어 야간, 휴일수당이 없어지면서 지금보다 봉급이 월 8만 원 정도 적게 받게 된다는 것이다. 그 말을 듣고 나는 그 승진자의 불평을 이해할 수 있었다. 그리고 내가 잘못했구나 하는 것을 느끼고 오히려 사과하였다.

군인인 나로서는 오직 국가와 민족, 진급과 주어진 직무수행 외는 봉급, 가정생활, 자녀 교육 등 개인 관련 요소는 거의 생각하지도 않았다. 지금 생각해보면 그분들이 현명하게 살았구나 하는 것을 인식하게 된다.

6) 판공비 증액을 건의하고 청와대를 떠났다

나는 3년 6개월의 청와대 종합상황실에서 근무 후 환송 인사차 노재봉 청와대 정치특보에게 찾아갔다. 인사 도중에 당시 대대장들의 푸념을 얘기했다. 즉 "집행유예 2년 6개월에 벌금 2천만 원의 징벌을 받으면서 대대장 보직을 수행한다."라는 말이 있다고 했다. 집행유예 2년 6개월은 대대장 보직 기간에 휴가나 외출외박을 나갈 수 없다는 뜻이며, 벌금은 대대장 보직 기간에 경연대회, 체육대회, 회식, 부하 격려 등으로 인해 업무추진비 외에 개인 돈 2,000만 원을 써야 한다는 것을 말씀드렸다. 노재봉 특보께서 집행유예와 개인 돈 드는 것은 리더십의 수단이기 때문에 감수해야 한다는 말씀이었다.

나는 당황하였다. 대통령 만날 때 군지휘관들의 고충도 얘기해 주시라는 부탁이었기 때문에 이를 거절한 셈이다. 나는 다시 홍보수석을 지내고 집권당 손주환 민정당 기조실장에게 찾아가서 같은 얘기를 했다. 손주환 기조실장께서는 나의 고충을 이해하시면서 대대장 업무추진비는 내가 증액될 수 있도록 노력하겠다고 하였다. 그러면서 나에게 격려금 150만 원까지 주셨다.

내가 대대장이 끝날 무렵인 1994년도에 건의했던 업무추진비가 20여만 원에서 80만 원으로 대폭 증가하였다. 지금도 그 수준이 그대로 유지되고 있을 것이다. 현재는 병사들이나 간부들의 봉급이 인상되었기에, 과거처럼 업무추진비가 크게 부족하지도 않고, 또 지휘관이 자기 봉급으로 업무추진비를 충당할 정도로 부대 관리나 지휘통솔하는 분위기는 아니다. 나는 지휘관 판공비 증액을 위해 노력한 것에 보람을 느끼고 있다.

06

꿈길의 근육을 강화

1) 최고 훈련사단 대대장 보직되다

나는 전군에서 훈련이 가장 많은 강원도 홍천 11사단의 대대장 보직을 받았다. 강원도, 경기도, 동해안, 충청도 지역을 행군으로 왕래하면서 임무를 수행하고 경호 활동, 대상륙 작전, 대민지원, 국군의 날 행사, 진지 공사, 팀스피트 훈련 등 1년 내내 야외에서 생활해야 하는 부대이다. 그래서 '발바닥 사단'이라고 별명이 붙어졌고, 수많은 행군으로 인해 무릎 관절 환자가 아주 많았다. 또한, 야외훈련과 진지 공사 등 야외숙영으로 개인 숙소 생활이 어려웠다. 대대장이 1년에 퇴근하는 날짜가 113일, 중·소대장은 당직근무, 5분대기조 등으로 인해 60일 내외였다. 11사단 출신 장병들은 많은 훈련과 고생한 것을 생각하고는 "홍천(사령부가 있는 지역)을 보고는 오줌도 싸지 않는다."라고 말하기도 한다.

2) '집행유예 2년 6개월과 벌금(?) 2천만 원' 집행

나는 대대장 나올 때 격려금으로 받은 200만 원을 1960년대 건축한 낡은 식당 등 복지시설을 개선토록 주임원사에게 주었다. 그런데 주임원사는 1달만에 200여 만의 현금을 다 쓰고도 시멘트가 없다고 했다. 청와대에서 근무하다가 왔다니까 돈이 아주 많은 대대장으로 인식하고 있었다. 더 이상 줄 돈이 없고, 자재를 구하기도 어려워서 한라 시멘트 경리 실장을 하고 있던 고교동기 윤기수에게 SOS를 쳤다. 그 당시가 시멘트 파동이 일어나서 본사에도 시멘트가 없다고 했다. 친구는 직할 대리점에 부탁하여 5t 트럭에 한 차 실어 보냈다. 이 시멘트로 식당 및 부대 울타리 개선에 사용하고 연대도 상납했다.

고교친구들이 대대장으로 취임했다니까 위문차 부대를 방문했다. 민간인 친구들은 대대장 관사에 사용되는 식료품이나 시설 사용료, 유류 등이 모두 부대에서 나오는 줄 알고 있었다. 규정에는 5만 원 정도 관사 관리비가 책정되어 있지만, 상급부대에서 이런 것이 있는 지조차 알려주지 않았다. 그래서 전기료, 전화, 난방 유류, 식료품 재료, 관사 수리비까지 모두 자비 부담이었다. 간부격려비까지 대대장 봉급으로 지출한다는 것을 알고는 친구들은 의아해 했다. 대대장 판공비는 20만 원인데 대대 참모부 타자 및 행정비, 각종 회의 시 음료수와 일용품에 사용한다. 따라서 500명의 장병 경조사 휴가, 1달에 한 번꼴인 야외훈련에 드는 각종 훈련재료비, 훈련 후 막걸리 격려, 전출입 장병 격려, 체육대회 소요비용 등 월 최소 50만 원 추가 소요되는 돈은 대대장의 봉급에서 나가야 했다.

다행히 나의 고교 조태호 친구가 매달 30만 원씩 격려회식비를 보내주었다. 지금도 구일회(대대 간부) 모임 시는 조태호 사장을 떠올리곤 한다. 내가 30개월의 대대장 기간 추가 비용 2천만 원을 사용하였는데 후임자에게 업무인계 시 판공비 250만 원이 부족하였다. 부인이 아껴 저축한 돈 모두를 부족한 판공비에 투입해야 했다. 부인이 대대장 이임식 때 눈물을 흘린 것을 보았다. 이 눈물은 대대장직의 아쉬움보다는 남편이 몸과 마음, 봉급까지 다 바치고 남은 것이 없는 것에 대한 허탈감의 눈물이었을 것이다. 부인의 눈물은 소리 없이 내조한 군인가족 애환의 결정체였다.

나는 군에서 한마디로 잘 나간다는 소리를 들었다. 지금까지 만난 나의 상급자와 동료들로부터 인정을 받는 것 같았다. 그리고 어릴 적부터 꿈꾸었던 장군도 될 수 있다는 자신감도 있었다. 나에게는 청와대 출신이라는 딱지가 붙어 있어 야전성이 부족한 언행을 하거나 폼을 잡으면 이상한 눈초리로 볼 것이라고 생각이 있었기에 특별히 야전성에 신경을 많이 썼다. 그래서 부대 관리와 훈련, 임무 완수에 모든 나의 물질적 자산과 정신적 에너지, 열정과 헌신으로 임했다. 가족에게는 일체의 관심과 여유도 없었고, 집안의 어려움도 일체 나에게 말하지 않도록 부인에게 강조하였다. 오직 부대 지휘에만 신경 쓸 수 있도록 여건을 만들었다.

나는 충성스러운 부하들을 잘 만나 사단 교육 훈련 최우수 부대 및

ATT 최우수 대대, 1,000일 무사고 대대 육군헌병감 표창 등을 받았고 군사령부나 사단에서 추가적인 임무를 성공적으로 수행했다. 또한, 전국수색대대 대표 국군의 날 행사 참가, 대통령 경호 행사, 야전군 사령부 부대 행사에 항상 우리 대대가 차출되어 임무를 수행하였다.

이러한 임무와 결과는 대대 장병 모두의 희생과 헌신의 결과였고, 가족에게 일체의 신경을 쓰지 않도록 한 부인의 내조가 컸다. 대대장 시절은 조금도 후회 없다. 부대 임무 수행과 부하 관리에 열정을 다했기 때문에.

국군의 날 기념식 후 시가행진 / 연대 체육대회 3연패 / 대대장 환송 도열

3) 외박·휴가·휴일 없었던 12개월의 작전참모

33개월의 1차 대대장직을 성공적으로 끝내고 사단 작전참모로 보직을 받았다. 매년 2주간 이천, 음성, 충주 일대에서 실시되는 한미 팀스피리트 훈련을 실 병력 기동훈련에서 시뮬레이션 기법(CBS)을 도입한 지휘조 기동훈련으로 전환되어 준비하고 있었다. 나는 CBS라

는 시뮬레이션 훈련기법을 잘 몰라 준비에 어려움을 겪고 있었다. 다행히 육대 교관을 마치고 보직된 이인영 작전보좌관(육사 #38)이 이 분야에 잘 알고 있었기에 보좌관에게 의존할 수밖에 없었다. 우리 사단은 미 3군단 예하 부대로 편성되어 한국군 군단과 쌍방훈련이 시행되었다. 시뮬레이션에 의한 훈련은 사전에 전투력 지수가 입력된 데이터베이스(D/B)에 의해 참모 건의와 지휘관 결심에 따라 부대를 기동시키고 운영하였다. 2주 동안 훈련을 하는데, 한국군은 전시편성이 아닌 평시편성으로 1명이 24시간 근무를 하고 연속해서 훈련에 임해야 했다. 그리고 근무교대가 없었다. 함께 편성된 미101 공정사단은 전시편성으로 모든 직책이 2명 이상 편성되어 교대 근무로 훈련을 하였다. 우리 사단은 아침 상황보고부터 시작하여 주간 위주로 근무하고, 심야에는 취침하는 경우가 다반사였다. 시간이 흘러 근무는 더욱 태만해졌다. 도저히 2주간 주·야간 버틸 수가 없었다. 어찌하였던 처음 접해본 컴퓨터 모의 시스템 훈련의 팀스피리트훈련을 통해 개인의 능력이 미천함을 느꼈으며, 한국군의 부족함을 새삼 인식하게 된 계기가 되었다.

나는 팀스피리트 훈련 복귀한 후부터는 작전참모 고유의 업무에 더욱 매진하였다. 12개월의 작전참모 근무 기간에 외박, 휴가를 한 번도 가 본 적이 없었고 휴일에도 야근하였다. 그렇다 보니 가족과 대화는 물론, 밥을 같이 먹을 기회도 거의 없었다.

특히 나는 야근을 하고 야간순찰을 많이 했다. 능력이 탁월했던 강경곤 중령(육사 #35)과 주은식 중령(육사 #36)은 선배 작전참모의 부족함과 피로감을 잘 보완해주어서 늘 고맙게 생각하고 있다.

04

꿈길에서 암초에 걸렸지만,
또다시 도전하다

어릴 적 꿈은 미래의 불확실성을 고려하지 않고 이상적이고 희망적으로 설계한다. 그러나 미래는 이상적이고 희망보다는 현실적이고 예기치 못했던 절망의 상황이 많이 발생하기도 한다. 그래서 꿈을 포기·변경하거나 또 다른 꿈길을 찾아 헤매기도 한다. 나 역시 어릴 적 희망적인 '육군참모총장'이라는 꿈길을 걷다가 '하나회'라는 암초에 걸려 넘어졌다.

좌천의 서러움과 전역이라는 암울한 상황을 맞이하여 방탕의 길도 걸었다. 하지만 어릴 적 꿈의 의지가 되살아나 나를 깨우치고 또 뛰게 하였다. 마지막 희망의 끈을 놓지 않기 위해 최선의 노력과 모험도 하였다.

역사학자 토인비는 인류 문명의 발전사를 '도전과 응전의 역사'라고 규정하였다. 도전과 응전은 인류 문명 역사의 법칙을 넘어 개인의 삶에도 적용될 수 있다고 하였다. 우리는 또 '위기(危機)는 기회'라고 하고, 먼바다를 항해할 때 바람의 방향을 바꿀 수 없지만, 배의 돛을 바꾸어 목표지점에 도착할 수 있다는 말을 많이 한다.

나는 '하나회'라는 암초가 꿈길의 위기이고 도전이라고 생각하고 응전의 자세로 임했고, 또 인생의 분기점이며, 결정적 상황, 극한상황이라고 판단했다. 분기점에서 꿈의 성패와 생사를 좌우하는데 우연이 꿈의 성패와 생사를 결정하도록 가만히 있을 수 없었다. 우연에 맡기지 말고 내가 바라는 쪽으로 돌려야 했다.

분기점에서는 사소한 것도 중요하고, 힘들 때 조금 더 힘을 내서 한 번 더, 한 걸음 더 내딛는 것이 내 꿈길을 복원하고, 그리고 인생이 지향하는 목적으로 갈 수 있다고 생각했다. 암초에 걸려 복원하고 다시 도전하는 길은 서러웠고 처절했다. 그래도 도전의 꿈을 놓지 않았다.

01

'하나회' 멍에 지고 귀양살이로 전락

1) 꿈길에서 암초에 걸리다

작전참모 11개월째 접어든 1994년 11월 초순에 각종 매스컴에 나의 이름이 '하나회' 명단에 포함되어 발표되고, 군 법무부에서 하나회 가입 여부를 확인하러 나왔지만 '하나회에 가입한 적도 없으니, 알아서 처리'하라고 했다. 발표된 13명 중 9명이 하나회로 분류되고 끝까지 '하나회'가 아니라고 부인하여 군 최고계급까지 진급하기도 하였다.

하나회는 육군참모총장부터 주요 직위에 포진되어 있었기 때문에 먼저 발표·조치하지 않고, 육사 생도 시절의 생도 자치 근무제의 리더 그룹이자 친목 단체처럼 조직된 '알자회'를 먼저 발표하고 해체하였다. 알자회 해체는 하나회를 해체하기 위해 희생양으로 삼았던 것으로 생각된다.

하나회는 박정희 대통령이 육사 생도들의 5.16 군사혁명 지지 시가행진을 주도했던 전두환 대위를 총애하자, 전두환 대위는 군내비리 척결 등 정풍운동 세력 확대를 위해 육사 동기생부터 후배 기수까지 선두그룹에 있는 육사 출신들을 규합하여 조직한 것으로 알려지고 있다. 전두환 장군은 대통령취임 이후 하나회 세력이 확대되는 것은 정권에 오히려 위협이 될 수 있다는 판단으로 하나회 해체를 명하였다. 그러나 5공 말기에 정국이 혼란스러워지자 하나회 리더가 육사 32기에서 36기까지 본인들에게 통보나 암시 없이 선발하여 관리한 것으로 추정되며 나도 이때 선발된 것으로 판단된다. 결과적으로 하나회 명단에 들었다는 것은 능력을 인정받았다는 것으로 인식하여 자존심이 생겼다. 그래서 법무부 조사 때도 가입한 적은 없지만 알아서 처리하라고 떳떳하게 순응했고, 나의 장군 꿈길에 암초가 되었지만 지금도 후회하지 않는다.

2) '하나회'라고 눈총과 서러움을 겪어야 했다

하나회 발표 후에 작전참모를 다 끝내지 않았는데, 육군본부에서 일방적으로 영천연대 부연대장으로 전출명령이 났다. 이사 준비, 초등학교 아들과 딸 전학 준비할 시간도 없었다. 급히 마련한 5/4톤 트럭 운전석에 아들과 딸, 부인이 타고 나는 짐칸 뒤 이삿짐 속에 파묻혀 홍천에서 영천까지 달렸다. 지나온 군 생활을 돌이켜 보니 왠지 허무하고 서러웠다. 눈물도 나고 만감이 교차하였다. 누구를 원망하랴! 어린 아들과 딸은 왜 갑자기 전학을 가야 하는지 몰랐다. 이삿짐 정리와 아들·딸 전학 문제 등은 부인의 몫으로 두고 나는 전입 신고하려고 갔다.

통상은 중령이 전입하면 사단장에게 전입 신고하는 것이 절차이고 관례인데, 쫓겨온 신세라서 그러한지 연대장에게만 하라고 했다. ○○○ 연대장은 육사 선배였으나 하나회 때문에 좌천되어 온 것을 못마땅한 눈치였다. 신고 후 열심히 하겠다고 다짐하는데, "부연대장! 열심히 할 필요가 없어요."라고 냉정하게 맞이했다.

3개월 후 새로운 연대장 김종태 대령(삼사 #6)은 나의 과거 경력도 알고 나의 능력도 높이 평가하면서 경주 대대장으로 보직을 권장하였다. 나는 1년 후배인 전태곤(육사 #35) 경주대대장이 군수참모로 영전할 기회를 제공하고 연대장의 권장도 있고 해서 쾌히 받아들였다. 경주시 예비군 중대장 26명은 모두 10년 이상 군 생활을 한 예비역 간부들이다. 나는 현역 장병들에게는 "예비군 지휘관은 우리 현역의 미래 자화상이다."라고 강조하면서 우리가 예비군 지휘관들을 군 선배로서 예우를 해야 한다고 강조하고 여러 분야에서 실천하였다. 특히 읍면동 방위협의회 위원들에게 예비군 지휘관의 능력과 위상을 인정하고 격려해 준 것이 주효하였다. 예비군 지휘관들은 자신들을 예우하는 대대장에게 감사한 마음으로 충성스럽게 근무하였다. 나는 첫 후방지역 지휘관으로 자신감과 좌천에 대한 위로도 받았다.

3) 작전참모 출신이 군수학교 입소 당하다

나는 경주 대대장 대리 근무를 끝내고 다시 영천연대 부연대장으로 복귀하였다. 후방지역 부연대장은 한가한 직책이다. 그러나 상급부대에서 가만히 두지 않았다. 예비군 교육 훈련 시범, 동계 연대훈련 시범 등 닥치는 대로 임무를 부여하였다. 또한, 안동연대 화랑훈련 통제관으로 보냈다가, 심지어 사단 군수참모가 가야 하는 정책 군수반 교육을 대신 가도록 명령하였다. 정책 군수반 교육은 군수참모를 수행하거나 수행할 중·소령의 보수교육 과정으로 2개월의 집체교육이다.

나는 또다시 가족들과 떨어져 남한산성 밑의 군수학교 BOQ 생활을 해야 했다. 나는 사단 작전장교, 작전참모를 끝낸 작전 주특기 고참 중령인데, 업무 및 주특기와 거리가 먼 정책 군수 교육에 대타로 쫓겨왔다는 생각에 특유의 도전 의식이 발동하였다. 명령대로 수행한다. 강의를 열심히 듣고, 휴일도 열공하여 중간시험 성적이 좋았다. 육사 후배 교관이 나에게 찾아와서 "선배님, 누구 죽이려고 합니까, 군수 참모들의 입장도 좀 생각해 주셔야죠". 라고 핀잔 같은 말을 건넸다. 아마 성적이 좋아 다른 군수 주특기 장교들에게 민폐를 끼치니 공부를 적당히 하라는 조언이었다. 수료식에서 학교장 최종회 장군은 나에게 의미 있는 질문을 했다. "이 중령은 사단 작전참모까지 마쳤는데 왜 정책 군수 교육과정에 입교했는가?" 나는 학교장이 듣기 좋은 답변을 드렸다. "예 학교장님, 저가 팀스피리트 훈련을 실기동훈련과 CBS 모델에 의한 도상훈련을 해보았는데, 전투는 작전참모가 하지만, 전쟁은 군수참모에 의해 좌우됨을 알고 군수의 중요성을 깨달았기에 입교를 하였습니다."라고 대답했다. 사실은 대타로 쫓겨왔지만, 학교장에게는 그대로 얘기하기가 곤란했다. 학교장은 또 "야, 참 훌륭한 생각이구나. 이 중령이 앞으로 육군참모총장 해야겠다."고 격려하시며 박수까지 유도하였다. 육군참모총장은 내가 어릴 적 꿈이었는데…. 지금까지 그 꿈길을 위해 달려왔는데….

4) 대타로 3번째 대대장을 해야만 했다

고령 대대장은 갑종 출신으로 김종태 연대장이 3사관 생도 때 구대장을 했던 분이다. 즉, 과거 상관이 지금은 부하가 된 역전의 상황이 되었다. 당시 김인종 사단장(육사# 24)은 과거 생도 때 상관이 연대장 휘하에 대대장으로 임무를 수행한다는 것은 문제가 있다는 것을 지적하시면서 대대장을 교체하도록 하였다. 당장 교체할 대대장을 찾았지만 없었기에 부연대장인 나를 대타로 가도록 지시하였다. 사단장의 명령이고 연대장 입장을 고려하여 거역할 수 없어 쫓겨 가듯 또다시 3번째 대대장 보직으로 고령 대대장으로 취임하였다.

가족과는 또 떨어져 생활해야 했다. 고령군은 규모가 적은 지자체라 예비군 교육 인원과 향토방위작전 수요도 적어 대대장 임무 수행에는 큰 부담이 없었다. 특히 이태근 군수와 경찰서장 등 방위협의위원과 주민들의 적극적인 지원이 있었기에 보람있게 대대장을 수행할 수 있었다. 대대장이 각 읍면 예비군 중대에 업무보고를 받으러 가면 읍면장 등 방위협의회 위원들이 환대하였고, 업무보고 끝나고 갈 때는 특산품이라고 하면서 대대장 지프차에 농산물을 실어 주는 미풍양속(?)도 있었다. 서영찬 후배 등 만나는 사람마다 참 순수하였다. 고령대대 박종민 작전장교, 오광수 소위의 충성스런 근무가 기억에 남아 있다. 고맙게 생각한다.

하나회 발표 이후에 부연대장으로 좌천되어 쌓인 스트레스나 군에 대한 불만 등은 여기저기 대타 근무를 하면서 술도 마시고 많은 사람을 만나면서 '제멋대로' 본성이 나타났다. 그러나 부인은 정말 지옥 같은 생활을 피할 수 없었다. 아는 사람도 알아주는 사람도 없었고, 남편의 가정에 대한 무관심 등은 내성적인 성격의 부인으로서 감당하기가 어려웠다. 결국, 류머티즘 관절염 증상이 나타났다. 조기 진료를 해야 했는데, 나의 무관심과 불찰로 시기를 놓쳐 버렸다. 가족의 스트레스 해소에도 관심을 조금만 기울였다면 하는 후회를 하고 있다. 너무나 이기적인 삶이 부끄럽다.

02

꿈길, 재도전 의식 발동

1) I must do, I will do, I can do, I am doing

군 생활 동안 가정과 가족에 무관심으로 일관한 결과가 지금 같은 상황이라면 인생 실패라고 판단했다. 더군다나 육사 입교했다고 자랑하고 기대에 부푼 부모 형제, 친지, 친구들에게 나의 지금 상태는 너무나 초라하고 부끄러운 상황이었다. 내가 중학교 때 공부방에 기록 해 놓은 'I must do, I can do, I will do, I am doing.'이 떠올랐다. 나의 꿈에 대한 도전의식이 살아났다.

'하나회' 소속이라고 육군에서는 진급은 차단할 수 있지만, 강제 전역은 못 시킨다는 것을 알았다. 그래서 나는 합동참모대학 학생 장교로 신청하여 입교하였다. 강서구 신월동 군 아파트에 이사하고 열심히 공부하여 졸업 시는 우등상을 받았다. 새로운 군 생활을 하려고 합참의 작전과 전략부서에 보직을 신청했지만, 육군본부 인사 통제과장은 너는 하나회 소속으로 중요 보직에 갈 수 없고 합참 민사심리전 참모부는 갈 수 있다고 했다. 그래서 미래가 보장되지 않는 아무도 가지 않으려고 했던 합참 민심부 심리전 작전장교로 보직 받아 근무하였다. 새벽 6시에 출근하고 휴일까지 근무한 결과 능력을 인정받아 근무평정도 잘 받았으나 진급은 할 수 없었다. 나는 "부장님, 제가 새벽에 와서 업무를 다 하겠습니다. 그리고 휴가, 외박 등 개인 시간은 포기하겠습니다. 대신 격주 단위로 토요일 9시에 퇴근하게 해 주십시오. 군생활하면서 자비 박사 공부를 하겠습니다."라고 건의하였는데, 부장은 기꺼이 허락하였다.

나는 격주 토요일에 강의를 개설한 경남대학원 정외과(서울 종로구 삼청동 캠퍼스)에 등록하였다. 나는 평일 새벽 6시에 출근하여 업무를 수행하였고, 격주 토요일마다 9시에 퇴근하여 강의를 들은 결과 5학기 코스 웍을 끝내고 논문심사만 남았다. 나는 서울지역에 3년을 근무하였기에 다른 부대로 이동해야 했다. 부인은 학비 등 경제적 어려움에 시달렸지만, 나의 모험과 도전에 제동을 걸지 않고 순응하였다. 군 아파트가 지원되지 않아 월세금이나 전세금이 싼 곳을 찾아 이리저리 이사도 해야 했다.

2) 서러움을 참고 또 참았다

합참 민심부에서 3년 근무 후 서울지역을 벗어나야 하는 규정에 따라 급히 찾은 보직이 순천 대대장이었다. 대대장을 끝내고 군수참모로 보직 받은 4년 후배와 같이 신고를 하는데, 사단장은 "나쁜 놈들 같으니, 너희들이 군대를 말아먹었지."라면서 4년 후배 앞에서 질책하는 것이다. 그 자리에 박차고 나오고 싶은 마음이 울컥했지만 참았다.

후방지역 관리대대장 이취임식에는 민관군 통합방위위원이 참가하는 것이 관례인데, 순천 교도소장 외는 아무도 없었다. 취임식장 앞 벽돌 담벼락에는 "구타하면 교도소 간다."라는 글귀가 새겨져 있었다. 취임식에 참석한 교도소장과 연계성이 있는 듯하여 이상야릇한 기분이었다. 나는 취임식장의 분위기에서 대대 지휘여건이 복잡하고 어려운 상황임을 직감했다. 그래서 이러한 지휘여건을 극복할 수 있는 우선적인 것이 생소한 호남지역 정서에 적응할 수 있는 인맥이었다. 육사 동기생이었던 순천고 학생회장 출신 이상택에게 고향 친구 소개를 부탁하였다. 천연필 친구만 만나보면 될 것이다고 했다. 취임식 다음 날 나는 군복을 입고 약속된 횟집에 갔다.

그 친구는 악수하면서 첫 마디가 "나! 상택이 친구 천연필이다. 친구 얘기를 많이 들었다. 앞으로 친구가 되어야 하니 말을 놓자."라고 했다. 과감한 언행에 조금은 당황스러웠지만 나도 맞장구를 쳤다. "좋다. 내가 호남지방 근무가 처음이라 친구의 도움이 필요하네." 그러자 함께 온 무등일보 정 용 기자를 소개하면서 "아우야! 대대장님을 형님으로 잘 모시도록 하라."고 기자에게 지시한다. 기자는 나에게 정중히 인사를 하면서 잘 모시겠다고 다짐했다.

천연필 친구는 순천에서 인맥과 파워가 대단했다. 택시회사 사장이고 순천고와 순천대 대학원 출신이고 만능 스포츠맨이었다. 연필 친구는 내가 육사 출신이고 '하나회' 출신이라는 나의 경력을 자랑스러워했다. 반드시 영남 출신이 호남지역에서 성공하여 순천의 멋진 지역 정서를 알리고 싶다는 나름대로 철학도 있었다.

연필이 친구는 지금 이 세상에 없다. 그의 영정에 "의리있는 멋진 친구야 먼저 가서 기다려라. 난 너의 가족을 잘 보살피고 나중에 갈게."라고 조화를 바쳤다. "연필아! 너의 아들 희성이 변호사가 되었다." 연필이라는 이름 대신 만필이었더라면 천년만년 살 수 있을 건데. "자네! 편히 쉬고 있지?"

3) 순천서 인물 자랑하지 마라

순천 대대장 취임 후 첫 예비군 안보교육에 교육 분위기가 이상했고 웅성거리는 것 같았다. 경상도 억양에 사투리를 섞어가며 교육을 하고 있었기에 경상도 대대장이 전라도 와서 무슨 교육을 하느냐는 비아냥거림 같았다. 아차 잘못했다는 생각이 들었다.

나는 고민을 했다. 그리고 1주일 동안 호남지역 향토사와 순천지역의 전통, 지역 정서 등을 연구하여 교육에 임했다. "순천에서 인물 자랑하지 마라."라는 배경과 "순천시 팔마비(八馬碑)가 무엇을 상징하는가?", "임진왜란 때 순천지역의 전투사와 전적지에 대해 아는가?"라는 질문과 그 연유를 열정적으로 강의를 하니, 함성과 박수가 터져 나왔다.

내가 연구한 바에 의하면 "순천에서 인물 자랑하지 마라."는 말은, 이화여대 첫 '메이 퀸'과 첫 미스코리아 '진'에 선발된 여성이 순천여고 출신에서 연유되었다는 것을 알게 되었다. 그러면 순천에서 왜 미인이 많이 배출되는가 하는 의문이 생겼다.

호남 향토사를 찾아보면 송나라 때 중국의 서안과 계림지역이 유서 깊고 산수가 아름다워서 '강남'이라고 하였고, 조선 땅에도 산수(山水)가 좋고 살기 좋은 곳이 있는데 바로 전남 순천이며 '소(小) 강남' 이라고 칭했다고 알려졌다. '소(小) 강남 순천'은 '삼산이수(三山二水)'라 하여 '봉화산' 등 3개의 산과 도심으로 흐르는 2개의 하천이 있다. 그래서 산 좋고 물이 좋을 뿐 아니라 넓은 농토와 갯벌 등 풍부한 농수산물로 잘 먹고 풍요롭게 살 수 있기에 미인과 인물이 출중한 사람들이 많이 배출된다는 뜻이었다. 순천 팔마비(八馬碑)는 공직자의 청렴결백 표상이며, 순천 팔마비에 대한 유례는 『고려사』에 기록되어 있으며 한국의 역사상 지방관의 선정 겸 창덕비의 효시라는 점에서 더욱 큰 의의가 있다.

한때 순천고등학교 출신이 1년에 서울대학교에 140명이 합격하였고, 2013년도 순천 출신 검사가 31명, 2021년 현재에도 13명이 국회의원과 법조계 등 권력기관 핵심 보직에 순천 및 순천여고 출신이 포진된 것으로 보아 "순천에서 인물 자랑하지 마라."라는 말은 지금까지도 통하는 것 같다.

4) 야학교 설립, 검정고시와 국가기능 고시 합격

순천대대에 상근예비역이 순천시 읍·면·동 예비군 중대에는 5~6명, 대대 본부에도 예비군 훈련준비 및 보조 업무 수행을 위한 50여 명이 근무하고 있었다. 상근예비역은 부대 출퇴근 근무로 인해 교통사고, 폭행, 음주, 군무이탈 등 사고가 자주 일어났다. 대대장으로서 이들의 신상 관리에 많은 지휘 관심을 경주할 수밖에 없었다. 심지어 퇴근 후에도 집 밖으로 나가지 못하도록 하고, 집 밖에 나가면 육하원칙에 의해 보고하도록 하여 사생활을 통제하는 경우까지 생겼다. 나는 일과 후 상근예비역의 사생활 통제는 한계가 있다는 것을 인지하고 야학교를 개설하였다. 부대 내 능력 있는 장병들을 교관으로 선발하여 검정고시나 국가기능 고시를 준비하도록 하였다. 오후 일과가 끝나는 데로 부대에서 식사를 시키고 밤 8시까지 매일 공부를 시켰다.

6개월 야학교 운영 후 17명은 고등학교 졸업 검정고시에, 8명은 국가기능 고시에 합격하는 성과를 거두었다. 또한, 상근예비역에 의한 사건 사고가 현저히 감소하였을 뿐만 아니라 부모나 주민들로부터 많은 찬사를 받았다. 야학교 학생들도 부정적인 자아에서 벗어나 자존감을 찾을 수 있는 계기가 되었다.

육군 독수리부대(연대장 종수 대령)가 지난해 12 18일 여수 앞바다 간첩 출현 때 보여줬던 대 간 작전은 철통같은 방위태 를 확인시켜준 대표적인 레이자 군에 대한 국민들 높은 신뢰감은 물론 전 의 사기를 한층 북돋워준 기로 평가받고 있다.

이같은 대 간첩작전을 직 끌었던 1대대(여수)를 지원 공동작전에 임했던 순천의 (대대장 이윤규 중령)가 지 위한 군의 참봉사상을 구현 있어 화제가 되고 있다.
대는 순천에 주둔하면서 그 1만2천여명의 지역예비군 포함해 향토작전 등 주요 맡고 있는 부대. 이에따 곳에는 장교와 사병외에 매 부대로 출퇴근하다시피하는 예비역 1백70여명이 근무하 다.
장인 이윤규 중령은 지난해 취임과 동시에 고교중퇴자에 검정고시 준비반(17명), 고 에게는 국가자격시험준비 학진학반, 취업준비반 등을 이 중령과 대학졸업 이상의 갖춘 장교와 사병을 강사

‘국민의 군대’ 일구는 참군인

광주매일기동취재
내고향 사람들

육군 독수리부대 이윤규 중령

◇순천 향토대대가 부대 상근예비역을 대상으로 검정고시준비반, 국가자격시험준비반, 대학진학반, 취업준비반 등을 운영하고 있다.

사병대상 검정고시·취업준비반 등 운영
상근예비역·독거노인 결연 경로효친 실천

진으로 구성해 일과 전후시간을 활용해 지도하고 있다.
거의 모두가 순천지역 출신인 상근 예비역 가운데는 상당수가 고교중퇴자인 경우가 많고 고졸자라고 하더라도 결손가정이나 성격결함 등으로 일과후 자칫 사고를 유발할 가능성이 커 그동안 군은 이들의 관리에 골머리를 앓아왔던 터였다.
하지만 이 중령의 이같은 조치에 수업에 임하는 대상자 대부분은 새로운 꿈과 희망을 가질 수 있는 기회로 받아들이고 있는 등 큰 호응을 얻고 있다.
이 중령은 특히 이들 상근 예비역들에게 경로효친사상을 고취시키기 위해 김모 할머니(91·순천시 해룡면) 등 관내 80여명의 홀로사는 노인 가정과 결연을 맺고 이들로 하여금 집안청소, 노인 부축해 대화나누기 등은 물론 명절 때 인사가기 등 실질적인 이웃사랑을 체험하도록하고 있다. 이 중령의 이같은 노력 때문에 지금까지 이들의 사고율은 단 한건도 없을 정도다.
특히 장교 등 간부들은 24명의 소년소녀가장과 자매결연을 맺고 있는 상태이고 불우수용시설인 성노원 고아원 등을 위문하는 등 불우이웃에게 각별한 애정을 쏟고 있다.
순천시민들은 이처럼 지역을 지키는 향토부대인 5대대의 이웃사랑운동에 대해 "군과 시민들이 동고동락하며 신뢰를 쌓아가는 참 군인상을 보여준 대표적인 모범사례"라고 평가하고 있다.
〈순천=정용 기자〉

“나의 불씨가 작은 희망하나 됐으면”

인터뷰-이윤규 중령

육군 독수리부대 5대대장인 이윤규 중령(사진)은 지난 97년 그의 선행이 언론에 보도돼 화제가 됐었다.
정작 어려운 가정형편 때문에 온갖 역경을 딛고 군인의 길에 접어들었지만 지금까지도 전세집을 전전하면서도 경제적으로 어려움을 겪고 있는 후배 76년부터 지금까지 무려 24년간이나 '화랑장학회'를 운영하고 있다.
"제 자신이 어려운 가정형편이면서도 학업을 마칠 수 있었던 것은 제 자신 뿐 아니라 우리 사회의 따뜻한 분위기 때문이었다고 생각한다"는 이 중령은 이처럼 어

전세집 전전하며 24년간 화랑장학회 운영
여수 앞바다 對간첩작전 성공매듭 화제

학생들을 위한 장학금을 지원해오고 있기 때문이다.
이 중령이 5대대장으로 부임한 것은 지난해 10월 초. 부임하자마자인 지난해 12월 여수 앞바다에서의 간첩선 출몰에 따른 대 간첩작전을 성공적으로 마무리해 또다시 화제를 모으기도 했던 그는 산간오지로 알려진 경남 마산시 진동면에서 태어났다. 찢어지게 가난한 살림 때문에 어렵게 삼진중학교를 졸업했다는 그는 육군사관학교 3학년 재학 때인 지난 려운 후배학생들을 지원하면서도 자신과 가족(부인 고은영씨와 1남1녀)은 아직도 전세집(서울시 은평구 갈현동) 신세를 못면하고 있다.
"내가 복무하고 있는 이곳 순천이 내 고향이고 이곳에서 만난 사람들이 모두 내 가족이자 형제들"이라고 말하는 이 중령은 자신의 부대운영에 대해 "불우한 환경탓에 자칫 좌절할 수 있는 병사들과 이웃에게 작은 희망이 됐으면하는 바람뿐"이라고 말했다.
〈순천=정용 기자〉

야학교 설립 및 독거노인 자매결연 기사: 광주매일/무등일보(99. 4. 22.)

5) ‘지역감정’ 용어 대신 ‘지역 정서’

후방지역에서의 지휘관이 민관군 통합방위태세를 구축하면서 지역감정에 대한 선입감을 버리고 지역 정서를 올바르게 이해해야 한다.

나는 호남지역의 향토사를 연구하면서 호남 지역민들의 정서를 알게 되었다. 나주를 포함한 전라도 지역은 바다와 갯벌, 그리고 넓은 평야가 많아, 먹고 사는 것은 크게 문제가 되지 않았다. 옛날부터 영남 지역보다 상대적으로 농어업 환경이 좋아 먹는 문제가 심각하지 않았을 뿐만 아니라 문학과 예술에 관심 등 삶의 여유가 있었고, 성격도 느긋한 편이었다.

반대로 부산, 마산, 울산, 경북 동해안은 갯벌보다는 깊은 바다에 인접한 도심과 산으로 형성되어 있어 농어업의 환경이 열악하였고, 먹고 사는 문제로 경쟁이 치열했고 성격이 급했다. 그래서 가축과 논밭을 팔아 서울 등 도심으로 이동한 사람이 많았고, 현대 국가발전에 경상도 출신이 상대적으로 많이 참여하게 되었다고 생각된다. 결국, 영호남의 지리적 생활환경이 누적되어 지역 정서가 되었고, 정치인들이 '지역 정서'를 정치적 목적을 위해 '지역감정'으로 악용한 것이다고 생각되었다. 나는 당시 임내현 순천지청장 등 관서장들에게 '지역감정'을 '지역 정서'로 용어를 바꾸자는 제안과 '화개장터'에서 영호남 화합 캠페인을 벌이기도 하였다.

6) 희망의 꿈길이 다시 열리다

내가 대대장으로 부임하고 첫 순천시 통합방위협의회 후 만찬에 참가하였다. 70세 중반의 최고 원로이신 청암대학 강길태 총장님 앞에 가서는 앞서 시장과 경찰서장이 따르던 음료수를 들고 "총장님! 한 잔 드리겠습니다."라고 잔을 권했다. "이 중령! 마음껏 잔을 따르고 나를 대우해요."라고 하신다. 나는 술도 한잔했고 그분의 의도를 알았다. "선배님, 한잔하시죠." 하고 일어서게 하여 러브샷으로 함께 마셔버렸다. 회식 자리는 금방 긴장된 분위기에서 환호의 박수갈채로 변해 버렸다. 강길태 총장은 여러 모임에서 늘 최고 원로로 대우받아 젊은 관서장들과 술잔을 주고받고 싶은 마음이었으나, 왕따 당하는 분위기를 감수해야 했다. 회식이 끝나고 며칠 후에 강길태 총장은 교무처장을 부대로 보내어 신형 586 컴퓨터 5대와 부족한 대대장 판공비 190만 원을 지원해 주었다. 그리고 대대장 끝나고 국방대안보과정으로 옮겨왔지만, 나에게 약속한 검정고시 합격자 8명을 장학생으로 선발해 주셨다. 나는 사실 순천 대대장 근무를 나의 마지막 군 생활이라는 각오로 능력과 열정을 다 바쳤다. 이러한 나의 활동상을 근거로 마산운수 권영수 부장은 마산 및 순천시민 500명의 탄원서를 작성하여 감사원장에게 우수공무원으로 추천하였고, '칭찬합시다. 운동본부' 순천시 지회에서는 '자랑스러운 한국인'으로 추천하기도 했다. 그리고 경남과 전남·광주지역 언론은 연일 순천 대대의 휴먼드라마 기사를 내보기도 했다. 1999년 10월 순천시민의 날 행사 때는 '순천시민의 상', 20여 명의 순천시 출입 기자들이 주는 '상록상', 24명의 시위원들로부터 '감사패'를 받는 영광을 차지했다.

덕분에 나는 순천 대대 창설 27년 만에 처음으로 대령으로 진급하였고, 육사 34기 '하나회' 출신으로 처음이자 마지막 대령 진급이었다. 순천 시내에는 '순천 대대 창설 후 최초 대대장 대령 진급' 고향 마산 진동면에는 '삼진중 22회 이윤규 동문 대령 진급'이라는 플래카드가 한 달 동안 게시되었다.

2000. 3. 10. 조선일보

훈장감 군인

국방대 이윤규 중령 24년간 상여금 전액 모교에 장학금으로

육군 중령이 육사 3학년 때부터 지금까지 24년 동안 받은 보너스 전액을 떼면 모교인 경남의 시골 중학교에 보내온 사실이 밝혀졌다.

주인공은 국방대학교에서 박사과정을 밟고 있는 이윤규(李閏奎·45·육사34기·사진) 중령. 그의 선행은 보너스를 받아온 경남 마산시 진동면 삼진중학교 교장과 학부모들이 최근 감사원에 이 중령을 '모범 군인상'으로 추천하는 민원을 제기하면서 알려졌다.

삼진중학교측은 "이 중령이 육사 시절 처음 보내온 5600원은 '화랑 장학금'으로 이름 붙여졌고, 이후 계속 온 보너스와 합해져 어려운 학생들에게 큰 도움이 됐다"며 "그가 20여년 동안 보내온 장학금 3000만원으로 80명의 학생이 혜택을 입었다"고 말했다.

이 중령은 "군 생활 24년 동안 매번 이사를 다니면서도, 나보다 더 어려운 사람을 돕는 것이 즐거웠다"고 말했다.

이 중령은 이밖에도 31사단 예하 순천대대장으로 부임한 직후인 98년 10월부터는 가정형편이 어려운 상근예비역 사병(방위병)들을 대상으로 대입 검정고시반을 만들어, 이들을 바른 길로 이끌기도 했다.

이 중령은 대체로 불우한 가정환경에서 자란 당시 상근예비역 사병들에게 자신감을 주기 위해 부대 내에 대입 검정반, 자격증 취득반, 대학 진학반 등을 만들어 일과 후 지도했다. 그 결과 작년 말까지 사병 18명이 대입검정고시에 합격했고, 2명이 자격증을 땄다. 2명은 대학진학의 뜻을 이루는 성과를 얻었다.

/[illegible]기자 hochung@chosun.com

마산출신 부대장 순천서 봉사 '화제'

진동 신기리 고향 이윤규중령

소년가장·독거노인 부대와 결연

市 기자단 의회, 공로상 휩쓸어

마산 출신으로 전남 순천에서 근무하고 있는 군 부대장이 지역봉사 공로로 순천시민의 날 행사에서 봉사상을 휩쓸어 화제가 되고 있다. 주인공은 육군 31사단 순천대대장 이윤규 중령(45·사진).

합포구 진동면 신기리 남산마을이 고향인 이 중령은 지난 15일 순천 시민의 날을 맞아 신준식 순천시장으로부터 27만 순천시민이 드리는 시민특별공로상을 받았다. 또 순천시 기자단이 선정한 모범공무원으로 뽑혀 화제의 인물 「상록패」를 증정받았으며 순천시의회로부터도 감사패를 받기도 했다.

지난해 10월 부임한 이 중령은 부대의 상근예비역 170명 중 학교 중퇴자 25명을 중·고 검정고시에 합격시키고, 관내 24명의 소년소녀가장과 부대 간부들간에 자매결연을 통해 도와왔다.

독거노인 80명과도 결연을 맺고 부대원들과 함께 틈나는 대로 방문, 집안청소와 목욕을 시켜주면서 노인들의 손발 역할을 해오고 있다. 이 중령 부대는 순천 관내 1만2천여명의 지역예비군 훈련을 하면서 유사시 향토방위작전의 지원업무를 하고 있다.

마산고와 육사(34기)를 거친 이 중령은 육사 생도 시절인 지난 76년부터 봉급을 털어 혼자 힘으로 「화랑장학회」를 만들어 형편이 어려운 고향 후배들에게 장학금을 지급하고, 자신은 23년간 전셋집에 살고 있다는 사실이 지난 97년 알려져 전국적 화제가 됐었다.

이 중령은 「주변에 어려운 사람들이 많이 있어 조금이라도 도움을 주려는 심정」이라며 「호남 지역에서 상을 타 더욱 기쁘다」고 말했다. /조용호기자/

경남일보(1999.10.23.), 조선일보(00. 3. 10.)

03

꿈길 도전을 위한 스펙 쌓다

1) 3년 열공과 3천만 원의 박사학위

나는 2000년 1월 국방대 안보과정 입학식이 끝난 11시에 곧바로 국방대 도서관으로 달려가 개인 독서실을 신청했다. 도서관 직원들도 놀란 표정으로, 입학식이 끝나자 도서관에 온 학생은 지금껏 없었다면서 나의 부탁을 들어주었다. 나는 개인 독서실에 필요한 자료들을 준비하고 박사 논문에 열중하였다.

당시에는 컴퓨터를 잘 운용하지 못하여 새벽까지 작성한 논문에, 자판 DEL을 잘 못 눌러 모두 삭제되었던 실수도 했다. 태어나서 이렇게 열심히 공부한 적은 없었다. 아들과 딸도 아빠가 휴일에도 논문준비에 몰두하는 모습을 보고 열심히 공부하여 연세대, 숙명여대에 입학할 수 있었다. 나는 6개월 만에 5번의 논문심사를 받고 2000년 8월에 정치학 박사를 취득하였다. 중견 간부로 바쁜 업무

중에 3년 열공과 3천만 원의 자비로 획득한 박사학위에 대해 성취감과 자신감도 생겼다. 안보 교육과정 중에 문정인 연세대 교수, 박지원 문공부 장관, 주한 미국 대사 등 특강 때는 비판적이고 날카로운 질문을 많이 하여 강사들을 곤욕스럽게 했고, 급기야 존경하였던 김희상(육사 #24) 국방대 총장으로부터 강사의 체면을 손상하는 질문을 하지 말라는 질책까지 받았다. 박사 논문을 준비하면서 경제적 어려움과 스트레스도 많이 받았다.

2) 단풍 하사와 왕고참 출신의 군대 경험 기 싸움

충북대학교 총장이 최우수 향토사단 표창 축하 뜻으로 사단장을 만찬에 초청하는 자리에 참모장인 나도 참가하여 분위기를 돋웠다. 총장은 37년 전 자신의 '단풍 하사' 군대 생활 이야기를 꺼냈다. 이에 뒤질세라 대응한 사람이 병장 왕고참 출신인 교무처장이었다. 두 분의 대화는 육군의 고질적인 병폐였던 단풍 하사와 왕고참병의 갈등에 대한 경험담을 드라마틱하게 엮어간 것이다. 무려 2시간 동안 진행된 초청 만찬에서 사단장은 "초청에 감사합니다."란 인사 외는 대화가 거의 없었고, 총장을 수행한 교학처장은 "난 방위병 출신이라 할 말이 없네요."라는 한마디밖에 하지 않았다. 군에서 경험담은 잘 잊혀지지 않는다. 그만큼 군 생활은 인생로에 있어서 많은 영향을 미친다는 방증이다.

군대 생활은 출신 지역·나이·학력·가정환경 등 일체 상관없이 모든 사람이 다시 태어나듯 제로에서 시작한다. 그런데 군 생활이 자랑과 자부심이 아닌 농담 거리로 전락하는 것이 참으로 안타깝기만 하다. 여자들이 가장 싫어하는 이야기가 군대 이야기고, 더 싫어하는 이야기는 군대에서 축구 한 이야기라는 농담을 들 때마다 참담함을 느낀다. 다행히 요즘은 여군 간부로 많이 근무하고, 군대도 많이 개방돼서 민간인들도 직·간접적인 군대체험이 가능하게 됐고, 국방부가 운영하는 SNS, '고무신 카페' 등을 통한 소통이 이뤄지고 있다.

푸른 군복에 숭고한 의지를 실현하던 시절 이야기를 함께 공감할 때 입대는 남자만의 이야기가 아니고, 우리 국민 모두의 이야기가 될 것이다. 그리고 이런 인식을 당연하게 여긴다면 푸른 군복에 바친 청춘의 가치는 더욱 높아지고 대한민국은 더 건강하고 힘차게 날아오를 것이다.

3) 저 관사(官司)에서 살아보면 여한이 없겠다

영천연대 부연대장으로 좌천되었을 때 200년 된 소나무 5그루가 있는 연대장 관사를 보면서 "내가 저런 관사에서 살아본다면 여한이 없겠다."라고 중얼거리곤 했다. 연대장 관사 주변엔 소나무가 울창하게 퍼져있어 포근하고 힐링이 되는 곳이기도 하다.

나는 이런 바램을 꿈으로만 상상했지만 실현되었다는 것은 정말 꿈은 간절히 바라면서 자기가 만들어 가는 것이구나 하는 것을 체험하게 되었다. 국방대 안보과정 교육 중에 육본에서 연락이 왔다. 37사단(충북 향토사단) 참모장이 공석이기에 후방지역 근무에 경험이 많은 나에게 6개월만 참모장으로 근무하라는 요구였다. 난 육군본부의 요구대로 참모장을 할 테니 보병연대장으로 보직해 주라는 조건을 제시하였다. 육본에서는 급했든지 나의 조건을 들어준다고 약속을 하였다. 나는 육군 예비연대로 분류되었고, 4차 진급자라 보병연대장 보직 받기는 어려웠다. 결국, 122보병 연대장(영천) 보직은 내가 꿈을 만들겠다는 의지에 행운까지 찾아온 것이었다.

200년 된 노송이 있는 연대장 관사에 지인과 훈장 5소대원을 초청하고

4) 후방지역 지휘관 위상을 강화하다

영천시장과 경찰서장은 3사관학교 교장(육사 #27)과 지역 대령급 지휘관들과 모임을 만들어서 업무지원 협조 및 친목을 도모하고 있었다. 이 모임에 신달호(육사 #41) 영천 대대장은 참석하지 않고 있었다. 나는 영천 대대장을 지휘하는 연대장으로서 이러한 비정상적인 민관군 업무체계를 바로 잡아야 할 책임이 있었다. 그래서 영천 시장에게 영천 대대장을 통한 민관군 통합방위나 지원 협조 체계가 이루어져야 한다는 것을 주지시키고, 대대장이 모임이나 군과의 업무 협조를 주관하도록 하였다. 그리고 3사관학교 교장과 5명의 대령급 지휘관에게도 영천지역 관군 모임에 참석하지 말도록 하였고, 모든 영천시의 요청과 지원 업무는 영천 대대장을 통해서 이루어지도록 체계를 확립하였다.

연대장은 내륙의 대대보다는 해안 경계대대에 많은 지휘 관심을 경주했다. 특히 민가와 인접하여 소총과 실탄을 휴대하고 야간작전에 투입되기 때문에 전방 GOP 연대장과 같은 지휘 관심이 요구되었다. 해안지역에 있는 장사(長沙)해수욕장과 부경초소에는 수령 100년의 소나무가 갯바람에 영향을 받아 휘어져 멋진 그늘을 만들어 주고 있고, 바다와 맞닿는 곳은 희귀한 갯바위가 있다. 나는 해안순찰 시 숙박 장소로 이용하였기에 해안순찰이 기다려지곤 했다. 2002년 대구 월드컵 경기장 경비와 대 터키 4강전 관람과 풍산금속 등 책임 지역 내의 주요시설 방호작전 현장지도 방문 등도 연대장 시절 아주 즐겁고 보람된 업무였다.

영덕 부경 소초에서 / 월드컵 경기장에서 / 풍산금속 방호태세 지도 방문

5) 꿈길의 스펙: 작전참모와 대구 501여단장

업무를 위한 업무를 하지 말라는 군단장

나는 연대장 보직을 끝내고 장군 진급의 가장 정상적인 코스라고 하는 군단 작전참모로 선발되었다. 새로 부임하신 군단장은 육군 제3사관학교 1기생 선두주자로서 중장·대장으로 진급한 박영하 장군이었다. 3사관 출신으로 중장·대장 진급은 특별한 능력이나 정치적 배경이 있어야 할 수 있다고 생각했다. 그러나 그분은 경북 청도 산골짜기에서 태어나 어렵게 공부를 하였고, 주변에 아무런 인맥이나 정치적 배경도 없고 오직 군문에 열심히 헌신해 오신 분이었다.

군단장의 업무수행지침은 명확했다. 현 상황에서 군단의 우선적이며 중요한 핵심업무가 무엇인가를 식별해서 노력을 집중하라는 것이다. 그리고 일체의 과시적인 업무와 시간 보내기식 업무 등 업무를 위한 업무를 금지했다. 나는 203 특공여단 업무보고 후에 군단장이 마산 처가 집에 가서 장인어른께 인사드리는데 수행했다. 장인과 노인들에게 3성 장군이 군복을 입고 큰절을 올리면서 장인께 봉투를 주신다. 장인과 함께 모인 분들이 나를 알아보고, 군단장께 하는 말이다. "자네! 이 대령은 우리 고향에 큰 사람이니 반드시 장군 진급을 시켜야 한다."라고 하신다. 군단장은 어르신들에게 걱정하지 마시라고 하신다. 군단장의 너그러운 마음과 어른들에 대하는 언행을 보니 더욱 존경스러워 보였다.

군단장은 좀처럼 예하 부대 지휘관에 간섭 및 부담을 주지 않으려고 하지만, 부산시청은 꼭 가고자 했다. 부산시장과 환담하시면서 방위지원 육성금 문제를 제기하신다. "시장님! 우리나라 제2의 도시 부산시가 향토예비군 지원 육성금이 경북 경산시(인구 23만) 수준이고, 대구광역시에 비해 1/5 수준입니다."라고 지적을 했다. 부산시장은 당황한 표정으로 우리 부산시 방위지원 육성금이 많은 것으로 알고 있다고 하면서, 기획실장을 불러 확인하였다. 기획실장도 방위지원 육성금의 수준이나, 사용처 등을 잘 모르고 있었다. 군단장 방문 이후 부산시 방위지원 육성금은 2배 이상 편성되어 집행되었다.

"계편과장 스코어는 90 넘지 않도록 해요."

군단 작전참모를 대과 없이 끝내고 2군 사령부 작전처 계편과장에 보직되었다. 나는 군 계편과장 고유 임무 외에 군사령관의 관심 사항인 군 지휘보고 작성 임무를 추가로 부여받았기에 양우천(육사 #26) 군사령관께 매주 2회 이상 지휘 보고내용을 검토받아야 하는 어려운 업무였다. 금요일까지 지휘보고를 군사령관에게 검토를 받지 못하면 휴일에 부대 안에 있는 골프장까지 가서 군사령관께 검토를 받기도 하였다. 그래서 내가 휴일 골프를 칠 경우는 군사령관은 캐디에게 "계편과장 스코어는 90이 넘지 않도록 해요. 그래야 스트레스를 안 받고 지휘 보고를 잘 작성할 수 있다."라고 농담 같은 격려도 하셨다. 군단 작전참모와 군 계편과장 재직 시에는 밀려드는 업무 외에도 직책의 중압감 때문에 외박이나 휴가를 생각할 수가 없었기에 가족과 만날 기회는 거의 없었다. 특히 예하 참모장교들에게도 배려가 부족했고, 지휘관의 지시를 책임성 있게 처리하지 못했다고 생각된다. 역시 나는 참모 체질이 아니고 내가 책임을 지더라도 권한과 융통성을 마음껏 휘둘러는 지휘관 체질임을 깨달았다. 나는 군 계편과장을 끝내고 수고했다는 보상책으로 마지막 장군 진급 기회가 있는 제501대구여단장으로 보직되었다. 나를 군단작전참모와 군계편과장으로 천거해 준 서진현(육사 #31) 장군께 존경심과 감사한 마음이다.

04

꿈길 재도전의 결과, 11개 창군 최초 기록

1) RSOI, 스트라이커 장갑차 대구질주

2005년 3월 한미연합 키리졸브·독수리 훈련 기간에 전군 최초로 민관군 합동 및 한미연합으로 RSOI(수용·대기·전방이동 및 통합) 시범이 나에게 주어졌다. 이 시범에는 501여단 전 병력과 2군 및 50사단 직할부대, 대구 비행기지, 방공포, 그리고 대구지역 관서 및 경찰, 소방, 보건소, 병원, 한국통신, 민방위, 예비군과 중부지역 방호부대 등 50여 개 부대와 협조 기관이 참가하였다.

시범 당일날에는 라포트 한미연합사령관과 김장수(육사 #27) 연합사 부사령관, 연합사 작전 통제를 받는 한국군 군단장 등 한미장군 50여 명과 대구광역시장, 경찰청장 등 관련 민관군 통합방위위원이 모두 참가하였으며, 연합시범에는 미군 1개 대대 규모의 차량, 물자,

장비, 탄약이 적재된 차량, 이동부대 경호경비를 위해 이라크 전쟁에 참여하고 교대하는 미군 스트라이커 장갑차 1개 소대도 참가하여 화랑로를 질주하였다. 후방지역 3번의 대대장, 참모장, 연대장, 군단 작전참모, 군 계편과장까지 한 최고의 전문가로서 유감없이 한미연합 민관군 통합방위 시범 임무를 완수했고 성공적이었다는 찬사를 받았다. 그러나, 시범은 김상기(육사 #32) 사단장의 세심한 지도와 지원, 고시성(육사 #38) 수성구 대대장의 노력과 지혜가 있어, 가능했기에 감사와 고마움을 느끼고 있다.

시범 설명 / 라포트 사령관 등 한미장성들에게 스트라이커 장갑차 소개

2) 1,100명의 대구 여성예비군 창설

2005년 4월 인접 부대에서 탄약 분실 사건이 발생했는데 그 사건의 실체와 다르게 각종 유언비어가 대구광역시 주민들에게 전파되었다. 내가 서구대대장의 요청으로 방위협의회에 참가하여 인사를 하

는 자리에서도 군부대 탄약 분실 등 군부대 사건 사고에 대한 질문이 이어졌고, 군에 대한 질책이 대단히 많았다. 특히 방위협의회에 참석한 3명의 여성 의원들의 관심이 많았다.

나는 회의를 끝내고 부대에 돌아와 생각에 잠겼다. 국민이 군에 대한 많은 의문과 잘못된 인식을 바로 잡을 방안이 없겠냐는 생각이었다. 특히 여성방위협의회 위원들은 자식들 입대문제로 관심이 많고, 군의 속성을 잘 모르고 있어 그분들께 우선 군 특성을 알리는 것이 좋겠다는 생각이 들었다. 이분들을 여성예비군으로 편성하여 우군화(友軍化)함으로써 자연스럽게 군을 대변하고, 간단한 훈련으로 민관군 통합방위태세에도 일정한 역할을 할 수 있겠다는 생각이 떠올라 대구시장 등 협조 기관에 보고 후 준비를 하였다.

2005년 9월 22일 50사단 연병장에서 창군 최초로 450명의 대대급 대구 여성예비군 부대 창설식 행사가 개최되었다. 이 행사에는 군·사단장과 관계관, 대구시와 7개 구·군청, 136개 읍·면·동 방위협의회 위원과 가족 등 3,000여 명이 참석하였고, 대구 주제 방송 언론사가 총출동하여 취재 경쟁이 벌어졌다.

10대의 열병차에 지자체장과 군지휘관들이 탑승하여 열병을 받았다. 비록 하루 동안 행사 준비와 제식훈련을 받은 여성예비군들이지만 한 치의 실수도 없이 일사불란하게 움직이는 모습에 모두 감탄사를 자아내었다. 행사는 성공적으로 종료되었으며, 전국 방송사와 신문들은 일제히 창군 최초 대대급 대구 여성예비군창설을 축하하는 기사를 내보냈다.

이후 창설된 여성예비군은 분기에 한 번씩 부대에 와서 여단장의 안보교육을 받았다. 그리고 각자 방위협의회와 예비군 중대에서 지원 및 지역 봉사활동에 참가하였고, 2005년 10월 1일, 강신하(삼사 #21) 동구 대대장 인솔하에 계룡대 지상군 페스티벌과 시가행진에도 참여하여 과시하기도 하였다. 여성예비군의 활동이 계속 언론에 노출되니까 지원을 하였으나 선발되지 않은 분들이 불만과 민원이 제기되었다. 나는 이러한 민원을 고려하여, 다시 2006년 9월에 대구 세계 육상대회개회식 날 증편식을 하겠다고 김범일 대구 시장에게 보고하고 모든 지원을 약속받았다.

2006년 9월 8일 대구 월드컵 보조경기장에서 5,000여 명의 관중 축하 속에 1,100명의 대구 여성 예비군연대 증편식이 개최되어 시민과 언론에 주목을 받았다. 이후 여성예비군들은 예비군 훈련의 급식과 지역 봉사활동, 민·관·군 통합방위훈련, 군 홍보대사 등 임무를 수행하였다.

이러한 결과는 2006년 10월 국회 국방위 국정감사에서 큰 업적으로 주목받았다. "올해 국방부에서 예산 들이지 않고 국민의 군대로서 대군 신뢰도를 증진한 가장 좋은 사례가 대구 여성예비군 창설과 휴일예비군 훈련제도입니다."라는 칭찬이었다. 당시 윤광웅 국방부 장관은 하정렬 비서실장(육사 #31기)을 통해 격려 전화를 보내기도 하였다.

이후 이명박 대통령 2년 차에 중앙통합방위협의회에 김병예 여성예비군 연대장이 초청되었다. 대통령 좌우는 국방부 장관, 국정원장이 자리하고 그 옆에 여성예비군 연대장, 합참의장, 각 군 총장이 착석하여 오찬을 하였다. 그 오찬장에서 김병예 여성예비군 연대장은 대구 여성 예비군부대의 활동상을 소개하였다. 대통령이 듣고 있다가 국방부 장관께 묻는다. "장관님, 대구도 저렇게 하는데 우리도 하면 안 되느냐?"는 것이었다. 장관은 기뻐하며 대통령 말씀대로 하겠다고 했다. 오찬이 끝나고 바로 박정이(육사 #32) 수방사령관을 불러 여성예비군을 창설하라고 하였다.

증편식 / 열병 / 병급식 봉사활동과 지상군 페스티벌 참석 시가행진

그 이후 서초구에서 첫 서울시 여성예비군 소대가 창설되고 언론에 보도되었다. 그것이 전국으로 전파되어 오늘날 전국 대부분 지자체에서 여성예비군이 창설되어 활동하고 있다. 창군 최초라는 또 다른 획기적인 일을 했다는 데 자부심을 느끼고 있다.

3) 휴일예비군 제도 정립

2005년부터 토요일이 휴무일이 되면서 향토예비군은 주중에 훈련받을 수 있는 일정이 하루가 축소되어 선택의 폭이 줄었다. 그리고 자영업이나 의사 등 전문직종에 종사하는 예비군들은 토·일요일 휴일에 훈련을 받으면 주중에는 전업에 종사할 수 있는 긍정적 측면이 있게 된다. 그러나 군부대 입장에서는 휴일에 쉬지 못하게 된다. 2군사령부에서는 501여단에서 휴일 예비군 훈련을 시범적으로 실시하고 그 장단점과 대안을 제시하라는 임무를 부여하였다.

6개월 시범 실시 결과는 아주 좋았다. 특히 대구광역시에서 연간 향군법 위반으로 3,000여 명이 고발을 당했는데, 시험적용 후는 1,300여 명으로 감소하는 결과가 나타났다. 설문 내용도 아주 긍정적이었다. 특히 현역 군부대에서 휴일에 쉬지 못하는 것을 감수하면서 예비군의 입장을 우선 고려함으로써 대군 신뢰도 제고에도 크게 기여한다는 평가가 있었다. 우리 부대의 휴일 예비군 훈련 시범 실시

내용은 메스컴을 통해 전국으로 전파되었고, 2006년도부터는 전군 예비군 훈련에 적용되었다.

4). 민관군·NGO 합동 환경보전 시범

육군본부에서는 부대 이전사업에 따른 환경 오염과 군부대 및 훈련장 오염에 대한 민원이 증가함에 따라 특별한 조치가 필요한 시점에서 우리 부대에 시범과업이 지시되었다. 다행스럽게 대구 서구대대장 이용복(3사 #16) 중령은 환경공학박사이고 국방부에서 환경과 관련된 업무를 경험하였기에 시범에 대한 구상을 쉽게 할 수 있었다. 환경문제는 군부대만으로는 해결할 수 없다는 생각에 민관군 합동 환경시범을 계획하여 추진하였다.

시범에는 군단장, 국방부 환경과장, 대구 서구청장과 및 NGO 등 200여 명의 민관군 관계관이 참가하였으며, 다음과 같은 사항이 논의되고 제시되었다.

첫째는 예비군 개인화기를 수입할 때 기름을 사용하지 말고 타이어 공기를 주입하는 공기 펌프기를 이용하는 것을 제안하였다. 이 공기주입 펌프기를 이용하면 총구나 병기 부속품에 끼어있는 먼지나 오물을 쉽게 제거할 수 있고, 마지막 부식방지를 위해 약간의 기름칠만 하면 된다. 이 제안은 획기적인 아이디어로 판단되어 전군으로 전파되어 호평을 받았다.

두 번째는 예비군훈련장의 화장실을 자연 발효식으로 분해, 정화되도록 하는 것을 제안하였다.

세 번째는 중금속 오염방지책이었다. 매일 수 만발의 실탄사격을 하므로 사격장은 총알의 탄두 중금속으로 심각하게 오염될 수밖에 없었다. 그래서 타격 지점에 모래주머니를 쌓고 탄두가 박힐 수 있도록 한 다음, 그 탄두를 모두 회수하고, 주변에는 쑥을 심어서 토양오염을 막는 방안을 제시하였다.

네 번째는 군부대에도 분리수거를 할 수 있는 용기를 비치하고 장병의 지속적인 교육으로 생활화하는 것이다.

다섯 번째는 동해안 훈련장 이전 반대 여론형성이다. 화진 해수욕장은 동해안 대 상륙 방어 지역이며 2군 하기 휴양소이다. 주민들은 훈련장과 군 휴양지가 이전되면 민간 해수욕장으로 전환하여 숙박시설이 들어서서 주민의 수익이 극대화될 것이라고 민원을 계속 요구하였다. 그러나 포항 기청산 식물원 원장이신 이삼우 박사와 환경 NGO는 이전을 반대하였다.

이분들은 만약 군 시설이 폐쇄되어 민간시설로 전환되면 주변 환경 오염은 급속도로 악화될 것이고, 특히 모래사장에 넓게 퍼져있는 해당화 군락지는 일거에 훼손된다는 주장이었다. 결국, 포항 주민과 시청은 이들의 주장을 수용하여 지금도 군 시설은 유지되고, 환경오염 방지와 해당화 군락지는 잘 보존되고 있다. 이날 민관군 환경시범 내용은 지방방송과 언론에 일제히 보도되고 제시된 획기적인 아이디어는 전군으로 전파되어 큰 호응을 얻었다. 군인들은 환경과 관련하여서는 환경 NGO들의 계속되는 요구에 많은 고민을 하는 것도 사실이다. 그러나 이러한 환경 NGO도 잘만 협의가 이뤄진다면 군부대 이전 등 문제를 합리적으로 해결할 수 있다는 시사점을 얻게 되었다.

좌측테이블 개량 한복을 입은 이삼우 박사

콤프레셔로 병기 수입 설명

5) 우울증 등 부적응 병사 외부 위탁 진료

예하 지휘관들은 부적응 병사에 대해서 상급부대에서도 뾰족한 방법이 없는 것을 알면서도 지휘 부담과 책임 문제 때문에 부적격 심사를 의뢰하여 의가사 전역을 시키려고 한다. 나는 평소 부대규정을 어기더라도 내 부하는 내가 책임지고 관리한다는 것을 대대장 때부터 지휘 소신으로 여겨 왔다. 나는 예하 대대장들이 보고한 13명의 지휘 부담 병사들을 대구 신당종합복지관에 위탁진료를 하기로 하고 복지관과 자매결연을 맺었다. 위탁진료에 소요되는 비용 3,000만 원은 삼성복지재단에서 지원받을 수 있었다. 13명의 우울증 환자를 비롯하여 2명의 관리 병사와 함께 15명을 복지관 프로그램에 참여하도록 하였다. 이들은 5주 동안 민간 종합복지관에서 숙식하면서 힐링프로그램에 참여하였다.

위탁 진료 병사들은 환자가 아닌 다른 대학생과 같이 종합복지관 봉사활동에도 참가하여 5주의 힐링 생활로 인해 자신의 정신적인 문제를 잊게 되었고, 힐링 생활 동안에 봉사활동도 동참하게 되어 보람과 자존감도 생겼고 부대적응도 순조로웠다. 위탁진료는 부대규정에도 없고 지휘관 책임 권한 밖일 수 도 있지만 내 부하는 내가 책임지고 지휘 관리한다는 신념이 또 한 번 성공하였다. 만약 잘못되었다면 그 책임은 오직 나에게 돌아왔을 것이다. 감수한다는 각오가 있었다.

경주 한아름 캠프에 동참하여...

군복지사업을 통한 안정된 부대관리..

6) 예비군 중대와 독거노인 자매결연

작지만 소중한 사랑 가꾸는 사람들

교회 청년봉사자들 3년째 이웃돕기 실천
예비군 중대 장병들은 독거노인들에 자원봉사

독거노인 봉사활동
조선일보기사 06.01.26

상근예비역과 독거노인 자매결연 후 봉사활동

1995년 1월 초 경주 안강읍에 눈이 많이 왔다. 독거노인 할머니 한 분이 아침에 일어나 대문 옆에 있는 화장실로 걸어가시다가 넘어져서 골절상을 입었다는 얘기를 들었다. 문뜩 읍면동 예비군 중대에 많은 방위병이 근무하는데 막상 할 일이 많지 않다는 것이 떠올랐다. 그래서 방위병들을 주 1회에 독거노인 집을 방문하여 안전사고 예방, 형광등·선풍기 수리, 장작 패기, 논밭 가꾸는 일 등을 도와주고, 홀로 외롭게 생활하시는 그분들께 하루 동안 손자 노릇 하면서 생활하도록 하였다. 그 결과 독거노인들은 어려운 집안일을 지원받을 수 있었고, 또 대화 상대가 있어 외로움을 달랠 수 있었다. 아울러 지원된 방위병은 인성교육에 큰 도움이 되었다. 현역으로 입대 못 한 자신에 대한 자책감이나 집에서나 군부대서나, 친구들로부터도 '똥 방위'라는 놀림까지 감수해야 했다. 방위병 신분 때문에 그 젊은이들의 인격과 능력까지 무시당하는 경우가 많았다. 그래서 자존감도 없고 언행도 그 무너진 자존감처럼 엉망이어서 사건·사고와 연결되는 경우가 많았다. 그러나 독거노인, 양노원, 장애어린이 집에 대한 봉사활동으로 자신의 노력을 인정받음으로써 자존감이 높아지고, 인성도 개선되어 사건·사고가 확연히 감소되었다. 이후 순천 대대장, 영천 연대장, 대구 여단장까지 계속되었다. 전군 최초로 독거노인과 예비군 중대와 자매결연을 맺게 하여 성과를 거둔 것은 군 생활의 큰 보람이고 업적이었다.

05

꿈길 40년, 창의적이고 다이나믹한 리더십

손자병법에 "병자, 국지대사(兵者, 國之大事). 사생지지(死生之地), 존망지도(存亡之道), 불가불찰야(不可不察也)."라는 전쟁의 본질을 간파한 명언이 있다. 전쟁은 국가 대사로써 국민의 생명과 국가의 존망이 달린 문제이다. 따라서 심사숙고하고 신중히 검토하고 결정해야 한다는 의미이다.

전쟁의 결정권자는 국군통수권인 대통령이지만, 의사결정에 조언과 영향을 주고, 시행은 군지휘관의 몫이다. 따라서 군지휘관의 철학과 리더십 발휘 기저에는 국가생존과 국민의 생명이라는 숭고한 사명이 내포되어 있어야 한다. 이는 사회조직과 기업 CEO의 리더십과는 여러 측면에서 근본적인 차이가 있다는 뜻이다. 즉, 리더십 목적에 있어서 이익과 효율성보다는 승리와 생명이 우선이고, 리더십 대상도 자신의 삶을 위한 능동적이기보다는 국방의 의무로서 징집된 병사들로서 수동적인 자세이다. 또한, 리더십의 요구 수준도 봉사나 협력, 이익 창출이 아닌 생명까지 희생을 강요하는 것이다.

따라서 군 지휘통솔은 국가생존과 국민생명 보호의 가치를 지키는 목적달성에 지향해야 하며, 부하의 인격존중과 이해와 공감, 욕구 충족으로 동기를 유발케 하고, 솔선수범과 상황에 따라 융통성 있는 대처로 부하를 감동하게 할 수 있는 리더십이 필요하다. 대한민국 육군은 이러한 리더십을 실현하기 위해 "정과 신뢰를 바탕으로 부하를 지도하라. 솔선수범하라." 등 군리더십 10대 원칙을 제시하고 있다.

01

타산지석

1) 채명신 장군의 '필사즉생 골육지정'

필사즉생 골육지정(必死卽生 骨肉之情)은 육군 3사단 백골 부대의 구호이다. 이 구호는 '죽기를 각오하고 싸워 반드시 이기고, 뼈와 살을 다하여 형제처럼 뭉치는 단결력'이라는 뜻이다. 이는 국군 백골병단을 이끌고 북한군 점령지에서 맹활약을 펼친 17대 맹호부대 사단장 故 채명신 장군의 리더십 철학이었다. 채명신 장군은 2013년 11월 25일 87세의 나이로 세상을 떠났다. 장군은 마지막 유언으로 "함께 싸웠던 사랑하는 부하들 곁에 묻히고 싶다."라는 말을 남겼다. 장군의 유언에 따라 최초로 현충원의 사병 묘지에 장군 출신이 안장되어 있다. 나는 채명신 장군의 '필사즉생 골육지정'에서 '필사즉생 동고동락(同苦同樂)'의 리더십을 배웠다.

2) 백선엽 장군의 "내가 후퇴하면 나를 쏘라."

백선엽 장군은 구국의 영웅이며 1사단장과 1군단장을 역임하고, 우리나라 초대 4성 장군이고, 6.25 전쟁의 최고의 전쟁영웅이며, 용맹함의 대명사이다. 나는 1사단 비서실장 때 역대 사단장 초청행사에서 백선엽 장군의 전투 리더십의 일화를 들을 수 있었다.

6.25 전쟁 낙동강 전선 다부동 전투에서 당시 1사단장으로서 전투 현장에서 "내가 물러나면 나를 쏴라!" 하면서 '사단장 돌격'이라는 구호로 진두지휘하였고, 반격작전 시 38선을 돌파할 때는 미군으로부터 배속받은 전차 중대의 제1번 전차에 사단장이 직접 탑승하여 평양에 최초로 진입하는 부대가 되었다는 증언을 하였다. 백선엽 장군의 전투 현장에서의 진두지휘는 가장 위험한 순간, 가장 위험한 장소와 극한상황에서 지휘관의 진정한 솔선수범을 나에게 가르쳐 주었다.

3) 김용기 중대장의 '완벽주의'

나의 첫 상관이었던 김용기(육사 #30) 중대장은 '바늘에 찔리더라도 피 한 방울도 나오지 않는다'는 깐깐하고 완벽주의로 소문이 나 있었다. 제3땅굴이 발견되자 전두환 사단장은 땅굴발견 지역 수색중대장으로 김용기 대위를 차출하여 보직시켰다. 김용기 중대장은 6개월 후에 나를 또 수색소대장으로 차출했다. 보병중대장 할 때도 나에게는 한 치의 잘못도 용납하지 않았다. 심지어 다른 소대장이 잘못한 것도 육사 후배라는 것 때문에 내가 대신 혼이 났다. GP 순찰 시에는 100개를 지적하고, 보름후에 시정사항 확인하고 다시 100개를 지적하여 한순간도 긴장을 풀지 못하게 하였다. 나는 나를 강하게 단련시키기 위한 애정 어린 채찍이라고 생각하고 묵묵히 충성을 다했다.

부하를 강하게 단련시키고는 부하의 앞날을 챙겨주는 리더십을 김용기 중대장으로부터 배웠다. 늘 감사한 마음을 간직하며 존경하고 있다.

4) 전두환 사단장의 '지휘주목'과 카리스마

전두환 사단장은 1공수 여단장을 하였기에 공수 마크를 단 장병을 좋아했고, 공수 부대 요원처럼 강한 군기와 지휘주목을 강조하였다. 그래서 우리 대대장은 사단장이 대대를 통과할 때마다 공수 마크를 단 유일한 육사 출신 나를 위병장교 근무로 명령하였다. 위병장교 근무 4번 중 3번은 양호를 받아 병사들은 휴가의 혜택을 받았다. 한번은 불량을 받았다.

그날이 사단장이 명령 이행 침투상황을 확인한 날이었다. 아침 상황보고 시 경례는 짧고 패기 있게 하라는 지시를 하였다. 그 상황을 연대에서 대대까지 알려주지 않았기에 대대 위병소는 알지 못한 상태였다. 그래서 연대 잘못으로 인정하고 영창과 징계를 면했다.

사단장은 35도를 오르는 한여름에 전 사단에 MOPP 4단계(화생방 방호훈련)를 발령하고 방독면과 판초우의를 착용하게 하여 명령 침투상황을 확인하기도 하였다.

1978년도 국방부 주관 태권도 경연대회에서 1사단 대표선수가 우승하였다. 사단장은 "전 사단 장병은 일체의 동작을 중지하고 부대 앞 도로에서 사단 선수를 환영하라."라는 명령을 하달하였다. 예하 각급 지휘관들은 부대 주변 주민까지 동원하여 파주·문산 일대 전 국도에 환영 도열을 형성하였다. 태권도 대표팀은 헌병백차 선도로 사단 1호 차와 오픈카 5대에 분승하고 군악대가 뒤따랐다. 대표팀 차량 행렬은 사단 책임 지역을 돌아다니면서 도열환영을 받았다. 이러한 광경을 목격한 사단 장병은 우리 사단이 최고라는 자긍심을 갖게 되었다. 그리고 사단장은 우승 기념으로 대대 단위로 회식의 기회를 갖도록 하였다. 사단 전 장병들은 전두환 사단장을 지휘 주목의 명수! 카리스마 있는 멋있는 지휘관이라고 인식하게 되었다. 지휘 주목과 카리스마는 군 지휘관의 중요한 덕목이다.

5) 최평욱 사단장의 '정과 인간애'

최평욱(육사 #16) 사단장이 수색대대 초도 업무보고 후 훈련장 순시 코스에서 특별히 나를 기억하고 "이윤규는 수색대대에서만 근무하면 안 된다. 끝나면 사단으로 보내라."라고 하셨다. 같이 수행하고 있던 GOP 연대장 김동신 대령(육사 #20, 전 국방부 장관)이 "이 대위, 끝나고 우리 연대 작전 장교로 와라."라고 하신다. 사단장은 훈련장으로 가시면서 또 "안돼, 이윤규는 사단 작전처 같은 데 보내서 업무를 많이 배우도록 하라."고 하셨다. 그리고 훈련장 순시 후 격려 봉투까지 주셨다.

수중침투훈련 상황 브리핑 / 사단지휘검열 유공자 격려

최평욱 사단장은 한번 만난 부하들을 다시 만나게 되면 정겹게 이름을 불러주면서 각별한 관심과 인간적인 애정을 표시한다. 심지어 사고가 난 대대장을 찾아가 질책이나 책임문책을 하지 않고 격려금까지 주시면서 심기일전하도록 격려하기도 하였다. 이러한 사단장의 정과 인간애 리더십은 모든 장병이 진정 충성스러운 부하로 거듭나게 하는 촉매제가 되었다.

나는 최평욱 장군으로부터 '전장체험' 등 실전적인 강한 훈련, 현장 상황에 부합한 맞춤형 지휘통솔, 공적은 부하에게, 책임은 본인에게, 정과 인간애(人間愛)에 기초한 리더십을 배웠고 군지휘관으로서 나의 롤모델이었다. '85년부터 최평욱 사단장의 리더십에 매료되어 만들어진 '전진회' 모임은 35년간 지속되면서 군인 삶의 향기를 풍기고 있다.

6) 신뢰와 충성: 왜 그 좋은 권력을 물태우에게 넘겼어요?

2001년 전두환 전 대통령이 장세동·안현태 전 경호실장, 염보현 전 서울시장 등 일행과 함께 경주지역을 방문한다는 연락을 받았다. 내가 소대장 때 사단장이었고, 소령 때는 청와대 경호실에 근무한 인연으로 인사를 하는 것이 도리라고 생각되었다.

경주 보문 호텔 오찬장에 가는 현관에서 전두환 전 대통령에게 인사를 드렸다. "아 지역 사령관께서 오셨구먼." 하고 반갑게 악수를 청한다. 오찬장으로 나를 데리고 갔다. 뒤로는 이순자 여사와 장세동 전 경호실장 등 수행원들이 따라 왔다. 나를 오찬장에 불러놓고, 수행원들에게 인사를 시켰다. "이 대령은 경호실에 근무하였고, 현재 이 지역 연대장입니다. 나에게 인사 오면 여러 기관에서 안 좋게 생각할 텐데 오셨어요. 우리 감사의 박수 한번 보냅시다."라고 분위기를 띄워 주셨다. 인사를 하고 오찬장을 빠져나오니까 이○○ 경주시장과 안기부, 기무부대 요원이 밖에서 기다리고 있었다. 나는 기무부대 요원에게 빨리 상급부대로 보고하라고 했다. 미리 얘기 못 해 미안하다고 하면서.

다음날은 우리 해안부대 지역인 보경사를 방문한다고 하여 또 갔다. 주지 스님을 마주 보고 전두환 전 대통령, 이순자 여사가 앉았고, 그 뒤에 장세동 실장 등이 앉아 있었다. 주지 스님이 "각하, 왜 그 좋은 권력을 장 부장에게 넘기지 않고 물태우에게 넘겼어요?" 웃으면서 질문을 했다. 대통령 대답이 걸작이다. "아, 아, 스님! 큰일 날 소리를 하시군요. 장 부장이 얼마나 악똘인데요. 물태우가 대통령이 되었기에 스님도 무사하시지요. 장 부장이 되었더라면 아마 스님도 이렇게 편히 있지 못할 걸요."라고 전두환 대통령이 대꾸하자 스님 방은 한바탕 웃음으로 변했다. 전두환 대통령의 소탈함과 부하신뢰, 장세동 장군의 충성과 의리, 청렴결백 인품의 에피소드를 듣고 나는 큰 감명을 받았다.

02

지휘통솔 성패 책임은 오직 지휘관만 진다

1) 1급 장애인 부친의 보호자가 입대, 자살?

대구 501여단장에 보직됐다. 여단장은 어느 정도의 무게가 있을까?

"여단장님! 큰일 났습니다."

월 화 수 목 금 금의 생활이 이어지던 내게 드물게 주어진 정시퇴근이었건만 관사까지 달려와 모처럼의 휴식을 방해하는 지휘 보고에 벌떡 일어났다.

어느 지휘관이든 "큰일 났습니다."라는 말만큼 긴장하게 되는 '긴급 지휘 보고'는 없을 것이다. 가슴 철렁한 보고에 긴장되었다. 현역 이등병이 신상 비관으로 화장실에서 손목을 그어 자살 시도를 했다는 것 아닌가?

다행히 미수에 그쳤고 병원에 후송됐다지만 군에서 '병사의 자살

기도 사건'은 여간 큰 문제가 아니다.

'자살 시도'는 어느 사회에서든 용납되지 않는 행위지만 군에서는 특히 더 엄격한 처벌을 받기도 한다.

지휘관으로서 이 사건을 뒤탈 없는 일 처리에만 신경 쓴다면 '군법'에 따르는 것일 테다.

잘못을 저지른 병사에게만 책임을 묻는다면 소위 골치 아플 일이나 크게 책임질 일도 없으니 지휘관으로서는 가장 부담이 덜 가는 조치일 것이다.

하지만 지휘관으로서만이 아닌 '인생 선배로서, 내 가족 형제, 또 내 부하 전우'로서의 관점에서 본다면 이 사건의 해결법은 완전히 달라진다.

나는 언제나 그렇듯이 이 사건의 본질이 무엇인가에 집중했다.

그리고 그 병사가 왜 그런 문제를 일으켰는지 원인부터 찾았다.

그 이등병은 입대 전에 홀로 1급 장애 아버지를 부양하고 있었다고 한다.

보통 이런 경우는 법적으로 군 면제 대상이다. 그런데 문제는 호적상 그 이등병보다 2살 많은 누나가 존재한다는 점이었다.

누나는 이미 가출해 연락도 안 되고 아버지를 부양하지도 않는 현실이지만 행정적으로는 '호적'에는 버젓이 누나가 존재하니 이등병은 군면제 대상이 될 수 없었다. 이런 환경에서 이등병이 자대배치를 받은 지 한 달 만에 1급 장애인 아버지가 교통사고를 당해 병원에 입원

했다는 비보를 들었다고 한다.

참으로 안타까운 사연이니 이 사실을 제대로 알았더라면 지휘관들이 어떻게든 조처를 해주었을 텐데. 이제 막 자대배치를 받은 지 겨우 한 달밖에 안 되는 이등병으로서는 세상 막막하고 누구에게 기대거나 손 빌릴 생각은 하지도 못했던 것 같다.

그렇게 혼자 고민하다 순간적으로 극단적인 선택을 하고 말았다.

사건의 경위를 알고 보니 이등병을 규정대로 처벌하는 것만이 능사가 아니라는 게 확실해졌다.

이 병사의 문제를 근본적으로 해결해 주지 않는다면 또 다른 사건이 이어질 것이 분명했다. 나는 그 병사와 단독으로 면담을 하였다.

"김 이병! 나랑 약속하자. 내가 너의 아버지께서 완쾌돼 퇴원하실 때까지 특별 위로 휴가를 보내주겠다. 그리고 너는 아버지를 모시면서 한 달에 한 번 대대장에게 보고하도록 해라. 대신 위로 휴가 가 있는 동안 어떤 사건 사고에도 연루되면 안 된다." 나는 김 이병과 인간 대 인간으로 약속하면서 군사상 초유의 '기한 없는 특별 위로 휴가'를 조치해 주었다.

'무기한 특별 위로 휴가'!

정말 군대의 규정과 상식으로는 용납되지 않는 비상식적인 조치였지만, 나는 지금도 당시의 결정을 후회하지 않는다.

부대에서는 김 이병의 안타까운 사정이 알려지자 너도나도 김 이병을 돕겠다는 손길에 나섰고 무려 200여만 원이 위로금이 모금됐다.

부대원들의 인류애에 나는 또다시 감동했다.

김 이병 아버지께 위로금을 전달하러 간 자리에서 김 이병과 부친은 감사의 눈물을 흘리며 나에게 꼭 약속을 지키겠노라고 다시 한번 다짐을 했다.

내가 만일 김 이병의 사연에서 본질을 꿰뚫어 보려 하지 않고 오로지 책임회피만을 목적으로 일 처리하려 했다면 아마도 이 사건을 상급부대에 보고했을 것이다. 그랬다면 아마 김 이병은 '의가사 전역 심사 대상'이 됐을 테고 어쩌면 일생 '의가사 전역' 꼬리표가 붙은 채 사회생활에서 부당한 불이익을 받는 인생을 살아갔을지도 모른다. 하지만 나는 그저 내 안위를 위해 보고하고 책임회피를 하기보다는 내가 처벌을 감수하더라도 내 부하는 내가 끝까지 책임지겠다는 나름의 소신이 발동했고 결과 역시 의도한 대로 되어 마음 뿌듯하였다.

김 이병의 문제를 해결하는 데 있어서 나에게 '여단장'이란 보직은 '사람을 살리는 백지 휴가증' 한 장의 무게였다.

'군인은 조국과 민족을 위해 존재하고 그 어떤 것보다 생명이 우선이며, 본질을 꿰뚫어 보면 자기 주도적인 삶을 살게 되고 그 삶은 충실하게 된다.'는 나의 소신이 내린 결론이다. 이런 나의 소신으로 인해 나는 또 다른 창군 이래 최초의 기록적인 사건을 벌이고 만다.

2) 출산비와 분윳값을 벌기 위해 탈영했다?

2006년 4월, 대대장이 상근병이 출근을 하지 않아 탈영 보고를 해야겠다는 지휘보고가 있었다. 나는 탈영 보고가 능사가 아니다. 찾아서 이유를 확인하라고 했다. 찾아 확인결과 탈영한 이등병은 고등학교 때부터 잘못하여 집에서 쫓겨나와 월세방에서 동거하고 있는 병사였다. 탈영한 동기는 동거녀가 출산하게 되어 출산비와 분윳값을 벌기 위해 아르바이트를 한다는 것이었다.

나는 대대장에게 헌병대에 보고하지 말고 근본적인 조치방안을 강구하도록 하였다. 대대장에게 우선 출산비 80만 원은 구청에 도움을 청하고, 탈영 병사를 안정시켜 출근토록 하고 대신 휴일에 아르바이트할 수 있도록 조치하도록 하였다.

나는 다른 대대에도 동거하고 있는 병사가 있는지를 확인토록 하였는데 현역 이등병 1명을 포함하여 모두 7명이었다. 특히 현역 이등병의 사정이 더욱 안타까웠다. 현역 이등병은 부모가 이혼 이후에 홀 할머니를 모시고 사는데 동거녀가 아기를 출산하였다는 편지를 받고, 늘 우울한 표정으로 불안해하고 부대 생활에 적응하지 못한 상태였다. 나는 보고를 받고 우선 그 현역 이등병에게 위로 휴가를 보냈다.

나는 동거 중인 병사 7쌍을 불러놓고 진중합동 결혼식의 취지를 설명하고 준비하도록 하였다. 동시에 상급부대와 협조기관에 결혼식의 배경과 취지를 보고하여 적극적인 지원을 약속받았다. 군사령부에서는 의장대 20명을 보내 교차 칼을 할 수 있도록 했고, 사단에선 축하 비행 헬기와 결혼식장으로 입장할 수 있는 오픈카 찝차 7대, 군악대 지원, 대구시장은 격려금과 축사를, 그랜드 호텔 사장은 제주도 신혼여행 항공료와 호텔숙박비, 영남대 촬영동아리에서는 사진과 동영상 촬영을, 대구 팔공산 선봉사에서는 결혼식 피로연 5,000명분의 국수를, 조규철 대경건설 사장은 14명의 결혼 금반지, 친구 이규영 보스렌자 사장은 양복과 예복 각각 7벌, 대구지역 복지단체, NGO에서는 전역 후 취업과 결혼 후 필요한 보온밥통, 식재료 등 신혼살림 등을 지원하겠다고 하였다.

드디어 2006년 5월 7일 11시에 창군 최초 병 7쌍을 대상으로 민관군 합동 진중 결혼식이 개최되었다. 대구 팔공산 아래 연병장에는 각종 축하 플래카드와 100m의 카펫이 펼쳐져 있었고, 아들과 딸의 동거생활에 반대했던 양가 부모님과 5,000여 명의 하객이 식장을 메웠다. 드디어 축하 비행 헬기가 하늘에서 축하 종이 꽃가루를 뿌리고, 군악대 팡파르 연주에 맞추어 7대의 오픈 지프에 7쌍의 신랑 신부가 등장한다.

20여 명의 의장대가 신랑 신부가 통과하는 100m 카펫 위에서 교차칼 구령이 내려진다. 신랑 신부는 어리둥절하여 군악대 축하 행진곡에 발을 맞추어 의장대 교차칼 밑으로 당당히 입장하고 있었다. 같은 나이 또래 교차칼 든 의장대 병사는 영광스러운 결혼식에 샘이 나서 그냥 신랑 신부를 통과시키지 않고, 신부 안고 쪼그려 뛰기 등으로 골탕을 먹인다. 결혼식장은 한바탕 웃음바다가 되었다. 드디어 14명의 신랑 신부는 어려운 교차 칼 터널을 통과하여 단상 앞에 섰다.

나는 주례사에서 "5,000여 명의 하객과 부모 친지들이 지켜보고 4성 장군과 대구광역시장 등 관서장들이 보증하고 공식적으로 축하를 받아 결혼하기 때문에, 떳떳한 남편과 아내, 부모가 되었다."고 천명하였다.

5,000여 명의 하객의 축하 속에 거행된 결혼식장

"여단장님께 경례!, 충성! 신고합니다. 병장 ○○○, 신부 ○○○, 이병 ○○○, 신부 ○○○, 이상 14명은 2006년 5월 7일부로 결혼식과 더불어 5박 6일의 신혼 여행을 명받았습니다. 이에 신고합니다. 여단장님께 대한 경례! 충성!" 신고에 나는 "그래, 모두 합격이다, 잘 갔다

와라."라는 나의 멘트에 또 웃음바다가 되었다.

이 모든 결혼식 과정과 감격스러운 인터뷰 등은 모두 YTN, KBS, MBS 등 방송에 중요 뉴스로 소개되었으며, MBC에서는 준비과정 등을 편집하여 13분에 걸쳐 〈화제집중〉에 방영하였다. 그리고 다음 날 중앙과 지방신문에 일제히 보도되었다.

3) 부하 생명이 작전명령보다 우선이었다

1979년 1월 중순 영하 10도를 오르내리는 추위를 뚫고 DMZ 야간매복작전에 투입되었다. 밤이 깊어지자 찬바람이 몰아치면서 영하 20도까지 기온이 급강하했다. 팀원들의 안전이 우려되었다. 나는 군법회의 회부까지 각오하고 매복팀을 철수시켜 인접 GP로 들어가 몸을 녹이도록 했다. 이진규·이일섭 병장을 시켜 GP 통문 경계 근무자와 적으로 오인하지 않도록 접촉하라고 하여 GP에서 작전 대신 가면을 취하도록 하였다.

나는 결과적으로 작전명령을 위반한 셈이다. 군인으로서 명령을 위반하였기에 군법 회부감이었다. 만약 군법회의에 회부되더라도 부하 생명이 우선이었다는 변명을 하고 싶었다. 실 전투상황에서라면 어떻게 결심해야 할까? 임무 수행이 부하 생명을 보다 우선시해야 할까? 생명이 희생되는 위험이 있더라도 작전명령을 이행해야 한다.

군 지휘관(자)의 갈등이 여기에 있다. 그래서 군 장교는 위기, 위험이 닥쳐왔을 때 냉철하고 신속한 상황판단력과 융통성 있고 기민한 리더십이 중요하다. 따라서 군 장교는 투철한 국가관 및 군인정신과 인간애, 아울러 군사적 식견과 명석한 두뇌가 요구된다.

4) 중(소)대장 지뢰 사고 현장에 뛰어들다!

우리 중대가 유격 훈련을 받고 있을 때 보병부대에 파견 보낸 3소대에서 DMZ 작전 간 지뢰 사고가 났다는 상황보고를 받았다. 대대장은 지프차로 현장으로 먼저 출발하였고, 나는 5/4T 무전차를 타고 뒤따라갔다. 과속으로 달려왔지만, 1시간이 지나서야 현장에 도착할 수 있었다. 먼저 도착한 대대장은 현장 조치를 하지 못하고 나에게 "1중대장 조심하고 잘 조치해라."라는 지시를 하고 DMZ를 떠났다.

사고지점 10m까지 접근하니까 사고 소식을 듣고 제일 먼저 도착한 소대장은 대검으로 정신없이 지뢰지대 통로를 개척하고 있었고, 작전팀장은 지뢰 사고 현장에서 순직한 2명의 시신을 수습한다고 헤매고 있었다. 나는 실탄 2발로 경고 사격을 하였다. "중대장이다. 지금부터 한 발자국이라도 움직이면 바로 사살한다. 중대장이 전우들을 구하러 들어가니 움직이지 말고 기다려라."라고 했다. 나는 의무병 2명의 도움을 받으며 지뢰지대에 안전통로를 무사히 개척하였다. 제일먼저, 부상을 입은 작전팀장과 무전병을 안전 통로로 이동하여 긴급후송시키고, 부상이 없었던 나머지 팀원을 차례로 한 발자국 한 발자국 지정된 위치에 옮기도록 하여 모두 구출하였다. 마지막으로 대인지뢰에 직접 피해를 본 윤 하사와 김 병장 시체를 수습했다. 무려 1시간의 사투 끝에 2구의 시체와 7명의 팀원을 모두 구출했다.

사실 지뢰 사고 지휘 책임은 내가 아니다. 작전 통제를 했던 보병연대장과 대대장이었다. 그런데 그 지휘관들은 사고 보고를 받고 현장에 먼저 와 있었지만, 현장 조치나 구출 작전은 하지 않아 원망스러웠다. 현장을 수습하고 DMZ를 빠져나오니 GOP 철책에는 사단장과 보안부대장 등도 도착해 있었다. 사단장은 '순직' 처리하라고 지시하고 떠났다.

사고 현장 수습에서 대전 국립묘지 안장까지 가는 72시간은 너무나 길었고 중대장 대위 계급장이 너무나 무거웠다. 자식 잃은 부모님의 통곡은 아직도 내 가슴에 메여있고, 38년 동안 현충일만 되면 20여 명의 전우와 함께 대전 국립묘지에서 윤 하사! 김 병장! 을 불렀다. 대답은 기억의 메아리로 들려온다.

부하가 잘못 던진 수류탄을 몸으로 감싸 안아 부하의 희생을 방지한 강재구 소령의 살신성인 희생정신이 생각났다. 중소대장은 적탄을 뚫고 함께 적진을 향하여 돌진하고 육박전도 한다. 생사를 같이하는 단위가 중·소대이다. 그래서 중소대장은 머리로 지휘하는 것이 아니고, 뜨거운 가슴과 언행으로 부하를 지휘해야 한다는 진리를 새삼 깨닫게 되었다.

03

인정과 동기유발, 그리고 동고동락

1) 관심과 배려가 충성을 불러오다

소대 선임하사는 나보다 30세 많은 아버지 같은 연배의 김성수 상사였다. 나에게 너무나 깍듯이 예우해 주었기에 좀 어색했다. 또 내가 잘 모르는 분야를 자상하게 알려주고 조언해 주기도 하여 정말 고마웠다. 선임하사는 53세 생일날에 나를 초대했다. 나는 고마운 마음에서 소위 봉급 8만 원 중 3만 원으로 새로 나온 전기밥솥을 구입하여 찾아갔다. 선임하사관 부부는 눈물을 흘리면서 고맙다는 인사를 하였다. 군 생활 30년에 이렇게 상급자로부터 관심과 인정을 받아본 적은 없다면서 충성을 맹세하였다.

이후 선임하사는 미안할 정도로 나를 극진히 모셨다. 내가 대대 전 간부에게 60밀리 박격포 교관 임무를 부여받아 고심하고 있을 때, 선임하사는 "소대장님은 보고만 받고, 실습명령만 내리면 제가 소대원과 같이 시범식으로 다 할 테니 걱정하지 말라."고 하면서 모든 교육 준비를 하였다. 30년의 경력이 있었기에 실습은 아주 성공적이었다. 덕분에 나의 첫 교관 임무도 대대 간부들로부터 잘했다고 칭찬을 많이 받았다.

나는 리더십이란 교범에 나와 있는 상하관계 원칙뿐만 아니라 상호 존중과 배려, 인간적인 관계가 중요함을 새삼 깨닫게 되었다. 이후부터 나의 봉급은 가족과 나보다는 부하에게 우선 사용하는 맛을 보고 멋도 부렸다. 그 결과는 고스란히 내 가족들에게 피해로 돌아왔다.

2) 부적응 병사, 인정의 욕구 충족

국가보안법 위반으로 1년 복역 후 입대하였으나, 자대 생활을 하다가 또 다른 문제로 인해 군사법원에서 징계 후 우리 대대로 전입해 온 병사가 있었다. 상급부대에서는 이 병사는 이념 서클을 만들어 군내 갈등조장 등의 문제를 발생시킨 사례도 있었기에 특별관리하도록 당부하였다. 나는 이 병사의 과거의 언행을 인정하면서 대대본부에 행정병으로 보직을 주고 신바람 나는 군생활을 하게 만들었다. 그러자 상급부대에서 부적응 병사, 특히 이념 편향의 운동권 병사를 잘 관리한다는 인정을 하여 사단 내에 이념 편향적 병사 4명을 모두 우리 대대로 전입을 보냈다. 나는 그 병사들 신고를 받고 내 부하이기에 내가 품어야 하는 생각에 특별한 정신교육을 한 후, 바로 5박 6일 특별위로 휴가를 보냈다. 상급부대에서는 휴가 나가서 문제를 일으킬 수 있다고 하면서 당장 복귀지시를 하였지만, 나는 책임지고 해결하겠다고 하고 지시사항을 이행하지 않았다.

나는 4명의 병사에게 휴가 기간에 반드시 나의 고향 선배에게 인사를 먼저 하라고 지시하였다. 그 고향 선배는 어려운 가정형편이었지만, 공부를 열심히 하여 서울 농대 수석 입학을 하였다. 그러나 반정부 시위 등으로 투옥된 바 있었고, 노동자·농민 운동을 대표하는 정당을 만들어 대통령 선거에도 출마했다. 그 선배는 내가 육사에 입학한 후배라고 자랑스러워했다. 위로 휴가를 간 4명의 병사는 나의 지시대로 고향 선배를 찾아가서 인사를 하였고, 4명 중 2명은 3박 4일 만에 부대 복귀를 하였다. 이유를 확인해보니, 고향 선배가 인사 간 병사들에게 "이윤규 대대장은 우리 고향에서 많은 기대를 하는 사람이다. 절대 대대장에게 누를 끼치는 언행을 하지 말고 성실히 군 생활하라"라는 당부를 하여 미리 복귀하였다고 토로하였다.

이후 4명의 병사는 대대장 심복이 되어 성실히 군 생활을 하고 전역하였다. 그들은 정권에 대한 투쟁시위였지 결코 군부대나 대대장을 골탕 먹이기 위한 언행을 하려는 것이 아님이 문제의 본질이었다. 장병이 문제를 야기했을 때 문제의 본질과 인간애가 가장 먼저 고려되어야 한다는 것을 알게 되었다.

3) 열병차까지 동원한 예비군 지휘관 전역식

예비군 중대장은 1990년대 후반부터는 군무원 사무관으로 신분이 전환되어 60세까지 평생직장이 되었다. 예비군 지휘관이 인기가 급상승하여 많은 군 전역자가 시험에 응시하고 있다. 경쟁률이 높고 시험이 어려워 예비군지휘관 시험학원에서 1~2년 이상 공부하여 시험을 치르기도 한다. 나는 예비군 지휘관들은 '현역의 미래상'이라는 인식으로 그들에게 각별한 예우를 하였고, 역할도 부여하였다. 특히 30년 이상 근무하고 전역하는 예비군지휘관들에게 전역식을 거창하게 해주었다. 전역식에는 전 여단의 현역·예비군 지휘관을 참여시키고, 군악대와 열병 차까지 준비하였다. 자녀들과 손주, 사돈, 읍·면·동직원과 방위협의회원까지 참가시키고, 피로연까지 베풀어 주었다. 그리고 지차제장과 경찰청장의 표창을 협조하여 수여하였다. 이러한 전역식 행사는 후배 예비군 지휘관들에게 많은 함의가 있었다. 즉, 나도 직책을 잘 수행한다면 영광스러운 자리가 마련되는 것을 느끼게 하고, 현역지휘관들에게 고마운 마음을 갖고 충성스럽게 근무할 수 있는 분위기를 마련하는 것이다. 또한, 참가한 자녀와 친지, 사돈들도 자랑스럽게 생각할 수 있는 좋은 계기가 되었다. 예비군 중대장들은 장군 이상의 전역식을 개최해준 창군 최초의 지휘관이라고 자랑하면서 입소문을 내기도 하였고, 충성스러운 근무 자세를 보였다.

훈장증 수여 / 퇴역사에 감격의 눈물

예비군지휘관 부부 열병식

04

창의적 다이나믹한 리더십

1) 사단장 욕심(?) KBS 뉴스 보도 불발

나는 밤 12시에 대대인접 432고지 정상에서 전입신병 신고를 받고 군생활 의지를 다지게 하였고, 병사 내무반 언어순화나 갈등 해소, 기분전환 등을 위한 '욕먹지 돼지통' 비치, 내무반 앞에는 '스트레스 해소 타이어' 설치, 휴일 점호 생략하여 마음껏 잠을 자거나 통제 없이 휴일을 보낼 수 있는 내무생활 등을 시행하여 사고 예방과 사기 진작 제도를 시행하였다. 특히 '기분 좋은 대대'라고 부대 호칭을 사용하면서 모든 행사, 집합 시는 "기분조오타, 기분조오타아, 기분조오오타아아!"를 외치도록 하여 스트레스 해소와 기분전환을 유도하였다. 그 결과 육군본부 현병감으로부터 '1,000일 무사고 부대 표창'을 받기도 하였다.

이러한 부대관리 소문을 듣고 '변화하고 있는 야전군 부대 실상'을 KBS 9시 뉴스에 보도하기 위해 나의 고교친구 김기춘 기자가 대대로 취재하러 왔다. 나는 사전에 이를 사단에 보고하지 않아 문제가 될 것 같아서 사단 정훈 참모에게 보고했다. 사단 정훈참모는 좋은 기회이다고 생각하고 사단장에게 보고하니 어차피 KBS 9시에 보도된다면 사단장의 지휘방침과 사단도 어필되도록 하라는 지시를 받고 연락이 왔다. 내가 사단장의 그러한 뜻을 김기춘 기자에게 전달하자 난색을 보인다. 나는 너의 부대의 혁신적인 변화 모습을 전 국민께 알리려고 왔다. 특히 내가 군대 생활할 때 구호인 "때려잡자 김일성, 무찌르자 공산당." 대신 신선하고 긍정적인 '기분 좋다' 등 실체적 변화 모습을 방송하기 위해서인데 사단장이나 사단 소개는 방영할 수 없다는 것이다. 사단장 욕심 때문에 KBS 9시 뉴스 보도가 무산되었다는 변명보다는 '좀 더 빨리 상급부대 보고를 했거나 사단에 승인을 추가 건의했어야 했는데.'라는 아쉬움이 있었다.

전군 가장 낙후된 대대본부(스레트 지붕)와 출입구에 '기분좋다' 슬로건

2) 미래 불확실성에 대한 융통성 있는 대비

군단별 수색대대 전투력 경연대회가 있어 사단 대표 중대로 지정되었다. 사격은 12월 말 실시될 계획이라고 2개월 전에 준비 명령을 받았다. 전방은 12월 말이면 눈이 쌓일 가능성이 컸다. 통상 달밤이거나 눈이 쌓여 있는 경우는 야간사격을 하지 않도록 한다. 나는 고집스럽게 달밤이든 무 월광이든, 눈이 오든 어떠한 상황에서도 조준사격을 하도록 강조하면서 2달여 간 야간사격 환경에 적응하도록 훈련을 시켰다. 사격측정 날은 반월광이었고, 사격장에는 눈이 쌓여 있어 50m 표적에 사격하였다. 사격결과 타 부대는 명중률이 65% 수준이었다. 그러나 우리 중대는 97%의 명중률로 비교가 되지 않았다. 모든 참관자와 측정관은 믿지 못했다. 창군 이래 야간사격 명중률 97% 기록은 없다는 것이라면서 의혹을 제기하며 사격장을 이동하여 75m 표적에 재사격하게 하였다. 우리 중대는 2개월 동안 날씨가 어떠하든 조준사격으로 적응하였기에 75M 표적에도 전혀 문제가 없었다. 타 부대는 명중률이 55% 수준이었다. 그러나 우리 중대는 95% 명중률을 기록했다. 참관자와 측정관들은 또 놀라며 의아해했다. 나는 평시의 흘린 땀이 전장의 피를 대신한다는 교훈을 얻었다. 그리고 지휘관의 불확실한 미래 상황예측력과 명확한 판단력, 추진력의 중요성을 새삼 깨닫게 되었다. 군대에서 가장 싫어하는 지휘관 스타일은 '멍부'이다. 즉 멍하고(지혜롭지 못한) 부지런한 지휘관 밑에서 부하들은 피곤하기만 하고 성과가 없다는 얘기이다.

3) 진정한 솔선수범과 결과 중시 가치관

상급부대에서는 지휘관도 부하의 고통을 체험하고 현장에서 지휘하는 솔선수범의 자세를 강조하였다. 1992년 연대전투단 훈련이 있을 때 나의 인접 대대에서는 내가 강조한 중소대장의 '융통성 있는 행군지휘' 대신에 대대장과 중·소대장은 상급부대 지침대로 병사와 꼭 같은 군장으로 40km 도보 행군을 하였다. 그 대대 지휘관들은 행군에서는 지휘관 역할보다는 단 1명의 병사로서 행군한 셈이었다. 행군 후에 부여되는 임무 수행에 결정적 오류를 범할 수밖에 없었다. 그 대대 간부들은 모두 기진맥진하여 숙영지 편성 통제는 물론, 아침 기상 통제와 식사도 제대로 준비 못 하고 굶긴 상태로 연대 공격명령을 수행하였지만, 도중에 임무 수행을 포기해야만 했다. 이는 지휘관의 솔선수범과 동고동락이라는 개념을 잘 못 이해했던 결과였다. 부하와 동고동락이란 동고동락 그 자체가 아니고, 부하 장병이 어렵고 위험한 현장에서 상황을 파악하고 진두지휘하라는 뜻이다. 군인은 과정도 중요하지만, 결과가 더 중요하고 가치가 있다. 군인은 전쟁법에 어긋나지 않는 수단 방법을 동원하여 전투에 이겨야 한다. 그래서 군 지휘관은 전투 및 훈련상황에서 합리적인 과정보다는 결과를 중시하는 가치관을 견지해야 한다.

06

기분 좋고 향기나는 삶의 비결

삶은 목표보다는 목적이 중요하다? 삶의 목표는 삶의 목적을 위한 과정이고 방향이다. 삶의 과정은 만족스럽고 즐거워야 한다. '기분 좋은 사람'은 나의 애칭이다. 늘 과거도 지금도 내 삶이 기분 좋고 만족한다는 의미이다.

만족한 삶은 자신이 만드는 것이다. 프랑스 소설가 안톨 프랑스는 "세상의 참다운 행복은 남에게서 받는 것이 아니라 남에게 주는 것이다. 그것이 물질적이든 정신적이든 인간에게 있어서 가장 아름다운 행동이기 때문이다."라고 말했다. 나와 너, 우리가 함께하는 삶이야말로 참 좋은 인생이다. 행복은 공유하면 더 커진다. 행복이 전달되기 때문이다. 나는 오늘도 "기분 좋다."라고 만나면 인사한다. 무엇 때문에 기분 좋으냐고 묻는다. "그냥, 멋있는 당신을 보니까 기분 좋다."고 대답한다. 그러면 피시시 웃으며 기분 좋다를 공유하고 행복해 한다.

나와 함께 한 모든 과거 경험과 환경도 만족스럽고 행복한 삶의 자양분이다. 흙수저의 숙명적인 태생, 시골 어려운 생활환경, 어려운 상황에 대한 도전 과정도 만족하고 행복한 삶이었다.

만남 또한 만족스럽고 행복한 삶의 자양분이 되었다. "사람을 잘 만나는 것이 인생 성공비결이며 가장 큰 행운이다."라고 말을 한다. 그러나 사람 잘 만나야 한다는 기저에는 사람을 골라서 만나야 한다는 의미가 있다. 나는 사람 만나는 자체가 너무 즐겁고 좋아한다. 다만 그 사람과 만남이 특별한 목적과 수단으로 이용되는 것을 경계할 뿐이다.

진정 내가 기분 좋고 향기 나는 삶의 비결이 있는지, 나의 삶의 자세와 기억의 창을 열어본다.

01

행복한 오늘이 되기까지 삶의 자세

1) 내 삶에 충실하다

자신의 삶에 충실하면 삶의 만족도가 높아지고 행복하게 될 것이다

누구나 자신의 삶이 세상에서 가장 어렵고 힘들다고 느낄 것이다. 스무 살은 스무 살로서 고통스럽고 마흔 살의 가장은 마흔 살의 가장으로서의 고통이 있다. 하지만 우리 인간은 늘 '내가 스무 살이었다면…'이라든지, '내가 천재였다면 더 잘했을 텐데.'라고 현실 도피적인 핑계를 대거나 다른 이의 삶을 부러워하곤 한다.

나의 삶을 돌이켜 볼 때 부정적으로 본다면 불만스럽게 여길 구석이 꽤 있다고 생각한다. 농어촌 시골에 가난한 농부의 아들로 태어난 것부터 공부보다 우선해서 농사일과 집안일을 할 수밖에 없었던 청소년기를 보냈던 걸 생각하면 '내가 왜 이런 곳에 이렇게 태어났나.' 하고 불만 속에 살았어도 이상할 것이 없다.

게다가 그토록 원하던 육사에 들어갔고 촉망받는 군인이 되었건만 결국 '하나회'에 소속되었다는 것으로 인하여 정당한 진급 기회마저 박탈당하고 좌천당하는 서러움까지 겪었다. 만일 내가 이런 환경을 불만스럽게만 여겼다면 분명 어느 순간이든 좌절하여 나의 꿈과 삶을 잃어버렸을 것이고 오늘날의 이윤규도 없었을 것이다.

그야말로 농어촌 시골에 태어난 나는 오히려 어린 시절 고향의 장점을 마음껏 누렸다. 마치 마크 트웨인의 『톰 소여 모험』에 나오는 '허클베리핀'처럼 친구들을 이끌고 모험 가득한 추억을 쌓으며 호연지기를 키웠고 자연의 이치를 몸으로 습득했다. 이런 추억들은 나의 삶에서 가장 중요한 '고향'의 이미지를 정립시켜주었으며 건강 이상의 상상할 수도 없는 자양분이 되었다.

구사일생의 위험을 5번이나 겪으면서도 두려움 없이 전진할 수 있었던 것은 내가 자신의 삶에 충실했던 덕분이고 그 위험을 내 인생의 멋진 추억으로 여길 수 있는 긍정적인 성격 때문이다.

자신의 삶에 충실하면 삶에 대한 만족도가 높아짐을 알 수 있다. 순간순간 삶의 결과에 연연하지 않고 살아온 과정에 충실했던 것만으로도 나의 삶에 만족과 행복이 느껴진다.

군인 38년에 무주택자라는 것에 대한 불만보다는 군 생활이라는 삶에 충실했다는 증거이기에 오히려 가난에 자부심을 느낀다. 휴대폰은 최신형의 비싼 것이 아니지만, 그 안에 5천 명이 넘는 수많은 인적자산이 담겨 있고, 전화 한 통화에 지구 반대편을 날아 달려오는 이들이 있어 좋은 집을 가진 사람보다 더 자랑스럽고 행복하다.

그리고 비록 어릴 적 꿈이었던 장군 진급을 하지 못한 채 군복을 벗었지만, 국군 발전에 일조했기에 나는 자긍심을 가진다.

"역시 이윤규야." 하고 믿어주는 선배들과 장군보다 빛나는 대령이라고 추켜세우며 따라주는 후배들과 다른 사람은 잊어도 '이윤규'는 잊지 않을 거라며, 연구대상이라는 동료들이 있기에 나의 38년 군 생활과 예비역 육군 대령 계급장은 자랑스럽다.

인간 이윤규, 군인 이윤규로서 주어진 환경이 아무리 어렵더라도 결코 지지 않을 수 있었던 비결!

그 어떤 결과에도 '내 삶은 만족스럽다.'라고 자부할 수 있는 비결!

그것은 바로 '내 삶에 충실했다.'는 것이다.

2) 팀 이윤규를 잊지 않는 삶

균형 잡힌 성공적인 삶을 살기 위한 팁! '팀원을 잊지 말자.'

나는 높은 성취 욕구를 만족시키기 위해 노력하는 삶, 성실한 삶, 운명을 이끄는 삶을 살았다고 자부한다. 하지만 나의 지난 삶을 되돌아보면 후회가 없는 것도 아니다. 군인으로서의 성실함에 집중하면서 인간 이윤규의 삶에 있어서 균형을 이루지 못했다는 아쉬움이 크기 때문이다. 주변을 잘 살피지 못했고 특히 국가와 민족에 충성했던 만큼 가족과 가정에 관심과 배려가 없었던 점은 두고두고 가슴에 시린 아픔을 느낀다.

그래서 깨달은 교훈은 바로 '절대 팀원을 잊지 말고 여유를 잃지 말자.'다.

가끔은 멈춰서 하늘을 올려다보고 땅도 보고 주변을 둘러보며 곁에 있는 이들도 챙기고 내가 어떤 걸 떨구고 왔는지도… 살펴보는 여유를 잃지 말아야 한다는 깨달음이 왔다.

인생은 빈 바구니를 머리에 이고 달리면서 성과라는 과일을 많이 따는 것과 같다. 과일을 많이 따서 바구니에 넣는 것만 중요하게 여기면 다른 사람들보다 인생 경주에서 뒤처질 수 있다. 하지만 목적지에 빨리 도달하는 것에만 급급해하면 목적지에 도달했을 때 바구니에 남아 있는 과일은 하나도 없을 수 있다.

나 역시 앞만 보고 누구보다 빨리 달려왔지만, 다행히도 내 바구니에는 과일이 꽤 많이 남아 있음에 감사한다. 내 바구니에 과일이 남아 있을 수 있었던 건 사랑하는 가족과 지인들이 곁에서 함께 달리며 내가 떨구지 않도록 도와주고 길을 이탈하지 않도록 해준 결과다.

균형 잡힌 성공적인 삶의 비결은 바로 '팀'을 꾸리는 것이라고 본다.

아무리 혼자 사는 것을 좋아하고 혼자 달려간다고 해도 반드시 가족이나 우정을 나누는 친구와 같이 사랑하는 이들이 곁에 있게 마련이다.

혹시 '나는 사랑하는 사람이 없다.'고 생각한다면 더 열심히 주변을 둘러보라고 말하고 싶다. 분명 나를 바라보는 누군가가 곁에 있는데 그걸 알아채지 못하고 있는 것이기 때문이다.

그렇게 나를 바라보는 사람, 내가 바라보는 사람을 '내 인생의 팀'으로 인식하고 그들을 잊지 말아야 한다. 그들은 내가 앞만 보고 달릴 때 곁에서 지지대가 되어주고 내가 떨군 과일들을 내 바구니에 제대로 넣어주는 이들이고

그들이 달려나갈 때 내가 지지대가 되어주고 그들이 떨구는 과일들을 챙겨주어야 하는 '나의 팀원'이다.

그래서 나는 균형 잡힌 성공적 삶이란 '나의 팀'이 얼마나 서로를 지지해주며 잘 돕는 삶을 살았는지에 딸린 것이라 생각한다. 나는 어린 시절 꾸었던 푸른 군복의 꿈을 완전히 못 이루었지만 지금 또 다른 꿈을 만들어가고 있다.

내가 바라는 모든 것을 일구었다 해도 이제부터 내가 도와서 꿈을 이뤄야 할 사람들이 여전히 있고 그들을 위해서 내가 할 수 있는 일을 찾았기 때문이다.

'인생의 팀원'을 잊지 않는 길! 그것이 바로 '균형 잡힌 성공적 삶'의 비결이다.

3) 칭찬을 자존감으로 승화시켰다

나는 어릴 적부터 공부, 일, 싸움을 잘하는 골목대장이라고 칭찬을 해주어 진정할 줄 모르고 우쭐대었다. 그리고, 씨름까지 잘한다는 칭찬을 자존감으로 승화시켰다.

나는 초등학교 때부터 씨름선수였으나 씨름기술은 중 3학년 때가 전성기였다. 경상남도 체육대회에 창원군 중등부 대표로 나가 단체전에서 울산 학성중학교에 패했지만, 개인전에서는 3위를 차지했다.

나는 시골 중학교 출신이라 마산고에서는 나의 존재가 미미했다. 그러나 1학년 춘계체전 때 거구들을 단 1초 만에 뒤로 던지는 씨름기술 때문에 스타가 되기도 하였다.

육사 생도 1학년 춘계체전 때 중대 씨름 대표선수로 나가서 육사 최고 씨름 실력을 보유하고 있다고 자타가 인정한 3학년 정동호 생도를 이기는 사건이 벌어졌다. 여기서 사건이라는 표현은 그만큼 이외의 상황이 벌어졌기 때문이다.

1990년 11사단 9연대 1대대장 시절에 사단 체육대회 준비를 위해 연대 씨름선수를 뽑는 씨름대회 때 2중대 김상래 상병이 들배지기로 멋있게 넘기는 순간, "야! 김상래 포상휴가다!"라며 씨름판 현장에서 휴가증을 수여한 바 있다. 김상래 상병은 30년이 지난 지금도 그 순간을 잊을 수 없다면서 대대장의 멋진 모습에 감명받아, 영원한 대대장으로 모시겠다며 순천 최고의 음식 명가인 명궁관에 초청하였고, 수시로 한경수 사장 등 지인에게 대대장을 자랑하고 있다.

씨름 잘한다는 칭찬과 격려는 자존감으로 승화되었을 뿐 아니라 삶에 만족하고 증진하는 활력소가 되었다.

1970년, 경남 소년체전 출전 모습 / 83년 사단 체육대회 때 멋지게 넘긴 순간

02

긍정·낙천적 사고가 행운과 향기를 불러왔다

1) 긍정적인 언어, 구호만을 사용했다

탈무드에 나오는 일화이다. 개구리 세 마리가 우유 통에 빠졌다. 매끈한 우유 통에는 발 디딜 곳이 없었고 너무 깊었다. 계속 허우적거리다가 힘이 빠졌다. 한 마리는 하느님의 뜻이라 생각하고 죽음으로 받아들였다. 또 한 마리는 우유 통이 너무 깊어 빠져나갈 수 없다는 판단으로 포기하고 죽어버렸다. 마지막 한 마리는 나갈 수 있다는 긍정적 낙관적인 판단으로 최선을 다해 뒷다리를 계속 움직였다. 계속 움직인 뒷다리 덕분에 우유가 모두 버터로 변해 그 개구리는 그 버터를 딛고 통 속에서 나올 수 있었다.

긍정·낙천적 사고방식은 우리 몸에서 '베타 엔도르핀'이란 것이 분비되어 사람을 젊고 건강하게 만들기도 한다.

사람은 감정적 동물로서 90%는 스스로에게 건네는 말에 따라 결정되는 성향이 있다고 한다. 과학적으로도 자신이 말을 내뱉으면 그것이 뇌에 신호를 주고 뇌는 그대로 행동하게끔 한다는 것으로 밝혀지고 있다.

나는 긍정적 언어를 좋아했다. 잘하고 있다. "인정한다.", "이해한다.", "좋아한다."라는 말을 자주 한다. 장교 임관 이후부터 나는 늘 "기분 좋다. 기분 조오타아, 기분조오타아~!" 구호를 외쳤다. 부하들에게도 모든 일과, 행사, 훈련 집합 시는 "기분 좋다." 구호를 외치게 하였고, 심지어 부대 명칭도 '기분 좋은' 부대 명칭을 사용하기도 하고, 건배사와 주례사에도 "기분 좋다." 구호가 빠지지 않는다. 반면 '우울, 외로움, 내세, 안 된다. 하지 말자, 기다려 보자, 나중에' 등 부정적이고 소극적인 언어를 싫어했다.

2) 친구야! 월세금 걱정 마라, 그리고 화랑장학회

중학교 학생회장으로서 모범적인 활동을 해야 한다는 생각이 들었던 시기에 옆자리 친구가 며칠 동안 등교를 하지 않았다. 그 친구는 다리 장애가 있어 자전거를 타고 멀리서 등교했던 친구였다. 나는 친구가 학교에 나오지 않는 이유를 알기 위해 방과 후에 6km 떨어진 산골 친구 집으로 찾아갔다.

그 친구는 엄마하고 밭에서 잡초를 뽑고 있었다. 나는 다가가 "친구야! 왜 학교 안 오느냐?"고 물었다. 친구 엄마는 "우리 애는 월세금이 없어 학교 못 간다. 그냥 가거라."는 것이었다. "친구야! 월세금 걱정 마라." 하고 돌아서니 눈물이 핑 돌았다. 친구도 눈물을 글썽이는 모습이었다. 다음날 등교하여 학생회를 소집하여 월세금이 없어 학교를 못 나오게 된 친구를 돕자고 제안했다. 학생회에서 모두 공감하였고, 1개 분기 월세금 3,000원이 다 모였다. 그 친구는 우리들의 도움으로 졸업을 할 수 있었다.

학교에서는 월세금을 내지 않은 학생의 명단을 서무실 앞에 붙여 놓았고, 담임선생님은 출석 부를 때 월세금을 내지 않았다고 꾸지람을 하거나 심지어는 학부모를 불러 창피를 주기도 하였다. 남녀 공학인 중학교 학생들은 자기 집이 못 산다는 것을 다른 남녀 친구들에게 알려지기를 꺼리는 것은 당연하다. 그래서 아예 학업을 중도 포기하는 학생도 있었다. 나는 친구의 월세금 사연을 계기로 '화랑 장학회'를 만들게 되었고, 46년 동안 운영하고 있다.

육사생도 3학년 진학한 1976년 3월 10일, 봉급 외에 보너스라는 명목으로 5,600원이 추가 지급되었다. '이제는 매주 외출하여 마음대로 데이트도 할 수 있구나.' 해서 부푼 마음이었다. 그런데 옛날 장애 급우의 월세금 생각이 문득 났다. 고민하다가 모교 삼진중학교에 전화를 걸었다. 분기 월세금이 얼마냐고 물었더니 5,000원이라고 했다. 나는 부푼 마음을 억누르고 모교에 보너스 5,600원을 보냈는데,

학교에서는 '화랑장학금'이라는 명칭으로 수여하였다.

76년 장학패 / 삼진중 20회 장학금 수여식 / 삼진고 졸업생 장학금 수여

1978년 소위 임관하니까 봉급과 보너스가 각각 8만 원, 중위 때는 13만 원 정도가 나왔다. 이 보너스는 중학교 1개 분기 월세금보다 훨씬 많았다. 그래서 장학생을 1명에서 2명으로 확대하였다. 소령 때는 무려 40여 만의 봉급과 보너스가 나왔다. 그래서 나의 모교는 아

니지만, 마산 삼진중학교와 같은 재단인 삼진 종합고등학교 학생 2명에게도 장학금을 수여하게 되었다. 중학교가 무상교육으로 전환된 이후에는 분기마다 준 장학금을 졸업식 때 화랑장학상으로 변경하여 중·고교 4명에게 200~400만 원을 지급하였고, 2015년 전역 후부터는 인원과 장학금을 축소 지급하고 있어 안타깝지만, 화랑장학금을 받은 이영삼(고위공직자), 김계수(현대자동차 법무 담당 임원), 김종두(전 삼성전자 상무), 전상훈 부산법원장, 이수정 서울중앙법원 판사 등 후배들이 사회에 기여하고 있어 마음이 뿌듯하다.

5,600원으로 시작된 화랑장학회가 나의 삶에 따라다니고 보람 있고 만족스럽지만 좀 더 마음이라도 배려하고 나누는 삶을 살아야겠다는 생각이 든다.

3) 설마 진급 안 되겠어, 대위 평정 3번 양보

나는 사단 선봉중대장으로 선발되었고, 대대 체육대회 3연패, 군사령부 시범 성공적 수행 등 다른 중대장과 비교가 되지 않을 정도로 업적이 많았다. 중대장 3명 중 2명은 타 출신 장교였다. 대대장이 나를 부른다. "1중대장은 소령 진급 문제없으니 다른 중대장에게 평정을 양보하라."라는 것이었다. 나는 대대장의 요구도 있었지만, 중대장의 의리라는 측면에서 쾌히 "예."라고 대답했다.

이후에 보직 받은 대대장도 또 나를 불러 평정 얘기를 했다. "1중대장! 중대장 끝나면 사단 작전처로 보직되도록 해 줄 테니 평정에 신경 쓰지 마라."는 것이다. 대대장도 끝나면 사단 작전참모로 갈 것이라고 했다. 내가 설마! 소령 진급 안 되겠어? 생각을 하고 나는 대대장의 권유를 또 받아들였다.

문제는 사단 작전처로 전출 가 보니 나보다 2년 먼저 왔고, 2년 선배 삼사 출신이 근무하고 있었다. 평정 양보를 권유한 대대장이 또 나의 상급자인 사단 작전참모로 보직됐다. 작전참모는 나에게 "소령 진급이 문제없게 할 테니 2년 먼저 와서 고생하고 있는 선배 장교에게 양보하라."라고 또 권유했다. 이러한 연유로 나는 대위 3년 근무 평정을 모두 중상을 받아야만 했다.

소령 진급은 되었으나 정규 육대 선발시험 합격이 걱정되었다. 나의 평정 양보를 2번이나 권유한 작전참모는 마음이 조급해졌다. 그래서 나에게 육대 시험준비 시간을 주었고, 사단장에게도 육대 지휘추천 1번을 받게 간청했다. 그 결과 나는 육대 정규과정에 선발될 수 있었다.

이러한 나의 평정에 관련된 문제는 육군본부에 대위·소령들이 보직과 진급 문의를 상담할 때 교보재가 되었다. "육사 #34, 이윤규 소령은 대위 때 3년 연속 평정을 제대로 못 받고도 소령 진급되었고, 정규 육대에 선발되었다. 무슨 보직을 받든 열심히 노력만 하면 된다."라는 것이었다. 나는 대대장의 평정 양보 미덕(?) 권유를 탓하지 않고 오히려 에피소드 정도라고 웃고 넘기면서 긍정적으로 받아넘겼다.

4) 진솔과 편안함이 인간관계에서 최고의 무기

육대 정규 40기 128명 중 장교 상호인물 평가에서 최고의 점수를 받았고, 권태호(삼사#13), 조병호(ROTC#16) 등 훌륭한 친구들도 만날 수 있었다. 상호인물평가는 호감과 인품의 평가이기 때문에 학업성적보다 더 가치가 있다고 생각된다. 육대 졸업 후 육사 훈육관으로 선발되었다. 육사 훈육관 선발 기준은 학업성적보다는 장교로서의 품성인 상호인물평가였다. 육사의 경우는 4년 동안 같은 중대 동료로부터 2회 평가를 받는다. 누적된 상호인물 평가는 충성심, 인간관계, 리더십 등의 정성적인 평가를 점수화할 수 있게 된다. 내가 상호인물 평가를 잘 받을 수 있었던 것은 나의 장점보다는 단점을 노출시킨 Open Mind가 주효했다고 생각된다. 누구에게든 언제 어디서든 진솔하게 대한 것에 동료들도 편안함을 느낀 것 같다. 좋은 평가를 받기 위해 또는 멋진 사람으로 보이기 위해 본성을 감추고 거짓된 모습을 꾸밀 수는 있지만 365일 24시간 함께 생활하는 한 언젠가는 거짓된 가면은 벗겨지고 본모습이 보이게 마련이다.

군대라는 집단의 특성상 친구 관계든 동료 관계든 결국엔 경쟁을 피할 수 없고, 그 과정에서 누구는 승자로 누군가는 패자의 자리에 서야 하기 때문이다. 그런 속에서 자신의 단점과 약점까지 모두 드러내고 진솔함을 유지하려고 노력했던 내가 동료들에게는 상당히 과감하고도 용기 있는 사람으로 보인 것 같다. 이뿐만 아니라 자신의 단점도 드러낼 정도로 솔직함을 중요하게 여겼던 내 신조에 공감하면서 나에 대한 신뢰도 또한 상승했던 것 같다.

'단점까지 모두 오픈하고 솔직히 대했던 것'이 그야말로 '그 단점 때문에 더 좋아.'라는 결과를 낳은 것이다. '너의 단점과 편안하게 대할 수 있기 때문에 네가 더 좋아!' 솔직함에 대한 최고로 멋진 보상이 아닌가?

5) 군보수 과정 전부를 이수한 행운아

육군 보병 소위로 임관하면 4개월간 전남 장성에 있는 병과학교에서 초등군사반(OBC) 보수 교육 후에 30여 명의 병사를 지휘하는 소대장(리더)으로서 보직된다. 대위로 진급하면 150여 명의 장병을 지휘하는 중대장직을 수행할 수 있도록 보병학교에서 고등군사반(OAC) 교육을 받는다. 소령으로 진급하면 육군대학에서 450여 명을 장병을 지휘하는 대대장을 위한 지휘통솔과 전술·작전 분야 교육을 1년 동안 받는 것으로 의무교육 과정은 끝이다.

육대 이후의 군 보수 교육은 선택 교육과정이다. 즉 중령으로 진급하여 대대장직을 수행하거나 대대장 보직을 끝낸 장교들이 합동참모대학 교육을 받는데, 주로 작전사–연합사–합참–국방부에서 근무할 수 있는 합동 및 연합작전의 군사적 지식을 터득하는 교육과정이다. 마지막 교육과정은 국방대학교 1년 단위 안보과정이다. 이 교육 과정은 대령 이상, 4급 이상 공직자, 경무관 이상 경찰에게 주어지는 특전이다. 교육은 포괄적 안보개념에 의한 안보정세, 국방, 군사전략을 팀별 토론 위주로 교육을 받고, 국내외 전적지 답사, 시찰과 학생 간 상호 친목 활동이 활발히 이루어지고 있다. 국가 전 공공기관의 공무원이 다 모여있기 때문에 서로 많은 인맥을 쌓을 수 있는 좋은 기회가 된다.

나는 운 좋게, 또 자랑스럽게도 이 모든 교육과정을 모두 이수하였고, 합참심리전 작전장교 근무 시는 미육군 심리전 학교 OJT(실무교육 4개월)를 받기도 하였다. 또한 합동참모대학 학생과 국방대 안보과정 학생, 합참대 교수 신분으로 중국 2번을 비롯하여, 미국, 러시아, 독일, 호주, 일본, 동남아 등 15여 개 국가에 전적지 답사 및 시찰, 관광을 할 기회도 있었다.

소대장시절의 내부반장이었던 김원본 하사는 전역 후에 검정고시에 합격하고 공무원 생활- 대학원 석사학위 공부 -호주이민 후 어학원을 경영하고 있었다.

내가 호주에 학생 장교 인솔교수로 간다는 소식을 전했다. 김원본 전우는 호주 시드니 공항에서 우리 일행을 환영하고는 공식 전적지 시찰 행사가 끝난 저녁 시간에 미니버스 2대를 준비하여 시드니에서 2시간여 떨어진 레스토랑으로 안내하였다.

이 레스토랑은 서부영화에 등장하는 카우보이들의 무대 같았다. 레스토랑은 맥주 오오크통 2개가 있었다. 김원본 전우는 2개의 오오크통 맥주를 다 비우게 하고, 2차까지 안내하여 소대장팀을 환대하였다.

그는 2001년 영천연대장 때 '훈장 5소대 모임'과 2010년도 육군회관에서 내가 '셀프 전역식' 할 때도 호주에서 달려왔다. 그는 나의 영원한 전우였다.

난 느꼈다. 조그만 배려와 관심이 부하나 조직의 구성원의 삶에 큰 영향을 미친다는 것을,

이제 이런 배려와 관심은 부하가 아닌 사회 어려운 곳에 있는 분들에게….

가족과 함께 나들이 즐길 수 있었던 합참대학생장교 1년 생활

03

골육지정의 전우가 있어 행복했다

1) 동고동락 골육지정의 모델 '훈장 5소대'

훈장 5소대원 김을수 원사 등 18명 122연대 1일 입소훈련 / 501여단 방문

훈장 5소대란 1978년 12월에 제3땅굴을 발견하여 훈장 4개를 수상한 1사단 수색대대 1중대 5소대 모임이다. '훈장 5소대'라는 전우회는 소대원이 전역 10년 후인 1989년부터 시작되었다. 첫 만남은 서울역 시계탑에서 1시였다. 나는 지하철을 타고 정시에 나타났다. 20여 명의 소대원이 "전진, 근무 중 이상 무."라고 단체경례를 한다. 서울역 유동인구들은 금방 '훈장 5소대' 행사에 이목이 쏠렸다. 전우들은 내가 만들어 준 「DMZ는 낙원이란다」라는 소대가와 "무락카!"를 외쳤다. 내무반장은 소대장에게 캡틴 Q 한 병을 건네면서 GP에서 술이 먹고 싶을 때 캡틴 Q 뚜껑에 한 방울씩 나누어주었던 것을 재연하도록 했다. 참 감격스럽고 재미있는 장면이었다. 우리는 서동렬 전우가 준비한 경기도 펜션으로 이동하여 즐겁게 보냈다. 이후 나는 전국적으로 흩어져 있는 곳으로 찾아가서 전우들의 소식을 전하고 명맥을 유지하였다. 나는 2002년 11월 10일, 다시 훈장 5소대원을 1박 2일 일정으로, 전역 22년 만에 영천연대에 입영을 시켰다. 이 입영식에는 호주에서 김원본 내무반장과 몽골에서 이세웅 병장도 달려왔다. 22년의 장기휴가 복귀 신고 받은 후에 그 동안 헝클어진 군기를 잡고 연대장 관사에서 밤새 한잔하면서 과거 군생활 얘기 꽃을 피웠다. 일조 점호와 아침식사 후에 장사대대에 가서 해안선, 그리고 보현산 천문대를 관광하고 점심식사 후 떠났다. 이를 지켜본 연대 장병들에게 진정한 전우애, 지휘관과 부하 관계를 새삼 느끼게 하는 좋은 계기가 되었다. 이후 대구 여단장 근무 시에도 부대를 찾아와 후배 장병들에게 전우애란 이런 것이라는 것을 암시하고 갔다.

2) 정예수색대대 '돌풍 1중대'

40년 전 중대원 모임인 '돌풍 1중대 전우회'는 소대장 선종률·김성수·정옥원·정성근·차화열·김상태·김용우 소대장을 중심으로 각각 소대원과 중대원이 혼합되어 전우회를 결성하여 주기적으로 모임을 하고 있으며, 3소대장과 선임하사는 당시 지뢰 사고로 순직한 전우들의 추모 모임으로 1983년부터 국립묘지에서 소대원 23명이 주기적으로 모여 전우애를 확인하고 있다.

정성근 3소대장과 40년간 모임 및 국립묘지 전우 추모

김용우 1소대장은 자신이 대대장 때부터 육군참모총장까지 공승학 선임하사와 강병준 전우들과 함께 돌풍 1중대 전우회를 운영해왔다. 김용우 육군참모총장은 2019년 4월 전역식에서 "나를 진정한 군인으로 만들어 주신 존경하는 이윤규 중대장님! 감사합니다!"라고 칭송하였다. 군인 출신으로서 멋과 맛, 보람, 영광의 순간이었다. 육

군참모총장은 내 어릴 적 꿈이었다. 대신 나의 꿈을 만들어준 김용우 소대장이 너무 자랑스럽고 고마울 뿐이다.

김용우 소대장 깽깽이 / 1군단장때 초대 옛군복 입히고 / 전역 시 감사 인사

3) 출신별 간부 배려와 구일회

나는 군 생활 40년 동안 의도적으로 출신과 개인 관계를 배제하고 능력과 개인의 미래를 위해 출신별 맞춤형 인사관리를 공개하고 융통성 있게 이행하였다. ROTC 장교는 28개월 복무 후에 일부 연장 복무와 장기지원을 제외하고 매년 6월에 전역한다. ROTC 전역 예정자들의 입장에서는 취업 정보나 면접이 현 군 생활보다 중요하고 시급하다. 나는 상급부대 지시를 지키면서 융통성을 발휘하여 그들에게 최대한 시간을 부여하였다. 13번의 특별 외출을 간 장교도 있었다. 또한, ROTC 장교 전역식도 거창하게 개최하였다. 실례로 7년 동안 근무한 이태수 4중대장의 전역식을 위해 사단 군악대를 초청하고 81mm 박격포 6문을 배치하여 예포준비, 대대장 지프차를 개조한

열병차. 또한, 사단 내에 있는 ROTC 장교들을 초청하여 축하에 동참하게 하고, 열병 차에 부인을 동승시켜 영광스러운 순간을 만끽하도록 하였다. 이태수 대위는 전역사에 감격스러워 말을 하지 못하고 한참 동안 눈물만 흘렸다. 이러한 출신 차별 없는 맞춤형 인사관리 때문인지 지금도 구일회(대대 간부 모임)는 30년이 지났지만 끈끈한 전우애로 모임을 진행하고 있다. 구일회는 작전과장 김현홍·정항래 예) 중장, 중대장 김재학·권순기·구종재, 김학봉·이상룡·이광복·이태수·홍정표·전현철·이한수, 인사장교 이원섭·강상희, 정보장교 민병우, 그리고 소대장과 선임하사 선창균·김용범·김우환·오종석·윤정상·한점복·김기성·윤보석·김성길, 군의관 정일우, 정보과장 임창규 전우들이 있으며, 지금도 전국에 흩어져 살고 있지만 모임을 계속하면서 전우애를 만끽하고 있다.

구일회 간부 전우회 28주년 행사: 2019. 1. (삼각지)

4) 오미동 전우와 아름다운 인연

영천 연대장 하면서 많은 사람을 만나고 보람찬 일들도 많았다. 무엇보다 멋진 부하 인사과장 서준환·박성준·윤재민, 작전과장 김성환·권오열·윤여포, 작전장교 채일주·조효건, 군수과장 강양호·임회용, 동원과장 한동수·장이수·한동관, 정훈장교 이상인, 주임원사 지수현, 본부행정관 전간오, 대대장 백소일·박주홍·신달호·김승현·심상형·윤길회 등 150명의 현역 간부, 김두봉·박태부·조용수 등 112명의 예비군 중대장, 그리고 경주의 최 부잣집 자손들과 만남, 정용식 치과의사, 김병욱 골프사장, 의리의 화신 김상훈 친구, 영천의 정기택 의원과 문혜강 교수, 월포 해안가에서 허화평 위원과 횟집에서 처음 맛본 '이시가리 회' 맛, 중 3학생 때 순경 폭행으로 물의를 일으킨 친구 아들과 경찰과의 합의 사례, 강구항의 최동식 약사와 연성 스님, 김기배 SBS 제작본부장 일행의 방문, 이의근 경북지사의 노래방 시설 지원, 은혜사의 연대 불당 화랑선원 건립, 6.25 전쟁 영천·안강기계 지역 전투 유해발굴, 경산·영천지역 국민병·학도병 추모비 건립, 영원지기·전진회, 초·중학교 동창생 초청 행사 등이 생생하게 기억되며 내 삶의 아름다운 족적이 되었다.

특히 경주 분황사의 주지 종수 스님을 만난 것은 군 생활뿐만 아니라 인생로에도 많은 도움을 준 분이라 행운이고 참 귀한 인연으로 생각하고 있다. 주지 스님은 훌쩍한 키에 아주 미남형이었다. 대화를 이어가다 보니 고향이 순천임을 알았다. 나는 순천 대대장 때 대령 진급을 했기에 순천에 대한 이미지가 너무 좋았고, 제 2고향처럼 생각하고 있었다. 스님에게 순천의 친구 천연필을 소개하니 1년 후배라면서 아주 가깝게 지내는 관계라고 했다. 금방 스님과 가깝게 지낼 수 있는 분위기가 되었다.

내가 존경하는 스님으로서, 속세의 부담 없는 친구로서 아름다운 인연을 오랫동안 가꾸고 싶다.

5) 오공일회와 대구 방위협의 위원

501여단장 2년을 근무하면서 장군 최초 11개 업적을 쌓았지만 꿈길 중간목표였던 장군은 결국 만들지 못했다. 마지막 업적으로 대구광역시 민·관·군 어울림 마당으로 스스로 위로하고 여단장을 끝내야 했다. 이 행사는 여단 예하 7개 대대와 대구 8개 구·군청, 대구에 주둔하는 미군까지 참가하는 대구 민·관·군 통합 체육대회 및 어울림 행사였다. 문영조(삼사 #18) 달서구 대대장은 유명 연예인들을 동원하여 즐거운 축하 공연도 하였다. 이 행사에 함께 참가한 분들은 최영덕(육사 #43) 북구대대장 등 7명 의 대대장들이 일사불란하게 진행하는 것에 큰 감동을 받았다고 감사의 마음을 전했다. 이것은 궁극적으로 대군 신뢰도와 연계되어 민·관·군 통합방위태세를 확립하는 촉매제로서 전국 최고의 방위지원 육성금 13억도 일체 삭감 없이 지원하는 계기가 되기도 하였다.

민관군 어울림 한마당 행사장 / 대구시장 / 50사단장 / 훈장 5소대 입소 신고

그리고 136개 읍면동 우수 방위협의회 경쟁 제도를 시행하였다. 여단장은 7개 구·군 및 136개 읍·면·동방위협의회를 직접통제 및 관리할 여력이 없다. 설사 있다손 치더라도 예하 지휘관의 역할에 간섭하는 꼴이 된다. 따라서 직접 관리통제는 하지 않지만, 예하 방위협의회가 잘 운용되도록 지원해주는 것은 나의 권한과 책임이라고 생각하게 되었다. 그 방법으로 우수 방위협의회 포상제도를 만들었다. 민관군 통합방위태세, 통합방위협의회 운용 실적 등을 분기마다 평가하여 여단장 표창장과 여단장 관사에 초청하여 만찬을 베푸는 것이었다. 여단장 관사에 초청받는 사람들은 큰 영광으로 여겼다. 나는

이를 최대로 이용하였다. 돈 들이지 않고 많은 사람과 네트워크를 형성할 수 있는 기회의 장으로 활용하였다. 여단장 관사에 조립식 건물도 대구 동구 방위협의회 조규철 대경건설 사장이 건축해 주었고, 영남건설 박승철 회장과 계명대 배수진 교수, 대구라이온스 유한철 회장, 허영란 한국 산업안전상사 사장 등은 우수 방위협의회포상제도에 많은 지원을 하였다.

내가 대구 501여단장으로서 창군 최초의 11개 업적은 나의 군생활의 경험과 능력 축적이기도 하지만, 모두 부하들의 헌신과 충성스런 근무결과의 결정체로서 그 찬사는 부하 장병들에게 돌리고, 자랑스러운 부하들을 호명하여 기억하고 싶다.

여단본부의 지창근 주임원사, 정완·배한용 당번병, 이성현·이승화 1호 운전병, 홍성우·주중석 인사과장 강정민 인사장교, 송병준·정민주 상사, 김광성 정보과장, 주성빈·이향린·홍성인 작전과장, 강우창·양은모·이준호 작전장교, 유준석 정훈장교, 백해영 작전지원담당관, 강헌철·이용철 군수과장, 이근안 군수장교, 이성수 병기관, 신수선·양성민 군수보급관,·문상국·조규준 동원과장, 김차곤·박현우 동원관, 김성균·신윤철·이정로 본부중대장, 손광만·김성환 상사, 김승용·정진문 통신중대장과 이재훈·이재우 행정관, 나규호·김성훈 기동중대장과 홍학현·권기홍·백승철·이봉구·위남길 소대장, 우충갑 행정관, 이시욱 지원중대장과 김진우, 조재석 행정관, 윤영곤·길원호 군의관이 이었다. 또한, 김학봉·김영수 행정관 등 본부 60여

명의 현역 간부, 최영덕·김기영 1대대장과 김영진 원사, 강신하·김형섭 2대대장과 허차열 원사, 고시성·백형건 3대대장과 천종현 원사, 신승업·서창원 4대대장과 전호규 작전장교, 최창명·이갑환 주임원사, 문영조 5대대장과 안희도 작전장교, 이응주 주임원사, 이용복·유명상 6대대장과 정홍직 작전장교와 지수현 주임원사, 박종원·박찬신·심상형 7대대장과 윤일식 주임원사 등 200여 명의 현역 간부와 136명의 예비군 지휘관들이 그 주인공이며, 오공일회 전우회로 이어가고 있다.

04

셀프 행복 만들기

1) 큰 바위 얼굴, 그리고 격려와 응원받다

해동학원 김봉재 이사장님은 고향에 중학교가 없어 배우지 못하는 상황을 아시고 개척자 정신으로 학교를 설립하셨다. 나는 늘 이사장님에 대한 존경심을 간직하였고, 나의 '큰 바위 얼굴'로 우러러보았다. 이러한 이사장님에 대한 존경심은 삼진중학교 총동창회를 만들어야 하겠다는 사명감으로 이어졌다.

1994년에 합참 민심부 근무 당시 재경 삼진중 선배들의 모임을 모체로 10월 총동창회를 창립하였다. 이후에는 매년 10월 16일 모교 개교기념일을 전후로 정기 총회를 하여 오늘에 이르고 있다. 이문행(삼진중 11회) – 정수상(17회) – 신정근(22회 연임) – 제선수(23회) – 이현규(22회) – 이수상(25회) – 양봉석(26회) 회장과 김덕주(27회, 연임)·유재용(27회), 이학영(30회) 사무총장의 리더십으로 발전을 거듭

하고 있다. 특히 김봉재 이사장 태생 100주년과 서거 20주기를 맞아 김봉재 이사장님 동상 건립식은 삼진면 어르신 500여 명을 초대하여 노인 위로 잔치를 병행함으로써 기념식 의미를 더했다. 동상은 대한민국 최고의 조각가인 이화여대 원인종 교수께서 제작하였고, 1억 2천여만 원의 기부금에 참여하신 동문들의 명단도 기초석에 명시되어 있다. 행사기획은 본인이 했지만, 성공적인 추진은 정수상 회장의 리더십과 신정근·박종윤 동기생의 헌신적인 노력, 조언 및 물심양면을 지원해주신 손주환 전 공보처 장관님과 해동학원 김소웅 이사장님, 김민수 이사님이 있었기에 가능했다.

해암 김봉재 이사장 동상 / 91세 김기병 중학교 선배 / 김경순 스승 내외분

나는 육사 졸업생들의 10주년 단위 기념행사를 본받아 2011년 2월에 삼진중 22회 졸업 40주년을 행사를 기획하고 추진하였다. 스승의 날이면 선생님을 모시는 것도 취미가 되었다. 이제는 삼진 중학교 1회 김기병 선배와 매달 만남이 있다. 김기병 선배님은 김봉재 이사

장의 배려로 진동면민이 서울에서 정착하게 된 과정과 삶의 지혜를 가르쳐 주시고 격려까지 하신다. 스승처럼 존경하는 선배이고 어른으로서 삶의 롤모델이다. 내가 후배들에게 삶의 롤모델이 될 수 있는 사람이 되도록 노력해야겠다는 다짐과 지혜를 경험하고 있다.

2) 『들리지 않던 총성 종이폭탄』 출판기념회

인류역사는 전쟁의 역사라고 해도 과언이 아니다. 전쟁이 발발하고 끝나는 것도 전부 인간의 마음에서 비롯되기 때문에 심리전은 인간사나 전쟁과 늘 함께해 왔다. 일제 식민지에서 해방된 이후에 해방의 기쁨보다는 이념적 갈등으로 인해 좌우가 분열되고, 결국 6.25 전쟁이라는 민족적 비극을 맞게 되었다. 그래서 6.25 전쟁 전과 6.25 전쟁 중에 전개되었던 심리전을 연구하게 되었다. 심리전 전문서적 『들리지 않던 총성 종이폭탄』 집필을 할 수 있었던 것은 내가 소위 때부터 DMZ에서 오랫동안 심리전을 전개한 경험, 이후에 합참에서 심리전 작전장교, 그리고 심리전 분야 연구를 통한 박사 학위 취득 때문이다.

나는 대구 여단장 부임 이후 촌음을 아껴 연구와 자료 정리를 하고 초록을 작성하였다. 1년 6개월의 긴 시간이 지난 2006년 9월에 출판을 하게 되었다. 내가 집필을 하여 돈을 벌겠다는 생각보다는 나도 책을 출간했다는 것을 알리고 싶었고, 성취감과 자존감을 누리고 싶었다. 그래서 출판기념회를 계획하였다. 대구 웨딩홀을 예약하여 모교 삼진중학교 김득선 교감선생님을 비롯하여 300여 명의 지인을 초청하였다. 개인 출판기념회임에도 불구하고 대구 지역방송과 언론에서 소개되었다. 이후 나는 집필에 대한 자신감이 생겼고, 계속해서 『전쟁의 심리학』,『북한의 대남 도발사』를 집필하였고, 2020년 10월에, 이다북스의 '사람이란 무엇인가'라는 주제의 시리즈로 『파괴와 혁신사이에서 전쟁』도 집필하였다.

출판기념회에서 인사, 모교 김득선 교장선생님과 케이크 절단, 국민의례

3) 셀프 전역식

군인 신분에서 공무원 신분으로 전환되는 2급 군무원 교수 선발에 응시하였다. 대령 계급 정년이 1년이 남았지만, 앞으로 5년 더 교수직을 수행할 수 있는 자리이다. 여기에 국방대 교수 등 5명이 경쟁

하였지만 내가 최종 선발되었다. 이제 군무원 교수로 선발되었기에 전역을 할 시간이 되었다.

2010년 12월에 육군참모총장 주관하에 육군본부에서 전역식 행사를 하였지만, 마음이 허전하여 육군회관에서 셀프 전역식 행사를 개최하였다. 전역식에 소개될 나의 과거 군생활을 영상으로 제작하였고, 중학교·고등학교 친구, 스승, 훈장 5소대 전우회, 수색 1중대장 시절의 중대원, 대·연대장 및 여단장 시절의 전우들과 대구 여성예비군, 합참대 제자, 사회에서 만난 지인 등 200여 명을 초청하였다.

훈장 5소대의 목마 / 김용석 선배, 김병예 연대장, 배수진 교수의 건배사

대구 여성예비군 대표자 40명 도열 속에 호주에서 날아온 김원본 하사와 20여 명의 소대원 목마로 시작되었다. 그리고 참석하신 모든 분들에 대해 나와 인연을 스토리텔링으로 소개하여 참석한 의미를 느끼게 하였다.

초·중·고교 동창 / 소·중대·대대·연대·여단장·국참대 교수 때의 전우/인연

나의 전역식은 셀프 기획·준비하였고, 600여만 원의 돈도 소요되었지만 아깝지 않았다. 참석한 모든 분들이 이런 전역식은 처음이라며 놀라고 만족하였다. 특히 김종태 당시 기무사령관, 김용석 선배, 차흥봉 전 보건복지부 장관 등은 멋있고 감동스러운 전역식에 감사와 격려를 아끼지 않았다. 아들, 딸도 처음으로 '우리 아빠가 자랑스럽구나.' 하는 것을 느꼈다고 했다.

07

꿈길 백의종군
군인가족의 애환

군인들은 늘 아내에게 미안하다는 말을 달고 산다. 나도 그랬다. 하지만 엄밀히 말하자면 군인의 아내에게는 그 누구보다 미안함보다 고마움이 앞서야 하는 존재인 것 같다. 왜냐하면, 군인의 아내는 본인 인생의 많은 부분을 가족과 국가를 위해 희생하고 있지만, 단순히 시간의 흐름에 맡긴 채 끌려가는 삶이 아니라 자기 주도적으로 본인과 가족의 삶 그리고, 가정을 꾸려가고 있기 때문이다.

높은 권력과 부를 누리는 직업의 남편을 둔 것도 아니고 생활환경이 열악한 전방의 관사에 사느라 많은 고생을 한다. 오로지 남편은 군무에만 집중하고 아내가 가정사 전반을 홀로 도맡아 살아가는 것! 이것이 우리나라의 군인 가족들에게서 볼 수 있는 흔한 모습이었다.

나의 아내 역시, 나를 위해 가족을 위해 자신의 모든 것을 잊은 듯 살아왔다. 군인도 아닌 민간인이면서 군인 남편의 삶에 발맞춰 산다는 것…. 그러나 특별한 보상이 있기는커녕 오히려 보통 사람은 겪지 않는 특별한 애환이 있을 뿐인 길을 가는 군인 아내들! 이들이야말로 '백의종군 부대'가 아니고 무엇이겠는가!

나의 아내 '천사 고은영' 역시 그 누구에게도 뒤지지 않는 세상 제일의 '백의종군 부대원'으로 나와 함께 달려왔다.

01

준비 없었던 결혼식의 혼란

1) 13만 원의 결혼식

1979년 12월은 내 인생에서 정말 잊지 못할, 결코 잊어서도 안 되는 특별한 추억의 달이다. GP 장을 끝내고 수색대대 교육 장교로 갈 예정이었을 뿐만 아니라 12월 20일은 결혼예정일로 이미 동기회지(육사 34기 동기회 '멋')에 게재까지 되었던 때이니 말이다.

그런데 일이 꼬이려니 10.26 사태로 비상사태가 발생하는 바람에 결혼식을 연기할 수밖에 없는 상황이 되었다. 동기회지는 3개월에 한 번 발행되니 결혼식이 연기됐다는 소식을 게재할 수 없게 되었고, 설상가상으로 12.12 사태까지 발생했다. 그러다 보니 결혼 소식을 알고 있는 모든 이들에게 취소 소식을 전하는 것은 불가능했다. 결국, 몇몇 동기생과 친구들이 결혼식이 연기됐다는 것을 모르고 육군회관 결혼식장에 왔다가 다시 돌아가는 사달이 났다.

10.26 사태로 GP조기 게양 / GP의 비상대기 태세 점검

1980년 1월이 되니 비상사태가 해제되고 나도 GP 장에서 대대 교육 장교로 보직 변경 명령을 받았다. 나는 GP 교대를 하면서 받게 되는 소대 단체 휴가 기간을 활용해 결혼식을 올릴 준비를 하였다.

소위 임관 후 2년 만에 휴가를 받아 신부랑 고향에 가서 1주일 후인 1월 20일 삼각지 육군회관에서 결혼식을 한다고 부모님께 알렸다. 갑자기 결혼식을 한다고 하니 부모님은 당황하였다. 나는 걱정하지 말고 결혼식장에 참가만 하시고 일체의 결혼 준비 안 하셔도 된다고 했다.

당시 봉급 13만 원 정도인데 외상값 갚으니 5만 원 정도 남았다. 같이 GP 장 신고를 했던 황의식 육사 동기가 자신의 봉급 13만 원 중 8만 원을 결혼비용 하라고 그냥 주었다. 나는 합계 13만 원으로 결혼 준비를 하였다. 나의 군 예복을 비롯한 신혼 여행 일체도 처가에서 모두 준비하였다. 결혼반지는 나는 육사 반지로, 신부는 육사

보은 링이 있었기에 별도 결혼반지는 준비할 필요가 없었다. 그런데 이런 준비과정이 안쓰러우셨던지 장모님께서 결혼식 전날 함을 지고 올 때 신부 시계라도 하나 사오라고 하면서 5만 원을 주셨고, 신혼 여행은 신부가 제주도로 예약해두었다.

청첩장도 돌리지 않고 축의금을 받지 않는 혁신적인 결혼식이 되었다.

주례는 육사 교수부장 이동희 장군(육사 #11)에게 부탁하였다.

결혼식 전날, 신붓집에 저녁 준비를 해 놓았으니 친구랑 함을 지고 오라는 전달이 왔다. 고교 및 육사 동기 정현봉 중위를 불러서, 부실한 결혼 준비 실상을 토로하고 도움을 청했다. 신붓집에서 함을 기다리는데, 준비된 것이 없다고 했다. 현봉이 친구는 라면상자에 두루마리 휴지와 크리넥스를 가득히 채워 가면 된다는 굿 아이디어를 제시했다. 둘은 맨정신으로 함을 지고 가기가 민망하다며 취기가 오른 상태로 신부집으로 향했다. 대문 앞 30미터쯤에서 "함 사시오! 함 사시오." 외치니 처가 식구가 나왔다. 그냥 못 들어간다고 배짱을 부리니 가는 걸음걸음마다 돈이 뿌려졌다. 현봉이가 거두고 나는 앞장서고 억지로 끌려 들어가는 척하고 방으로 안내받았다.

장모님, 신부 언니 동생들, 오빠, 고모 등 몇 분이 음식을 준비하고 함 제비와 나를 맞이하였다. 푸짐하게 차린 상을 비웠다. 준비한 시계를 큰 선물인 양 자랑삼아 전달했다. 함은 우리가 나간 다음 풀어보도록 하고 나왔다. 왠지 머리 뒤끝이 근질근질했다. 우습기도 하고 미안하기도 하였다. 다행히 눈치를 채신 장모님이 함을 풀지 않고 사정을 잘 설명하였다고 들었다. 육사 출신에게 시집보내는 데 결혼 선물이 무슨 문제이냐고 하셨단다.

2) 혼란, 실수의 연속이었던 결혼식

돈도 시간도 없는 상황에서 혼자서 결혼식을 준비하다 보니 웃지 못할 해프닝도 많았다.

첫 번째 해프닝은 예복 와이셔츠의 단춧구멍이 뚫리지 않은 문제가 발생했다. 급히 정현봉 친구와 와이셔츠를 바꿔 입는 것으로 해결했다.

두 번째 해프닝은 사회로 예정된 동기생이 사회를 볼 수 없게 됐던 일이다. 당시 사회를 보기로 했던 이태우 동기생도 결혼이 예정돼 있었는데 결혼 날짜가 정해진 예비신랑은 남의 결혼식에 사회를 보면 안 된다는 관습 때문이었다. 결혼식 시작 바로 1시간 전에 통보를 받으니 당황할 수밖에 없었다. 나는 얼른 정현봉 중위에게 사회를 인계하도록 부탁해 급작스러운 위기상황을 넘겼다.

세 번째는 나 혼자서 결혼식장 손님맞이를 해야만 했던 사연이다. 부모님과 친지·친구들이 탄 버스가 결혼식 15분 전에야 간신히 도착하는 바람에 나 혼자서 하객 맞이를 하고 있었다. 고속버스에서 내린 부모님과 친지들이 부랴부랴 결혼식 5분 전에야 결혼식장에 자리를 착석하였다. 물론 우리 부모님과 장인 장모님과는 결혼식장에서 처음으로 눈만 마주친 사돈지간이라는 기록을 세우셨다.

네 번째는 결혼식장에서 장인어른께 첫 눈인사만 드리게 됐던 일이다. 나는 3년간 연애를 하는 동안 강화도에 계신 장인께 한 번도 찾아뵙고 인사를 드릴 기회가 없었다. 결국, 결혼식장에서 장인어른께 "처음 뵙겠습니다." 하고 첫인사를 올리게 될 상황이었다. 하지만 장모님께서 남사스럽다며 '절을 하지 말라'고 극구 말리시는 바람에 눈 인사만 하였다.

신랑·신부 행진 / 주례 이동희 장군 / 전투복 복장으로 참가한 육사 동기생

3) 신부를 헹가래 친 결혼식장

혼란과 당황, 실수가 연속이었던 결혼식 준비과정이었지만 결혼식 진행은 인상적이었다. 멋진 의장대 터널로 신랑이 군 예복을 입고 보무도 당당히 입장하자, 40명의 중위 동기생, 수색대대 마크를 단 충성스러운 훈장 5소대 전우들이 우뢰와 같은 박수·함성으로 식장을 압도하였다.

이후 신부 입장이 있었고 성혼서약과 선언문 낭독이 진행될 차례였다. 그런데 결혼식장에서 얼떨결에 사회를 인계받은 정현봉 중위가 순서를 잘못 받아 진행하였다. 정현봉 친구는 신랑·신부 맞절 후에 바로 "다음은 이동희 주례 선생님의 주례사가 있겠습니다."로 진행하였다. 주례 이동희 장군님은 주례를 98번이나 서신 베테랑인데 …. 성혼서약과 성혼 선언문 낭독 없이 바로 주례를 하라고 두 번이나 사회자가 재촉하는 것을 아주 유머스럽게 받아서, "예, 사회자가 주례를 빨리하고 내려가라고 재촉하는 것 같은데, 그러나 성혼서약은 해야 이 결혼식이 완성되기에 … 결혼식 순서에 맞추어서 성혼 서약서부터 하겠습니다."라고 하여 박수갈채를 받았다.

결혼식이 끝나고 신랑·신부 행진을 하려고 하는데, 잠깐! 하고 외치면서 소대원 대표가 내 앞으로 다가왔다. 소대원 30여 명이 만든 비무장지대 상징성이 있는 액자 선물을 전달하였다. 이어서 육사 생도 3학년 때 설립한 화랑장학생 1호, 이영삼 후배가 감사의 선물을 전달한 것이다. 그리고 신랑·신부 행진이 시작되었다. 민정경찰과 태극 마크가 달린 수색대 전투복을 입은 20여 명의 소대원이 육사 응원구호를 개사한 '무락카' 구호를 외치고, 드레스 입고 퇴장하는 신부를 높이 던지며 축하 헹가래를 쳤다. 어느 결혼식장에서 볼 수 없었던 너무나 충격(?), 돌발 상황, 멋있는 순간이었다.

파란만장했던 결혼식 준비와 실수, 혼란의 연속이었던 결혼식이 끝났다. 이런 준비 없었고, 해프닝이 많았던 결혼식은 연출하려고 해도 연출이 되지 않을 것이다. 웃어야 할지 울어야 하는지?

4) 신혼 여행 첫날 밤 따로 침대

한태수 병장 등 5명의 소대원과 부산역에서 기념사진을 찍고 해운대 숙소로 이동하려고 했다. 나는 첫 신혼 여행 길이고, 소대원이 있는데 택시를 타고 가면서 폼을 잡으려고 했다. 그러나 신부는 바로 부산역에서 해운대 가는 관광버스가 있다고 하면서 그 버스를 타자고 했다. 지켜보고 있던 소대원들이 신랑 신부의 이견을 눈치채고, "소대장님, 그냥 관광버스를 타고 가시죠."라고 했다. 잔뜩 자존심이 상한 나는 관광버스를 타고 소대원의 환송을 받으며 해운대로 출발하였다.

차 속에서 화가 잔뜩 난 나는 한마디도 하지 않고 호텔에 들어갔다. 호텔 도착 후부터 소대원 앞에서 훼손된 자존심이 폭발하였다.

나를 영웅처럼 떠받드는 소대원 앞에서 남편의 자존을 뭉개버렸다고 호되게 신부를 몰아쳤다. 식사도 하는 둥 마는 둥, 신혼 첫날 밤은 신부는 울음으로, 나는 분노로 보냈다.

유일한 신혼 여행 사진 1장, 군복이 자랑스러워 신혼 여행 복장도 군복으로

다음 날 아침 새로운 기분으로 제주도로 가기 위해 김해공항으로 이동하였다. 이륙 30분 전에 비행기에 탑승하였는데, 1시간 이상 지났는데도 이륙하지 못했다. 기상악화로 먼저 간 비행기도 다시 회항했다는 방송이 나왔다. 내일 아침에 다시 출발한다고 했다. 나는 내일 아침에 제주행 비행기를 타기 위해 김해공항 근처 구포 여관에서

또 1박을 하였다. 이튿 밤에도 신혼 여행 기분은 거의 없는 상태이고 시간만 보내는 분위기였다. 다음날 또 아침 일찍 김해공항으로 출발하였다. 또 기다렸다. 결국, 비행기가 이륙하지 못했다. 2박 3일의 제주도 신혼 여행은 무산되고 말았다.

당시 풍습으로 결혼식 후에 신랑은 신혼 여행 갔다 와서 신붓집에 인사하고 장인과 장모님을 모시고 함께 신랑집 피로연에 참가하는 것이었다. 그러나 나는 장인, 장모님을 모시지 못했고, 우인 대표라고 참가한 초등학교 친구들에게 특별 대우를 못 해 피로연에는 참가하지 않아 부모님으로부터 또 핀잔을 받아야 했다. 결혼식은 백년가약을 맺는 집안의 대사(大事)라고 했는데….

02

군인 신혼생활의 단면

1) 방음 안 된 옆방에서 사랑 나누다 혼나다

결혼 전에는 BOQ(독신 장교 숙소)에서 숙식을 해결하였지만, 주말 퇴근 날에는 아내와 함께 살 수 있는 숙소가 필요했다. 문산에 단칸 월세방을 구했다. 신혼살림은 이불하고, 밥그릇류, 옷 외는 없었다. 첫 출근은 문산에서 적성으로 가는 버스를 타고 장파리 리비교 앞에 내려서 GOP 지역으로 들어가는 군용 2.5t 트럭 뒷좌석이다. 수색대대 간부는 GOP 부대 규정상 퇴근이 없고, 토요일이면 오후 6시에 퇴근하여 월요일 아침 08:00까지 복귀하는 특별 외박만 허용되었다.

문제는 신혼 초인데 문산 월세방에 혼자 긴긴밤을 보내야 하는 아내가 걱정이었다. 격주 토요일에 한 번씩 특별 외박을 나가 신혼생활을 하였다. 신혼생활 3개월 후에는 월세방 신세를 면하게 되었다. 문산읍 선유리 작전과장 관사 작은방에 살 수 있도록 배려(?)가 있었기 때문이다. 아내는 월세를 내지 않아도 되고, 작전과장 사모님 등 군인 가족과 함께 있을 수 있어 다행이라고 기뻐했다. 그러나 작전과장과 큰방, 작은방을 나누어 사용하지만, 부엌과 화장실을 같이 사용해야 하고, 작전과장 퇴근 시 같은 식탁에서 식사하는 불편도 참아야 했다.

작전과장 관사의 작은방으로 옮긴 후 주말 첫 퇴근 날, 아내와 함께 결혼 후 첫 외식도 하였고, 그날 밤은 사랑에도 푹 빠졌다. 다음 날 내가 출근한 후, 작전과장 사모님은 "과장님은 나오지도 않고 혼자서 자는데, 너희들은 밤새 시시덕거리고 있나?" 좀 조용히 하라는 호통을 감수해야 했다. 관사의 큰방과 작은방의 벽체가 얕아 방음이 전혀 되지 않아 적은 소리도 옆방에서 다 들렸다. 이후부터는 외박 나오면 아예 TV를 크게 틀어놓고 사랑을 나누었다. 돈이 없어 월세나 전세방에서 살 수 없었던 서러움이었다. 육사 출신에게 시집 잘 보냈다는 장인, 장모님이 이 사실을 알았다면 이해할 수 있었을까?

2) 위관장교 사생활과 기본권은 없었다

장교도 휴가를 내지 않으면 위수지역(문산 일대)을 벗어나지 못했다. 서울에 계시는 장모님은 가끔 시집간 딸 집에 살림살이나 먹을 것을 가지고 다녀가시곤 하였다. 장인 회갑 날짜를 알고 용기를 내서 대대장에게 주말 2박 3일 휴가를 신청했다. 대대장은 아주 못마땅하다는 눈초리로 "야 이윤규, 뭐 장인 회갑이라고 휴가를 가려고 해!, 야! 누구는 장인이 없나, 장교가 장인 회갑이라고 휴가를 간다고?" 핀잔만 억수로 듣고 하루 외박을 허락받아 처음으로 장인께 인사드릴 기회가 있었다. 사실 장교도 규정상 연간 10일에 휴가는 있었다. 그러나 초급장교들은 그런 규정이 있는지도 잘 모르지만, 휴가를 가려고 생각하지 못했다. 더군다나 GOP 지역 간부는 늘 대기하는 상황이라 휴가는 시행되지 않았고, 별도 휴가비를 주는 봉급체계도 아니었다.

1980년 내가 대대 교육 장교로 근무 시 대대 유격 훈련 기간에 할머니가 돌아가셨다고 전보가 왔다. 내가 알았더라면 꼭 장례식에 참석했을 텐데…. 우리 대대장은 훈련 기간이라고 그 사망 전보를 보여주지도 않고 뭉개버렸다. 한참 후에 그 비보를 듣고 대대장을 원망했다.

장례식에 가보지 못한 죄스러움이 있던 차에 고향에서 조상 묘를 이전한다고 하여 휴가를 내어 갔다. 할머니와 할아버지 묘를 이전하여 합장하는 것이었다. 할머니 묘를 파보니 나일론 실 줄이 할머니 유골을 칭칭 감고 있었다. 아마 불량품 수의 때문이었던 것 같았다. 그 나일론 실 줄을 풀어주면서, 할머니께 장례식에 참가 못 한 것에 대한 용서를 빌었다. 1970년대 말에는 늘 북괴군 침투 도발 위협 때문에 간부들의 사생활이나 휴가 등 기본권이라는 개념도 없었고, 생각도 할 여유도 없었다.

3) GOP 철책 온돌방에서 아들 잉태!

비무장지대 담당 수색중대장은 퇴근과 외박, 휴가라는 개념이 없었다. 내가 수색중대장에 취임하던 때는 결혼하고 8개월 지난 신혼이었다. 우리는 빨리 아이를 원했지만, 기회가 없어 초조하기도 하였다. 그래서 일명 님도 보고 뽕도 따는 일거양득의 작전계획인 가칭 '아내수송 작전'을 세웠다! 수색중대장 취임 2개월이 되던 12월 31일이었다.

나는 대성동 주민통제 소대장이었던 이충호 동기에게 아내를 미군 지프차에 태워 들어오도록 부탁했다. 이충호 동기는 유엔사 소속이었기 때문에 자신의 지프차가 자유교에 통보만 하면 통과할 수 있었다. 그는 아내를 자신의 지프차 뒷좌석에 탑승시켜 자유교 검문소 통과 시는 판초 우의를 덮어씌우고 보이지 않게 하여 무사히 통과하였다. 아내는 기발한 수송 작전으로 서부전선 최전방 GOP 철책선 중대장실에 도착할 수 있었다.

중대 인사계 최돈수 상사는 중대장 사모님이 오셨다는 것을 알고 인사계 숙소인 온돌방을 깨끗이 청소를 시켰다. 그리고 DMZ에서 벌목해온 참나무 장작으로 군불을 지펴 뜨끈뜨끈한 신혼 방(?)을 꾸며 잉태하도록 준비해주었다. 중대장 집무실은 기름 난로와 철 침대이기 때문에 아내와 야간 작전으로 잉태하기에는 불안정했다. 안온한 방에서 만든 작품은 세상에 나올 준비를 하고 있었다.

그런데 육군인사규정이 OAC(고등군사반) 수료를 하지 않으면 중대장을 못 하도록 바뀌었다. 그래서 나는 중대장을 하다가 다시 광주 OAC에 입교하였고, 광주 동구 황금동 월세방에 3번째로 이사를 해야 했다. 하숙하는 동기생들은 수시로 결혼한 동기생 집에 와서 식사하면서 한잔하고 놀기도 하였다. 아내는 임신한 몸으로 동기생들 뒷바라지하느라 고생했다. 아내는 남편하고 단둘이서 먹으려고 삼겹살을 사 왔는데 동기생들이 와서 다 먹어버렸다고 아쉬워 하였다.

또 그들은 공부를 다 해 놓고, 내가 공부할 때쯤 와서 술 마시고 11시쯤 가곤 했다. 공부 방해가 많이 되었다. 나는 OAC 수료할 때 우등상을 받아야 한다는 생각에 그들을 보내고 다시 공부하였다. 등굣길 30분 동안에도 암기 공부를 하였다. 덕분에 졸업할 때는 우등을 할 수 있었다. 졸업식 때, 내가 우등상을 타는 것을 보고 모두 의아해하였다. 왜냐하면, 매일 같이 술 마시고 놀았던 것을 알기 때문이었다. 그러나 같이 술 마시고 놀았지만, 헤어진 후에 밤새 공부를 했던 숨은 노력을 몰랐기 때문에 하는 말이었다.

OAC 끝날 무렵 아내는 만삭이 되었다. 너무 배가 불러 쌍둥이가 나올 것이라고 했다. 휴일에 광주 무등산 계곡에 동기생들과 같이

야유회를 갖다. 만삭이 된 아내를 뒤에서 밀고 다녔다. 드디어 출산하였다. 나는 GOP 철책선에서 잉태한 아들의 이름을 '이국군', '이태국'으로 작명하려고 했다. 그러나 동기생 윤광섭(일명 윤 도사라고 함)은 나에게 아들 이름을 그렇게 작명하면 문제가 있다고 했다. 즉 철책선에서 만든 군인 아들이 10월 1일 국군의 날에 태어났고, 이름까지 '이국군', '이태국'이라고 지으면 나중에 성격 형성에 문제가 된다는 것이다. 그래서 이형우(빛날 炯 집 宇: 지붕으로 기를 누르는 의미)라고 이름을 지어 주었다.

문산 셋방 집 부엌에서 / 아들잉태 날, GOP 철책 중대장실에서

03

군인 가족의 애환

1) 군 생활 38년, 이사 36번, 초등학교 5번 전학

2.5t 군용트럭으로 이사는 부인의 몫

육군 장교는 1~2년이 보직 기간이다. 진급될 때마다 보직 교육과 선택 과정의 교육이 있다. 따라서 보직 이동이나 교육 입교 시는 지정된 군 아파트나 관사로 반드시 이사해야 한다. 나는 38년의 군 생활하면서 30개 보직을 옮겨야 했고, 36번의 이사를 하였다. 보직 횟수보다 이사를 많이 한 것은 군 관사나 아파트가 부족하거나, 전임자가 이사하지 못하고 대기하는 기간이 짧은 기간에는 전세나 월세로 살아야 하기 때문이다.

이사를 자주 하다 보니까 이삿짐은 많지 않다. 그리고 1990년대 이전까지는 군 간부 이사 운송비가 지급되지 않았다. 그래서 군대 트럭(2.5t)과 부대원의 도움을 받아 이사할 수밖에 없었다. 나는 부대 업무로 인해 이사 준비나 이사 후 정리할 시간이 없었기에 이사에 관한 모든 일은 부인이 할 수밖에 없었다.

군 간부의 잦은 이사는 경제적인 손실(가구 재구매, 이사 비용 등)은 물론 자녀 교육에 많은 문제가 있었다. 아들 형우는 초등학교 5번, 중학교 2번을 전학하였다. 이러다 보니 어디를 가나 적응력과 독립심은 있으나, 정서적으로 불안하고, 친구 사귈 여건도 어려웠다.

육군대학 학생 장교 자녀 등교 거부 소동

진해에 있었던 육군대학 학생 장교는 30대 초중반 나이로, 자녀들은 전국 각지에서 유치원 혹은 초등학교 다니다가 전입해 온 경우가 많았다. 진해 초등학교에 입학한 자녀들이 경상도 사투리를 쓰는 선생님의 말씀을 알아듣지 못해서, 국어 받아쓰기는 빵점을 받아 등교를 거부하는 소동이 있었다. 이른 봄날 등굣길에 육대 아파트 앞의 작은 연못에 빠져 허둥지둥하고 있는 아이를 발견하고 달려가 구조하였다. 그 아이가 바로 받아쓰기 공포 때문에 등교하지 않고 연못에 배회하다가 빠진 학생이었다. 그 아이의 부모님은 나에게 생명의 은인이라고 감사를 표했지만, 같은 군인으로서 잦은 이사와 자녀 교육에 에피소드라고 치부하기에 너무나 안타까운 심정이었다.

2) 다시 작성한 노란 봉급 봉투

봉급날이면 늘 중대 인사계와 전령은 중대장 봉급 봉투 다시 써느라 고민이 많았다. 18만 원 봉급은 외상값과 회식비 등을 공제하고 나면 10만 원 정도밖에 남지 않았다. 아내는 봉급날만 기다리고 있다. 정확한 봉급액 수는 잘 모르지만, 생각보다 턱없이 부족한 봉급 봉투를 받고는 의심스러워 인접 중대장에게 물어본 것 같았다. 나는 늘 하던 데로 다시 쓴 봉급 봉투를 아내에게 전했다. 아내는 왜 다른 중대장이랑 봉급이 차이가 나느냐고 묻는다. 나는 설득력 있게 답변할 수가 없었다. 오히려 화를 내고는 봉급 봉투에서 1만 원을 빼서 나가 술을 마시고 그 위기를 모면해버렸다.

잘못이란 것을 알지만 고쳐지지 않았던 언행이었다. 그러면서도 중대원들이 전역할 때면 꼭 집으로 데려와 마지막 회식을 시켜 준다. 아내는 남편이 퇴근하면 같이 먹으려고 준비한 삼겹살을 식욕 좋은 병사들이 다 먹어 서운해하였다. 3개월마다 나오는 보너스를 기다렸으나 모교 삼진중학교 화랑장학금으로 다 전달돼 버렸다. 노란 월급 봉투 다시 쓰는 것은 당시엔 일반 직장에서도 관행처럼 이루어졌기에 잘못을 크게 느끼지 못했다. 돈은 많이 없지만 돈…, 돈 때문에 구차하게 살고 싶지 않다는 생각에는 일말의 후회도 없지만, 가족에게는 미안한 마음이다.

1982년 10월 1일, 아들 돌잔치에 선종률(육사 #37) 소대장 등 중대 간부들이 금반지를 선물로 가져왔다. 그런데 2개월 후에 간부들에게 고맙다고 인사를 해야 하는데, 돈이 없었다. 나는 부인 모르게 그 돌반지를 가져 나와 술값으로 계산해버렸다. 부인은 수시로 돌 반지 사건에 대해 언급하면서 다시는 그러한 잘못을 되풀이되지 않도록 경고(?)의 메시지를 보내고 있다. '천사'라도 남편에게 경고장은 자주 날리는 편이었다.

3) 아들 상병 될 때까지 입대 숨긴 부인의 내조

아들 형우는 잦은 전학과 아빠의 무관심 때문인지 자신의 문제를 혼자서 해결하려는 의지가 강했다. 힙합 댄스, 랩음악 등 재능을 발휘하여 연대 힙합 동아리 회장을 하기도 하였다. 여학생에게 인기가 좋았기에 결혼에는 문제가 없겠다는 생각을 하였다. 나는 아들딸의 공부, 입대, 결혼, 취업 등에 대해 관심을 두지 않았다. 심지어 아들과 딸이 연대, 숙명여대에 입학한 것은 알았는데 전공이 무엇인지를 졸업 후에 알았다.

육군 대령이 자기 아들이 상병 될 때까지 입대한 것을 몰랐다면 믿어지지 않겠지만, 친구로부터 아들이 입대한 것을 알게 된 에피소드를 공개한다.

대구 501여단장 하고 있을 때, 박종재 동기생이 전화가 왔다. "이윤규, 너의 가족을 지하철에서 만났다. 아들 군대 면회 갔다 온다고 하더라.", "그래! 우리 아들 군대 갔다고?", "모르고 있었나? 아들이 상병이라고 하던데."라고 하여 아들의 입대 사실을 알았다. 내가 여단장을 끝내고 합동참모대학 교수로 서울로 복귀했을 때는 아들은 벌써 복학하고 코오롱 그룹에 입사한 상태였다. 내가 대구, 경북지역에서 연대장, 참모, 여단장 등 6년 근무하는 동안에는 부인은 2달에 한 번 정도 근무지에 내려왔다. 그러나 일체의 가정사에 대해 말을 하지 않았다. 혹시 장군 꿈길에 지장을 초래할까 봐 얘기하지 않았다고 했다.

나는 결혼 후 부인에게 "앞으로 일체에 부대 업무에 알려고 하지 말고, 집안일은 당신이 알아서 처리하라."라고 지시사항(?), 업무와 가정사 분담(?)의 부부간이 규율을 정한 이후에 30여 년 동안 가정사에 관한 대화가 거의 없었다. 참 이상하고 우스운 부부이고 가정이라고 할 수 있지만, 종군부대원으로서 군 가족의 애환으로 순응할 수밖에 없었다.

4) '모은 돈만큼 준다.' 약속에 욕심낸 아들

부인은 아들 결혼준비금을 걱정하고 있었다. 나는 제안하였다. "형우야, 너가 돈 모은 만큼 결혼비용에 보태줄 테니 알아서 해라."라고 소위 임무형 명령을 하였다. 아들은 나의 제안에 욕심을 내기 시작하였다.

승용차에 유류가 없으면 내가 유류를 넣을 때까지 사용하지 않았고, 친구와 만남도 거의 돈을 쓰지 않았다. 담뱃값과 교통비 등 30만 원이 월 생활비였다. 소위 청년 구두쇠가 되었다. 아들은 사내 커플과 연애 끝에 결혼하게 되었다. 아들을 잘 못 키웠나 걱정도 했다.

어찌 됐던 아들은 결혼 약속금 8천만 원을 포함하여 1억 6천만 원의 거금으로 결혼식도 올리고, 약수동 18평형 빌라 4층 전셋집에서 신혼생활을 시작할 수 있도록 준비하였다. 군 생활에 몰두하느라 아빠로서 제대로 역할을 못 했다는 것을 느꼈기에 결혼식만이라도 거창하게 치러 주고 싶었다. 그래서 나의 인적 네트워크를 총동원하고 아들 결혼 준비 로드맵으로 작성하여 진행하였다. 결혼식에 참가한 하객들은 다음과 같은 3가지를 지적했다.

첫째는 아버지가 아들보다 어필되었다는 부러움(?)과 비아냥(?)이었다. 대령 계급장을 단 군 예복을 입고 자랑스럽게 하객을 맞이하는 태도가 군 행사 같았다는 것이고, 두 번째는 하객이 아래층까지 줄을 서서 인사하려고 했다는 것이다. 뮤지엄 웨딩홀 관계자는 800여 명의 하객이 접수되어 웨딩홀 개관 이후에 최다 하객 수라고 전했다. 세 번째는 주례사가 40여 분이었고, 아들보다 아버지 칭찬을 너무 많이 하여 전체적으로는 아들 결혼식이 아니고 아버지가 폼 잡는 결혼식이라는 총평이었다.

나는 아들 결혼식을 치르고 2가지를 느꼈다. 하나는 자녀 결혼비용에 '네가 모은 돈만큼 부모가 보탠다.'라는 것이 자녀에게 독립심과 자기 스스로 삶을 개척할 수 있도록 도움이 된다는 것이고, 또 하나는 결혼식은 축제 분위기로 하되 자녀에게 초점을 맞추고, 주례는 짧게 해야 한다는 것이었다. 그래서 내가 60여 회 선 주례에서는 5분 정도의 신랑·신부와 양가 부모님 자랑거리 소개 위주로 끝냈다.

5) 군 생활 38년, 무주택자이지만 부끄럽지 않다

내가 경호실 작전과장으로 근무 시 육사 선배가 주식을 사고팔아 많은 돈을 벌었다는 얘기를 듣고는 그 선배에게 인사도 하지 않았다. 육사 출신이 주식을 하다니! 하고 자질 없는 군인으로 비난하였다. 전역을 하고 나서야 그 선배의 경제관과 돈에 대한 인식이 결코 군 장교로서 나쁜 것만이 아니라는 것을 느끼게 되었다.

2021년 2월에 노출된 LH 공무원들의 불법 토지 소유로 온 나라가 혼란스러웠다. 또한, 정부나 정치권에서 외쳤던 정의, 공정, 공평 등은 거짓이거나 포퓰리즘 구호라는 것을 알게 되었다. 그리고 행정부 소속 고위 공직자 1,800여 명의 재산신고 평균액이 14억이고, 중앙부처 공무원 759명 중 388명이 토지를 보유하고 있다는 언론 보도를 보고, 나의 경제관과 돈에 대한 개념을 다시 한번 생각하게 되었다.

나는 대령, 2급 군무원 교수로서 38년 군 생활을 하였지만 모은 돈 4억으로 아파트를 구입할 수 없어 청약저축을 기다리고 있다. 나는 언론 보도를 보고 내 처지와 비교 해보았다. 그 공직자들은 직급(2급 상당)과 근무연수(38년)도 나보다 적다. 그러나 재산은 나보다 10억이나 많았다. 내가 잘못 살았나? 확인해보았다.

나는 돈에 대해 별로 관심도 없고 절약을 모르지만, 부인만은 '선천적 습관성 못 말림증'인 근검절약으로 38년 군 생활로 4억 이상의 재산을 모았다. 상식적으로 계산하면 어느 공직이든 생활비, 학비, 집세를 제외하고는 월 300만 원 이상 저축은 불가능할 것이다. 300만 원×12개월= 3,600만 원이다. 공직자 봉급으로 월 300만 원 이상 20년 저축해야 8억이다. 결론적으로 공직자가 상속, 재테크나 엉뚱한 짓 없이는 그러한 재산을 모을 수 없다는 것이다.

전역 후에 유공자 특별공급, 청약저축의 정보를 듣고 신청했지만, 행운은 찾아오지 않았다. 선배들이 군인이 집이 없다는 것은 부끄러운 일이 아니다. 본인의 잘못도 아니다, 관사도 있고, 전역 후에는 연금이 있기에 군 생활에만 몰입하라는 얘기를 많이 하였고, 그것이 당연한 줄 알았다. 지금도 무주택자라고 부끄럽지는 않다. 그러나 떳떳하거나 자랑스럽지도 않다. 때론 다른 친구는 강남에 아파트도 있는데, 너는 뭐 했나, 술을 좋아하니 술만 먹었느냐고 핀잔을 주기도 한다.

과연 30년 이상 군 생활 무주택자가 나쁜일까? 군 전역한 예비역이 많이 거주하는 곳이 수도권 외곽인 것을 보면 대부분 무주택자이거나, 5억 이하의 재산인 것으로 추정된다. 그래도 무주택의 서러움보다는 군 생활 동안 돈에 대해서 부정한 삶을 살지 않았다는 자부심으로 살아가고 있다. 아울러 무주택자이지만 술을 한잔 살 연금이 있기에 위로가 되고 떳떳하다.

이제 나도 전역을 하였고, 경제관이나 돈에 대한 인식도 많이 변하고 재테크라는 것을 알았기에 돈 버는 것에 도전하고 있다. 분명 정당하게 많은 돈을 벌 수 있을 것이고 연금보증 대출받아 투자를 했는데…. 지인들은 자꾸만 못하도록 한다. 나는 성공할 것이라 확신을 하면서 돈 공부를 하고 있다. 돈 벌어서 가족이나 돈이 꼭 필요한 사람에게 돈 세례를 좀 하고 싶다. 그리고 화랑장학회도, 세계 최초로 설립할 '휴먼 뱅크'도 잘 운용하고 싶다.

6) 병사 내무반 개조로 만든 간부관사

1992년 10월에 국회 국방 의원 10여 명이 사단 헌병 캄보이 안내로 우리 부대 부사관 관사에 도착하였다. 나는 사전에 관사 정리 및 청소, 군인 가족들에게 감사위원들을 맞이할 준비를 시켰다.

해당 부사관 관사는 1960년대에 장병들이 벽돌을 찍어 만들어 사용하던 지원중대 통합내무반이었다. 우리 대대 주임상사는 53세이고 고등학교 3학년 아들, 1학년 딸과 부부가 살고 있었다. 군 내무반을 15평 정도의 크기로 구분하여 벽돌로 칸막이로 막고 세대마다 단칸 방과 부엌, 세면장을 만들었다. 잠을 잘 때는 커튼으로 아들과 딸 방을 구분하였다. 화장실은 야외 공동화장실을 이용하였다. 아침이면 10여 가구 부사관 가족들이 선착순으로 용변을 보아야 했다. 국회의원들은 이 관사의 실상에 아연실색하였다.

나는 그분들을 모시고 또 컨테이너를 개조하여 만든 중대장 관사로 안내했다. 중대장 3명은 모두 27세 전후이고 결혼을 하여 아기가 1~2살이었다. 관사에 도열해 있는 중대장 부인들은 감사위원들의 딸 또래였고, 아기는 손주뻘이었다. 감사위원들은 도열한 부인들을 격려하면서 고개를 숙여 컨테이너 안으로 들어갔다. 보기가 민망해서 다시 나와버린다. 더는 열악한 관사를 보고 싶지 않다고 하였다. "국방부 장관은 이런 모습을 알고 있는가, 이런 곳에서 살게 하면서 국가에 충성을 요구할 수 있는가?" 하면서 한숨을 쉬었다.

현장을 수행한 군사령부 장군 참모와 나에게 질문을 하였다. 이 근처에 아파트 공사하는 데가 없는가? 하는 질문이었다. 나는 마침 2km 정도 떨어진 양덕원리에 아파트를 짓고 있다고 했다. 그러자 국회의원들은 우선 국방부 예비비를 동원해서라도 이 관사에 거주하는 간부들을 짓고 있는 아파트에 임대로 들어갈 수 있도록 검토하라고 했다. 그것이 처음으로 군에서 임대아파트(BTL 사업)가 시작되게 한 계기였다.

당시에 군 간부 아파트 중에는 15평으로 제법 근사한 아파트도 있었다. 나는 그것을 택하지 않고 컨테이너 관사와 부대 막사를 개조한 관사를 택했던 것이 주효했다. 나의 또 다른 군 생활 업적이다.

04

불효의 군인 길, 부인이 대신하다

강원도 홍천 대대장과 작전참모 4여 년 동안에 한 번도 친지 경조사 참석이나 귀향을 해보지 못했다. 대신 부인이 어린 애들을 업고 걸리고 하여 무려 13시간 동안 6번의 교통수단을 갈아타고 고향을 찾아가서 남편이 못한 효와 형제애를 대신했다. 대구 여단장으로 근무 시 아버지가 병환에 1년 동안 계실 때도 거의 병문안을 갈 수 없었다. 공교롭게도 장군 진급 낙천되는 날 돌아가셨다. 불효의 결과였던가?

2005년 10월 하순 10시경 그렇게 기대하고 염원하던 장군 진급에서 낙선되었다는 소식을 듣고 한동안 멍한 상태로 사무실을 지켰다. 나도 상당히 기대를 많이 했고, 어느 정도 자신도 있었기 때문이었다. 1시간 뒤에 덕규 동생으로부터 전화가 왔다. "형님, 아버지가 위급합니다. 빨리 오세요."라는 전화였다. 나는 문뜩 머리에 떠올랐다. 아버지가 돌아가시기 전에 빨리 가서 "아버지! 아들 장군 진급되었습니다."라고 거짓말이라도 하려고 했다. 상급부대 보고를 하고 바로 마산으로 떠났다. 다시 동생한테 전화가 왔다. "형님, 아버지가 돌아가셨다."라는 것이었다. 나는 순간 캄캄했다. 아버지가 아들 장군 진급을 기다리다가 안 되었다는 것을 알고 숨을 거둔 것이라고 생각이 들었다.

나는 이 장을 마무리하면서 나의 아내에게 고마움을 느끼며, 한편으로는 남편과 가장으로서 너무나 잘못했기에 미안하다고 고백한다. 나의 아내 고은영은 마음이 착하고 이쁘다, 부대 업무에 대해서는 알려고 하지도 않으며, 하급자 가족에게 일체 부담을 주지 않았다. 또한 고향 부모님·형제, 친지, 조카들까지 너무 잘 대해주기에 모두들 좋아한다. 내가 술·돈 등으로 많은 속을 태웠지만 내색하지 않고 참다보니 류머티스 관절염이 생긴 듯 하다. 결혼 42년 동안 오직 남편 꿈길을 위해 자신의 삶을 희생해 온 아내를 '천사'라고 부르는 이유이다.

만시지탄(晩時之歎)이지만 백의종군 군인 가족에게도 희소식이 들려와 너무나 반갑고 다행스럽다. 2021년 4월 22일에 남영신(ROTC #23) 육군참모총장은 '더 강한 더 좋은 육군문화 정착 선포식'에서 행복한 육군 가족 만들기를 발표하였다. 즉, 육군은 군인 가족이 자부심과 행복감을 체감할 수 있도록 육군 가족지원정책(KA-FMWR) 시행체계를 2025년까지 구축하기로 한다는 것이다.

KA-FMWR은 미군의 군 가족지원정책 시행 체계(FMWR Family, Welfare and Recreation)를 벤치마킹해 한국군 실정에 맞게 적용한 것이다. 군과 가족의 관계는 별개의 구성체가 아닌 하나의 공동체다. 따라서 군 정책과 서비스에는 군 가족이 포함돼야 한다. 군 가족 지원을 위한 법령개정 등 기반체계를 구축한 뒤 2025년 KA-FMWR을 정착시키는 것이 목표다. 이를 위해 기반체계구축, 주거여건보장, 보육 교육 지원, 일-가정 양립 지원, 여가활동 지원, 포상격려 6개 분야로 나눠 20개 과제를 체계적으로 추진할 것이라는 점이다.

백의종군 군인 가족의 애환을 풀어줄 KA-FMWR가 성공적으로 추진되기를 군 선배 입장에서 간절히 기원해본다. 후배 군 지휘관들이여! 백의종군 가족도 자랑스럽고 행복한 삶이 되도록 헤아려주소서….

'제멋대로' 대신 손자안고
흐뭇해 하는 '천사'

08

꿈의 자양분이 된 어릴 적 경험

손자의 할아버지 생일 축하 메시지와 가족들에 대한 인식의 표현

나는 어릴 적 경험과 기억은 내 꿈길의 여정을 즐겁게 행복하게 느끼게 하는 에너지가 되었다. 손자 재용이에게도 할아버지에 대한 좋은 인상과 경험을 심어 주려고 접촉을 해보았다. 그러나 손자는 "할아버지는 목욕하러 가요, 축구 하러 가요."하고 멀리만 하려 했다. 나의 45년간 군기 잡힌 언행이 손자에게는 무서웠던 것 같았다.

나의 63세 생일날 손자가 왔다. 할아버지의 군복 사진을 보여주고 소위 '라떼' 얘기를 하였다. 손자는 그 사진을 보고 "할아버지 군인 사진 멋있어요."라는 글을 써 주면서 나에게 다가왔다. 이후로는 할아버지의 멋진 모습의 인생 사진과 내용도 모르는 저서까지 주면서 자랑을 하였다.

손자는 내 삶에 관심도 가지며 나랑 같이 놀고 싶어 한다. 그래서 나의 어린 시절을 더듬어 가면서 손자에게 "재용아, 너의 꿈이 무엇이냐?"고 묻는다. "아직 생각 중입니다."라고만 대답한다. 나는 또 "드론, AI랑 놀면 참 재미있다. 4차 산업혁명 기술에 꿈을 키우라."라고 말한다.

그러나 할아버지의 노욕을 알았는지, 대답도 하지 않고 여전히 손자는 지하철 노선만을 외우고 있다. 나는 혼잣말로 중얼거린다. "재용아! 너의 멋있는 꿈을 꾸어 봐라. 꿈은 이루지는 것이 아니고 너 스스로 만드는 것임을 잊지 마라. 할아버지는 5살 때부터 꿈을 꾸기 시작하여 초 5학년 때 완성했고, 살면서 조정되었지만 지금도 만들어가고 있다."라고. 나의 손자 재용이는 너무나 총명하고 사랑을 많이 받았기에 원하는 꿈을 꼭 만들 수 있을 것이라 확신하며, 손자의 행복하고 아름다운 삶을 간절히 기원한다.

01

참 야릇하고 행복했던 기억

1) 소금 얻으러 갔다가 뺨만 맞고 왔다

우리 집은 작은방에 솜이불 하나로 부모님과 4형제가 덮고 잤다. 유년기는 밤에 자다가 이불이나 옷에 오줌을 싸는 경우가 많았다. 아침에 일어나면 방바닥에 오줌이 흘러 부모님이나 다른 형제에게 닿게 된다. 옷도 새로 갈아입어야 하고, 이불도 다시 빨아야 했다. 오줌싸는 것을 예방하는 우리 엄마의 처방이 묘했다. 나뿐만 아니라 다른 집 또래도 같은 처방을 하는 것을 보았기에 창피스러운 기억이지만 우리 엄마의 묘한 처방을 고백한다.

엄마가 이불에 오줌을 흘린 날 아침에 나에게 심부름을 시켰다. 곡식 까부는 채(키)를 덮어씌워 옆집에서 소금을 얻어오라는 것이었다. 나는 엄마가 시키는 대로 옆집에 소금을 얻으러 갔다. 옆집 아줌마는 소금을 주는 척하더니만 가차 없이 밥주걱으로 나의 뺨을 때린다. 나는 소금 얻으러 왔는데 뺨을 맞았으니 화도 나고, 어안이 벙벙한 상태였다. 나는 뺨에 붙은 밥풀떼기를 떼어먹고 씩씩거리며 집에 돌아왔다. "엄마! 소금을 주지 않고 뺨을 때렸다."라고 불평조로 말했다. 엄마는 "다시는 오줌 싸질 않겠네." 하면서 살며시 웃었다. 아 그때야 '엄마의 심부름이 밤에 오줌 싸지 않도록 하는 처방이구나!' 하는 것을 알았다. 그 뒤에는 오줌을 싸지 않았던 것 같다. 어머니가 나에게 관심을 써 주었다는 데 대한 기억이 있어 감사와 행복감을 느낀다.

2) 손발 튼 곳에 오줌·소죽 처방

겨울이 되면 가족 모두가 손발이 갈라지고 텄다. 동상까지 걸려서 손발을 잘 쓸 수가 없었다. 겨울에는 새끼를 꼬거나 땔감 나무하는 일들이 많았고, 특히 어린이들은 자치기, 구슬치기 등 흙과 접촉하는 일이 잦았다. 우리 집엔 손발을 씻을 온수가 귀했다. 가마솥에 소죽(소 끼니) 끓이면서 세면대에 세숫물을 데운다. 그러나 할머니와 아버지께서 우선 사용하고 남으면 찬물을 섞어서 4명의 형제가 고양이 세수하듯 콧등과 얼굴만 두어 번 비비고 끝낸다. 세숫비누(사분)는 구할 수 없어 가끔 빨랫비누를 사용하기도 하였다. 손발을 씻지 못하다 보니 때가 쌓여서 트기 시작한다. 튼 손발에 엄마나 할머니가 바르는 동동 구라 분(겔 같은 얼굴에 바라는 화장품)을 바르기도 했다. 하지만 턱 갈라진 손발을 아물게 하는 데는 소용이 없었다. 그러나 아침에 일어나 요강에 담긴 오줌에 튼 손발을 담그면 그나마 벌려진 손발이 조금은 아물었다. 그리고 소죽에 포함된 뒹겨와 벼 집으로 손발을 씻으면 때가 잘 베껴졌다. 시골 마루에 요강을 비치하는 것은 비위생적이었지만 야밤에 멀리 떨어져 있는 화장실까지 가는 불편도 해소할 수 있었다.

우리 집 안방과 마루에 놓여 있었던 요강 / 오줌싸개 버릇 고치느라 덮어쓴 키

3) 여로 드라마와 김일 박치기에 매료

1950년까지는 시골에는 전기가 들어오지 않아 호롱불을 켜고 있었다. 1960년대 초에 야간에 시간제로 잠시 전기가 보급되었다. 우리 마을은 1만 평의 논밭을 가진 부자와 남의 논밭을 빌려 경작하는 소작농, 부잣집에 머슴과 식모살이하는 사람들이 함께 살고 있었다. 재일교포 출신의 부잣집에는 축음기(전축)와 흑백 TV가 있었다. 전기가 밤에만 들어왔기에 흑백 TV는 밤에만 시청할 수 있었다. 처음 TV를 접하는 동네 사람들은 TV 뒤에 어딘가 사람이 숨어 있는 것으로 의심도 하곤 했다. TV 방송의 전파 송출 개념을 알지 못했기 때문이다.

TV가 있는 부잣집 주인은 인심이 좋았다. 「여로」 드라마와 '김일'. 레슬링이 있을 때는 동네 사람들에게 공짜로 볼 수 있도록 허락해주었다. TV 화면이 작아 마당에 평상을 펴고 남녀노소 구분 없이 겹겹이 몸을 엉켜서 보았다. 「여로」 드라마에 나오는 '영구'의 바보스러운 연기는 농사일로 쌓인 심신의 피로를 확 풀어주기에 충분했다. 한편 김일 레슬링 선수의 박치기로 일본 선수를 KO 시키는 것을 보고는 큰 쾌감을 느끼기도 했다. 식민지의 트라우마가 남아 있는 어른들은 복수의 심정으로 함성과 박수를 치곤 했다.

02

보릿고개 길, 불칠 작전의 스릴과 재미

1) 초근목피에서 사냥, 고기잡이까지

보릿고개는 지난해 가을에 수확한 양식이 바닥나고, 올해 농사지은 보리는 미처 여물지 않은 5~6월, 식량 사정이 매우 어려운 시기를 의미하며 춘궁기(春窮期)라고도 했다. 이때는 대부분 끼니는 초근목피(草根木皮)식 생활이었다.

가장 흔했던 끼니는 쑥을 캐서 밀가루나 보릿가루에 버무려 데쳐 먹었다. 그리고 삐비(부드러운 억새 같은 풀의 속=띌, 삘기)를 먹거나 찔레나무 새순의 껍질을 벗겨 먹었다. 소나무 맨 위에서 두 번째 마디를 잘라 소나무 속 피(송구)를 먹기도 하였다.

보리와 밀 서리는 보릿고개 시절 가장 재미있고 맛있는 끼니 대용품이었다. 보리나 밀이 완전히 여물기 전 말랑말랑할 때 베어와서 모닥불에 구워서 손바닥으로 비벼 먹는 것이다. 맛도 맛이지만 주인 몰래 서리하여 먹는다는 것 때문에 짜릿함도 느낄 수 있었다. 또한, 불가에 쪼그려 앉아 밀과 보리를 비벼서 먹으면서 그을린 서로의 얼굴을 보면서 시시덕거리기도 했다.

보릿고개 때 초근목피 외에도 산짐승이나 바다, 하천의 물고기를 많이 잡아먹었다. 노루와 산토끼는 올가미와 덫을 놓아 잡았다. 산짐승들은 겨울철이 되면 먹이나 물을 찾아 마을 어귀나 논밭 등 낮은 곳으로 내려온다. 산짐승들이 이동하는 길목에다 올가미와 덫을 설치해 놓고 포획하는 것이다.

꿩과 비둘기는 까치밥이나 콩에 독약을 넣어 쪼아 먹도록 하여 죽게 한다. 가물치나 잉어, 장어 등 큰 물고기는 저수지에 주낙을 설치하여 잡고, 붕어, 미꾸라지, 잡고기는 웅덩이나 개천에서 물을 푸거나 맹독 약을 뿌려 잡는다.

2) 감·생선 도시락 골라 먹던 재미

1960년대 후반기부터는 미군의 원조 옥수수빵이나 강냉이죽이 배급되지 않았다. 그래서 오후 수업이 있는 4학년 이상은 집에서 도시락을 준비해 와야 했다. 친구들이 준비해 온 도시락은 농어촌의 식생활을 판가름할 수 있는 각양각색이었다. 농촌 학생들은 김치와 보리밥이 대부분이었고, 또 감나무 집 아들은 가을이면 단감 도시락을 가져오기도 했다. 또 다른 친구는 개떡이나 쑥 무침을 가져왔다. 어촌에 사는 친구들은 고구마, 감자 등 밭곡식을 재료로 한 도시락이었고, 섬 친구들은 도다리, 멸치, 문어, 소라 등 생선과 어패류를 삶아 점심 도시락으로 가져온다. 점심시간이 되면 햇볕이 잘 드는 교실 옆 동산으로 올라가서 각자의 도시락을 펼쳐놓고 먹고 싶은 것을 먹는다. 가장 인기 있는 것은 단감 도시락이다. 단감 도시락 친구는 공부와 싸움은 못했지만 단감 때문에 인기가 좋았다. 농촌 친구들은 고구마, 생선, 소라 도시락을 먹고 싶어 했고, 어촌과 섬에 있는 친구들은 보리밥을 먼저 먹었다. 지나고 보니 그 옛날 초등학교 친구들의 도시락은 요즈음 최고의 영양식이었다.

안타까운 기억은 몇몇 급우들이 아예 도시락을 가져오지 못했다는 것이다. 도시락이 없는 친구들은 점심시간이 되면 화장실이나 학교 건물 구석에 피해버린다. 점심 다 먹은 후면 운동장에 나와서 친구들이랑 같이 논다. 도시락을 같이 먹자고 해도 배가 아프다는 핑계를 대고 먹지 않았다. 사춘기에 도시락을 가져오지 못하는 집안 형편을 나타내는 것은 창피스럽기 때문이었다. 그래도 같이 먹도록 해야 했는데, 그때는 왜 친구에게 배려와 우정이 없었을까?

3) 소풍 때 처음 맛본 삶은 계란

배고픈 시절의 소풍은 술래잡기, 보물찾기, 장기 자랑도 좋지만, 도시락 까먹는 것이 최고의 순간이었다. 소풍 때면 각자 최고의 도시락을 준비해 온다. 선생님이 점심시간이라고 통제하기 전에 3명의 친구는 단체모임에서 빠져나와 도시락 까먹기로 했다.

나도 오늘만은 보리 쌀밥에 멸치무침 반찬이라 최고의 도시락이라고 자부했기에 먼저 펼쳤다. 다음으로 펼친 친구는 계란 부침과 삶은 계란이었다. 마지막 친구는 김밥이었다. 모두 김밥과 삶은 계란에 눈독이 먼저 집중되었다. 삶은 계란 하나는 3명이 나눠 먹기는 부족하였다. 친구 2명은 나에게 계란을 슬며시 양보한다. 가끔 닭장 밖에서 낳은 생 계란을 몰래 먹은 적은 있지만 삶은 계란은 태어나서 처음 먹는 순간이었다. 혹시 나눠 먹자 할까 봐 삶은 계란 1개를 한입에 삼켰다. 목에 메여 캑캑거렸다. 2명의 친구들이 체할까 봐 등을 두드리는 동안에도 꿀꺽 한입에 삼켰다.

지금 생각하면 삶은 계란 하나에 목숨을 걸었던 위험한 순간이었다. 맛을 보면서 조금씩 먹었어야 했는데…. 그러나 삶은 계란을 먹어보았다는 것에 크게 만족하였다. 이어서 김밥 도시락까지 친구들이랑 삼키고 남은 것은 보리쌀과 멸치볶음 내 도시락이었다. 결국, 내가 최고의 도시락이라고 자랑스럽게 가져온 것이 가장 인기 없는 도시락으로 전락했다. 그래도 친구들은 맛있다고 하면서 다 먹어치웠다.

소풍은 전교생이 매년 제일 기다리는 행사이지만 수학여행은 6학년만 갈 수 있는 특권이다. 그것도 갈 수 있는 학생에게만 특권이 있다. 6학년 50여 명과 교감 선생님과 학부모회장 등 55여 명이 화물선을 타고 3시간 동안 항해하여 통영에 도착했다. 수학여행에 대한 기억은 밖이 보이지 않는 화물칸에서 친구들이 뱃멀미하여 헤매던 모습이다. 그리고 일제 강점기에 건설한 우리나라 최초 수중 터널 위로 배가 지나갔을 때 나는 소리와 한산섬 이순신 장군의 사당이다. 집안 형편 때문에 소풍과 수학여행을 가지 못했던 급우들이 있었다. 학비가 없어 중학교에도 진학하지 못했다. 그 친구들에게 소풍과 수학여행, 중·고교의 기억을 기록하는 것 자체가 미안하다. 이해해주겠지.

채창일 선생님과 문훈, 나, 의리친구 남섭 / 한산섬 수학여행/ 초교 졸업사진

4) 참새집에 넣은 손에 구렁이가 잡히다

겨울철 밤은 길고 할 일은 없다. 동네 어린이들은 또 골방에 모여서 먹고 노는 모의를 한다. 우선 배가 고파서 먹는 것부터 찾는다. 가장 흔한 먹을거리는 생고구마 말린 베떼기와 삶아서 말린 고구마 쫀드기이다. 그리고 초가 지붕 밑에 참새집을 습격하여 잡거나 알을 꺼내어 와서 삶아 먹는 것이다.

참새집에 알을 훔치는 작전은 먼저 와 있는 구렁이와의 조우(遭遇)할 위험이 있다. 구렁이는 보통 뱀보다 훨씬 큰 뱀으로 가정의 수호신처럼 여기고 있는데 성질이 온순하고 동작이 느리고 독이 없다. 이 놈들의 서식지는 주로 돌담, 밭둑의 돌 틈 등이다. 밤이 되면 이들도 배고픔을 달래기 위해 초가 지붕 밑으로 기어 다니면서 참새를 잡거나 알을 훔쳐 먹는다. 내가 친구들의 목마를 타고 초가 지붕 밑 참새집에 손을 불쑥 집어넣었는데 손에 잡히는 것은 물컹한 구렁이였다. 사실 순간 놀랐지만, 독도 없고 손에 잡히는 것이 아니고 만져보는 것이라 짜릿함은 있었다.

육지에서 작전이 실패하면 횃불로 어패류를 잡아 탁사이다(탁주+사이다)를 마시는 것이다. 썰물이 되면 바닷물의 바위틈에서 문어, 낙지, 꽃게, 해삼들이 횃불을 보고 슬금슬금 기어 나온다. 이 슬금이들을 물통에 잡아넣고, 솥에 넣어 끓여 안주로 하고, 탁사이다를 맛있게 마셨다. 나는 이렇게 하여 초등학교 2학년 때부터 음주했다.

5) 겨울밤 닭서리의 스릴과 그 맛

중학교 다니던 형 2명이 닭서리 제의를 했다. 초등학교 3학년인 나와 친구 남섭이랑은 형들의 닭서리에 동참했다. 밤 9시경 목적지에 도착하였다.

나랑 남섭이랑은 망을 보는 것이 임무였다. 형아 2명은 담을 넘어 졸고 있는 닭을 잡았다. 그런데 잡힌 닭이 푸드덕 푸드덕거렸다. 달나라로 가던 주인이 꿈에서 깼는지 "도둑이야!" 하면서 방문으로 뛰어나왔다. 형아 2명은 도망치지 않고 태연하게 "이놈의 영감탱이 나오기만 해봐라. 확…."하고 오히려 공갈 협박을 하였다. 주인은 더는 문밖으로 나오지 못하고 "여보게 젊은이들! 씨암탉은 잡아가지 말라."고 애원한다. 어두운 밤이라 씨암탉을 구분할 수도 없는 형님들은 각각 1마리씩 닭 목덜미를 잡고 도망쳤다. 닭서리 해온 2마리를 소죽 끓이는 가마솥에 삶아서 왕소금이랑 배불리 먹었다.

이 영웅담(?)이 동네 친구들, 다른 형들에게 퍼져 나갔다. 그 이후로 형들은 밤마다 이 동네 저 동네 닭서리 하러 다녔고, 드디어 새끼 돼지까지 잡으러 다녔다. 닭은 향불 냄새를 맡으면 바로 기절하여 꼬꾸라진다는 것을 알고 난 다음부터는 닭서리 방법도 발전하였다. 당시에 남의 집의 닭, 돼지 잡아먹는 것은 도둑질(?)이라고 인식되지 않는 분위기였다.

1969년 중 1학년 때 남섭이 친구가 자기 고모 집에 돼지 새끼 서리하러 가자고 제의가 들어왔다. 나는 중학교 장학생이고, 반장이며,

육사를 꼭 들어가야 하기에 들키면, 나의 꿈이 수포가 된다는 생각에 의리의 친구 남섭이의 제의를 나답지 않게 거절했다. 남섭이 친구는 새로운 의리의 친구랑 돼지 새끼 서리를 감행했는데, 꿀꿀거리는 돼지 새끼 소리를 통제하지 못해 주인에게 들키고 말았다. 다음날 파출소에 잡혀가서 혼이 나고 난 다음 훈방되었다. 그때부터는 재미있었던 겨울밤의 닭, 돼지 서리는 도둑질(?)이라는 개념으로 바뀌면서 점점 사라져버렸다. 또한, 시골에도 시간제로 전깃불이 들어왔기에 밤에도 공부할 수 있는 여건이 조성되었다. 이후부터는 닭서리는 무용담이 되어 버렸다.

시골 산골 노부부 집에서 닭 서리했던 추억

03

어릴 적 짓궂은 장난은 무죄(?)

1) 보리쌀 훔쳐 외상값 갚았다

초등학교 앞에 문방구점에는 공책 등 학용품과 사탕, 뽑기, 빵 등 군것질할 것도 많이 있었다. 돈이 없어 학용품 구매 외에는 군것질은 할 수가 없어 외상으로 군것질을 하고 나면 1달 이내로 갚아야 한다. 상점의 주인은 '이윤규 외상값'이라고 장부에 기재하고는 1달이 되면 독촉을 했다. 당시에 눈 사탕과 팥빵은 1개 3원, 보리쌀 1되(2ℓ)가 10원이었다. 우리 집은 쌀이 풍부하지 않아 매 끼니가 거의 보리밥이었다. 보리밥 위에 약간의 쌀밥은 살짝 퍼서 할머니와 아버지만 먹을 수 있었다. 쌀 담은 작은 옹기는 조금만 손을 대도 금방 알 수 있다. 그러나 보리쌀이 담긴 큰 옹기는 손을 대도 표시가 잘 나지 않는다.

나는 이러한 대단한 진리(?)를 알고는 보리쌀 훔치는 묘안을 찾아냈다. 한 번에 두 주먹 정도로 조금씩 훔쳐서 혼자만 아는 곳에 숨겨

놓아두었다가 1되가 되면 책 보자기에 싸서 상점에 외상을 갚는 것이다. 나는 반장이었고 골목대장으로서 나를 따라다니는 친구들에게 사탕도 사 주어야 했기에 보리쌀 훔쳐 외상값 갚는 빈도도 잦았다. 나에게 어설프게 보리쌀 훔치는 기술을 배워 따라 하다가 자기 부모님께 들켜 억수로 얻어맞고 학교도 못 나온 친구도 있었다. 나는 보리쌀 훔쳐 외상값 갚는 기술을 보유한 영웅(?)으로 친구들의 부러움을 쌓기도 했다. 이제는 그마저도 그립기만 하다. 고향에 갈 때면 꼭 그 상점은 찾아본다. 60년이 지났지만, 아직도 그 모습 그대로다.

2층으로 개조된 우산초등학교 / 학교 앞의 매점은 그 자리에 그대로

2) 아이스 케키 40개 먹고 입안에 피멍

초등학교 3학년 여름방학 때다. 저 멀리서 "아이스 케키~ 아이스 케키~!"소리가 들려, 먹고파서 달려가 보았다. 그런데 부잣집 친구가

아이스 케키를 3개나 들고 먹고 있었다. 2개는 녹아서 팥물이 줄줄 흐르고 있었다. 나누어 먹자고 애원하는 나랑 남섭이 친구에게 애만 먹인다. 한 대 때리고 빼앗아 먹고 싶었지만 참았다. 남섭 친구와 나는 입맛만 다시고는 아이스 케키를 먹을 수 있는 작전을 모의했다. 아이스 케키 한 통 100개를 팔면 40원을 돌려받는다. 50개의 아이스 케키가 든 상자를 각각 어깨에 메고는 팔기 시작했다. 동네 입구에서부터 동네 끝 집까지 돌아다니면서 "아이스~ 케~키, 아이스~ 케~키."라고 외쳤다. 한 동네를 거쳤는데도 5개도 팔리지 않았다. "아이스~ 케~키, 아이스~ 케~키." 소리를 너무 많이 질러 목도 쉬고, 힘들어서 파는 것을 포기하고 외진 곳 보리밭에 앉아 버렸다. 남섭이랑은 남은 80개를 다 먹어치우기로 의기투합이 되었다. 처음 10개 정도는 맛있게 잘 먹었다. 그러나 시간이 지날수록 먹는 속도는 늦어지고, 아이스 케키가 녹아 맛이 없어졌다. 반죽을 먹는 것 같았다. 그래도 원대로 먹어보자는 오기로 다 먹었다. 각자 40개를 먹은 입안과 혓바닥은 헐고 피가 모여 통증까지 왔다. 둘은 서로의 볼때기(뺨)를 만져주면서 아픔을 달랬다. 아이스 케키는 원대로 먹었으나 공장에 60원을 반납해야 하는 것이 걱정이었다. 남섭이랑은 이 보리밭에서 보리를 비벼서 가져가기로 했다. 둘은 보리 이삭을 잡아 손으로 비비고 개키(보리 껍데기와 날카로운 끝부분)는 입바람으로 날려 보냈다. 약 1시간 동안 보리를 비빈 손바닥은 시뻘겋게 피멍이 들었다. 아이스 케키 판돈 10원과 비빈 보리 5되를 공장에 반납하였다. 공장장은 어린 두 놈의 악행을 아는지 모르는지 수고했다면서 아이스 케키 두 개와 3원씩 돈까지 다시 손에 쥐어주었다. 지금도 "아이스~ 케~키, 아이스~ 케~키." 소리만 들어도 입안이 얼떨떨해지고 온몸이 오싹해지는 기분이 든다.

3) 노천극장, 들고치기하다가 머리 깨졌다.

우리 면 소재지에 1년에 두세 번 노천 천막 영화관에서 흑백 영화가 상영되었다. 하천에 설치된 노천영화관 바닥은 돌멩이와 자갈이고, 사방은 광목으로 가린다. 영상기는 전기가 없어 발전기로 돌린다. 입장료가 5원이지만 돈이 없어 정상적으로 입장할 수 없었다. 영화관 입구에는 동네 건달 형님들도 출입구에 입장표 검사 보조역할을 한다. 동네 형님들이 가끔 눈길을 다른 곳으로 피해 준다. 그 순간 입장객 틈바구니에 끼어서 무료입장할 수 있는 행운의 기회도 있었다.

나와 친구들은 무료입장에 성공하지 못하면 들고치기를 했다. 들고치기는 노천극장 측·후방에서 감시자 몰래 영화관 광목 천막을 들고 바닥으로 침투하는 것이다. 들고치기 하다가 감시자들에게 잡히면 억수로 얻어맞는다. 들고 치기는 천막을 들어 받치고 낮은 포복으로 침투하기 때문에 곳곳에 놓인 칼 돌이나 짱돌에 부딪혀 머리(

박)이 깨지기도 한다. 우리들은 노천극장 공짜 영화관람에 실패하면 자존심이 상해서, 집에 돌아가지 않고 최후의 작전을 모의했다.

자존감이 상한 우리들은 자갈이나 모래를 한 줌씩 쥐고 발전기에 접근하여 사정없이 던져버렸다. 발전기는 '삐~익, 삐~익' 소음을 내면서 멈춘다. 영사기는 돌지 않고, 주변은 일시에 암흑천지가 됐다. 그 혼란한 틈새에 악이 오른 우리들은 막가파 전사들처럼 재침투를 시도했다. 영화사는 이러한 우리들의 막가파식 행동을 자제시키기 위해 영화가 반쯤 상영했을 때 천막을 걷어 올리고 모두가 볼 수 있게 인심을 쓰기도 했다.

글로 다 표현 못 했지만, 노천극장 영화관람 들고 치기 에피소드는 농어촌 베이비붐 세대 아재들의 무용담으로 잊지 못할 추억임이 분명하다.

4) 아줌마 눈에 맞은 새끼 자치기

가을에 추수하고 나면 마을회관 앞의 논은 모두 놀이터가 된다. '자치기'를 하기에 아주 좋은 여건이다. 마을회관 앞은 4m 폭의 비포장도로가 횡으로 가로 놓여 있어 사람들의 왕래가 잦다. 동네 아줌마들은 마을 공동우물에서 물을 퍼서 양동이에 이고 다니기도 하는 곳이기도 하다. 내 순서가 되어 힘껏 큰 자치기 대(지름 3센티, 길이

50센티 나무로 만든 몽둥이)로 새끼 자치기를 쳐서 날렸다. 그 새끼 자치기가 물동이 이고 가는 아줌마 눈덩이에 명중하였다. 아줌마가 눈을 감싸 쥐고 비명을 질렀다. 물동이는 내동댕이쳐서 쭈그러져버렸고, 아줌마 눈덩이에는 피가 흘렀다. 나는 어쩔 줄을 몰랐지만, 어른들은 용서를 해주었다.

우리집의 우측 주차장이 옛 마을회관 공터였음

자치기 / 줄 말타기 놀이

자치기를 할 공간이 부족하면 '줄 말타기'를 한다. 줄 말타기는 엎드려 말 역할을 하는 수비팀과 말 등을 타는 공격팀으로 나누어 승패를 가르는 놀이이다. 수비팀의 왕초는 담에 기대서 엎드려 있는 자기 팀의 기둥 역할을 한다. 공격팀은 높이 뛰기와 멀리뛰기 자세로 몸을 날려 수비팀 등에 최대한 앞으로 안착하여 공격팀 모두가 수비팀 등에 탈 수 있게 한다. 그리고 가위! 바위! 보! 하여 승패가 결정되고 공격과 수비가 바뀐다. 때론 멀리 높이 뛰어 방어팀의 허리에 걸터앉기 때문에 허리에 상처를 입기도 했다. 또한, 몸무게가 많이 나가는 자가 털썩 걸터앉을 때는 엎드려 있는 수비팀의 이마와 코가 깨지는 불상사도 일어나기도 했다.

5) 여학생 얼굴에 오줌 세례 사건의 공범이었다

초등학교 남자 친구들은 특기 하나씩은 다 갖고 있었다. 싸움을 잘하거나 자치기, 구슬치기, 제기 차기 등 놀이를 잘하는 친구도 있었고, 오줌 멀리 보내기 기술을 보유한 친구도 있었다. 오줌발 멀리 보내기 특기 보유자 친구가 시범을 보였다. 친구는 특기를 발휘하여 2m 화장실 벽을 넘겼다. 공교롭게도 화장실에 있던 여학생의 머리에 떨어졌다. 여학생은 기습적 세례에 놀라고 창피하여 울음을 터뜨렸다. 갑자기 범죄자(?)와 공범자로 변해버린 우리는 도망을 쳤고, 그 여학생은 담임선생님 앞에 가서 울고만 있었다. 선생님은 누구의 소행이냐고 따져 물었다. 그러나 알 리가 없다. 다만 같은 반 남학생인 줄 짐작할 뿐이다.

선생님은 범인을 색출하려고 온갖 엄포와 회유를 하였지만, 의리에 뭉친 공범들은 끝까지 의리를 지켰다. 담임선생님은 특명을 내린다. 남학생들은 별도의 지시가 있을 때까지 화장실과 쓰레기장 청소를 하라는 지시를 하였다. 나는 어느 한 명이 밀고할까 봐 걱정되었다. 모두 교무실 앞에 무릎 꿇리고 담임선생님께 잘못을 고했다. 담임선생님은 못 이기는 척하고 남학생 앞에 와서 훈시하신다. 못된 짓 한 번만 더하면 이제는 벌이 아니고 퇴교를 시키겠다고 으름장을 놓으신다. 우리는 다 같이 다시는 그런 짓 안 하겠다고 다짐하면서 모두 힘차게 "예." 하고 떠났다.

나는 오줌 세기 왕초에게 학교 앞 매점에서 눈깔사탕을 외상으로 사 주고 다음의 이벤트를 얘기하면서 집으로 갔다. 집에서는 늦게 왔다고 야단이다. 방과 후에 대청소가 있었다고 핑계 대고 부여된 소꼴 베기와 농사일의 일상으로 돌아갔다. 오줌발 왕초 친구야! 아직도 그 능력 보유하고 있는가?

6) 초등학교 졸업전야제 불장난

이러한 오줌발 얼굴 세례 무법자들은 1968년 2월 초등학교 졸업 전날 밤 또 한 번의 사고를 거하게 쳤다. 졸업전야제 파티하느라 아랫동네 왕초 노릇한 용덕이 집에 30여 명의 남녀학생이 모였다. 용덕이 집 아래 두 개의 방에 남녀학생 각각 15명 정도 나누어져 라면땅과 빵을 안주 삼아 탁사이다를 마시며 니나노로 밤을 새우고 있었다. 나랑 광열이가 막걸리를 많이 먹어서인지 졸고 있었다. 친구들은 장난을 치기 시작했다. 손발에 불침을 놓고 잠을 방해했다. 그래도 계속 잠을 자니까 최후의 수단으로 둘의 귀(?)에 나일론 낚싯줄을 감고 문고리에다가 매달아 놓았다. 그리고는 옆방에 있는 여학생에게 큰일 났다고 고함을 치며 남학생 방으로 건너오도록 하였다. 옆 방의 여학생들이 급하게 달려와 여닫이문을 힘차게 열었다. 나랑 광열이 친구의 귀(?)가 문고리에 매달린 채 끌려갔다.

여학생들은 대어(大漁)처럼 끌려온 낚싯줄에 기절초풍하였다. 나와 광열이는 끊어지지 않은 귀(?)를 만지면서 아픔을 참아야 했다. 누가 묶었는지 알 수 없어 두들겨 팰 수도 없었다. 귀(?)의 상처에 빨간 아카징키 약 바르고 통증이 가시기만을 바랬다. 그래도 헤어짐이 아쉬워 30여 명의 남녀학생은 각자 방에서 이불 하나 밑에서 하룻밤을 보내고 새벽녘에 모두 헤어졌다. 지금도 그 여학생들을 만나면 피식 웃으며 "윤규야! 너 귀(?)가 붙어 있나?"고 묻는다. 지금도 전용덕 회장과 김창호 사무국장은 반세기가 넘은 어릴 적 아름다운 추억을 재생하게 하여 친구들 노년의 행복을 찾아주고 있다. 고맙다.

2018년 8월 우산초등학교 졸업 50주년 동창회, 해삼 잡던 고현 앞바다

09

새로운 꿈길을 향하여

꿈을 이루기 위한 첫 번째 조건! 그것은 바로 '꿈을 갖는 것!' 그리고 '실천할 의지'라고 생각한다. 꿈을 현실화시키는 비전과 목표 달성을 위해서는 시간과 돈, 노력을 쏟아야 하고, 장애물이나 제한상황이 극복되는 행운도 있어야 한다.

나는 감히 말하고 싶다. 꿈을 이루는 과정에서 어려움을 만나게 된다면 좌절하지 말고 돌아가라! 고. 원래 내가 꾸었던 꿈의 진짜 의미가 무엇인지를 잊지 않는다면 '새로운 꿈길을 찾아 돌아가는 방법'을 떠올릴 것이고 분명 '자신만의 꿈을 이루게 될 것'이다.

나의 꿈은 초등학교 2학년 때 동경했던 육사, 장군이었다. 비전과 목표를 세워 꿈길을 달려왔지만 '하나회'라는 암초를 만났다. 혼신을 다해 노력하고 갖은 애를 써도 정면으로 부딪쳐 이겨 넘어가는 것은 불가능했다. 그렇다고 여기에 좌절하고 멈춰선 안 된다고 생각했다.

내가 꾸었던 꿈의 본질은 '보람찬 일을 하는 것! 존경받는 위인이 되는 것'이었다. 단지 그때 내가 아는 유일한 길이 '육사·장군'이었기에 '육사·장군'이 나의 꿈이 되버린 것이다. 이렇게 내 꿈의 본질을 이해한 상태에서 어떻게든 꿈을 이루겠다는 신념을 잃지 않고 노력하니 꿈을 이룰 수 있는 또 하나의 새로운 길이 눈앞에 열렸다. 그래서 인생의 돛 방향을 바꾸어 '새로운 길'을 찾아가고 있다.

윤동주 시인의 「새로운 길」에는 "어제도 가고 오늘도 가는 길은 어떻게 걷는가에 따라 다른 길이 된다."라는 시를 음미하고 나는 어릴 적 꿈길을 변화시킬 수 있고, 새로운 길을 찾으면 내 인생의 궁극적인 목적과 가치를 찾을 수 있다는 희망을 품게 되었다. 마침 전역하여 제2의 인생을 출발하는 시점이었기에, 어릴 적 꿈길에 마침표를 찍고 새로운 길에 도전을 시작하기에 딱 좋았다.

01

만드는 꿈길을 아름다운 삶의 여정으로 바꾸다

1) 국방대학교 합참대 교수가 되다

나는 501여단장이라는 마지막 군 지휘관 생활을 끝내고 새로운 길을 위해 또 다른 보직을 찾아야 했다. 이제 야전에서 더는 경험해야 하는 직책도 없고, 향후 5년이면 계급 정년으로 전역을 해야 하기에 인생 제2막을 준비하는 곳으로 가고 싶었다. 그곳이 바로 내가 꿈길에서 암초에 부딪혔을 때 다시 도전할 기회가 되었던 국방대학교 합동참모대학 교수직이었다.

합동참모대학 교수 보직에 13명의 희망자가 있었지만 운 좋게 내가 선발되었다. 나는 합참대 교수로 선발된 후, 우수 교수와 많은 인적네트워크를 형성하는 2가지 목표를 세웠다. 인적네트워크형성을 위해서는 주 3일 정도는 회식 자리를 마련하여 스킨십을 강화하였다. 우수교수가 되기 위해서는 공휴일에 무조건 연구실에 출근하여 연구에 매진했다. 연구실에 전자레인지와 부르스타를 비치하고 라면으로 점심을 해결하면서 연구에 몰두하였다. 그 결과 합참대 교수업적 평가에서 5회에 걸쳐 최우수 교수로 평가받을 수 있었고, 회식비용을 마련하였다.

또한 합참대 9개 기수(합참대 16기~ 24기) 학생 1,100여 명의 제자들과 인적네트워크를 형성하였으며, 교수들과의 친목 모임으로 합동회·합작회를 주도하고 있다. 앞으로는 합참대 출신 장교의 위상과 보직·진급에서 정당한 대우와 친목 도모를 위해 합참대 총동창회를 결성할 계획이다.

합참대 교수로 지낸 9년간의 세월은 그 어느 때보다 보람찼을 뿐 아니라 즐거웠다. 무엇보다도 새로운 2막을 시작하는 데 있어 소중한 토대를 다졌던 때였다.

2) 보람·가치 있는 새로운 여정 KIMA

인생 2막은 즐겁고 보람 있는, 그리고 조금은 여유가 있어야 롱런할 수 있다는 생각이 들어 또 다른 길을 찾고 있을 때, 국방부 산하 '재단법인 한국군사문제연구원(KIMA)'에 근무할 수 있느냐는 요청이 들어왔다. 나는 특별한 채용과정 없이 추천으로만 선발되는 줄 알았는데. 가겠다고 의사 표현을 하자 "3단계의 시험절차가 있다."고 알려왔다. 나는 서류심사와 3차 면접까지 치르면서 10여 명의 후보자 중 최종 1명으로 선발되어 기획홍보실장으로 임명되었다.

하는 일 또한 보람 있고 즐거웠다. 즉, 연구원의 비전과 중장기 발전계획을 수립하고, 안보·국방·군사 이슈에 대해 전문가를 초청하여 매달 KIMA 정책 포럼을 계획, 준비 및 진행, 적시적인 안보 이슈를「KIMA 미디어」로 제작하여 유튜브 등 SNS 등에 게시하는 업무, 연구원의 기관지 성격의「월간KIMA」와 반기 단위「KIMA정책연구」 발간, 그리고「KIMA국방정책세미나」를 기획하고 준비, 홈페이지 운용 및 각종 매체 홍보를 지도 감독하는 업무이다.

매월「KIMA포럼」개최 / 수시「KIMA 미디어」촬영:유튜브

이러한 업무를 수행하면서 사회 저명인사와 접촉할 기회가 많이 있었기에 안보 전문가들과 인맥을 형성할 수 있었다. 만 66세가 넘었는데도 하고 싶은 분야에 근무 및 연구 할 기회가 주어져 행복하고, 허남성·김열수 박사 등 훌륭한 선배님들과 같이 근무할 수 있어 영광스럽다.

나에게 한국군사문제연구원에 근무할 기회를 주신 이명구(육사 #29) 원장, 편한 마음으로 마음껏 능력을 발휘하게 해주신 오창환(공사 #25) 원장, 군 선배가 참모로서 근무함으로써 원장으로서 불편한 입장임에도 불구하고 연장 근무를 할 수 있도록 배려해 주신 박재복(공사 #29) 원장께 감사한 마음을 간직하고 있다. 지금도 보람되고 가치 있고 즐거운 시간을 보내는 새로운 길에서 행복을 느낀다.

「월간KIMA」 / 반기「KIMA 정책연구」.

02

재화의 본질과 인간의 삶에 대한 새로운 인식

1) 경제활동과 재화에 대한 공부를 하다

나는 새로운 여정을 출발하면서 군생활 동안 오해하고 금기시했던 '재화와 경제활동'에 대해 새롭게 인식하게 됐다. 그동안 나는 재화에 대해 무관심했고, 재테크 등은 부도덕한 것이라고 인식했다.

인간이 행복하기 위해서는 적절한 경제활동과 적당한 재화가 필수불가결한 요소라고 말하는 학자들이 더 많다. '인간의 행복도'에 대한 여러 조사에서 "꼭 일을 할 필요가 없는 사람보다 꼭 일을 해야 하는 사람들의 행복도가 오히려 더 높다."는 결과를 보았다. 정당한 경제활동 자체가 인간 행복의 한 가지 요소이기도 하다는 뜻이다. 그래서 '정당한 방법으로 부자가 되는 과정과 부자인 것' 역시 행복을 추구하는 길이고 '인생에서 승부를 걸만한 가치 있는 삶의 과정.'

이라 말할 수 있다.

'재화를 형성하고 유지하는 것은 삶과 함께하는 긴 여정이다.' 그래서 이 사회에서 성숙한 어른, 사회를 이끄는 지도자가 되려면 '재화의 형성과 관리에 대한 지식을 배우고 터득해야 하는 것'이다. 나는 이런 평범하고 가장 기초적인 지식을 인생 2막을 새롭게 시작하면서 알게 됐는데 지금이라도 알게 돼서 다행이라 여기며 열심히 공부하고 노력하고 있다. '가장 늦었다고 생각할 때가 가장 빠른 시기'라고 하지 않는가?

나의 고교 김송이 친구는 AI, 빅데이터, Bio Infomatics 분야를 융합한 기술로 국내 및 해외(ODA/PPP)사업과 의료·보건 및 국방 AI/빅데이터 체계 등에서 '컨설팅 레전더'라는 인정을 받으면서, 돈도 벌고, 성취감도 느끼는 행복한 노년의 삶을 지속하고 있다. 나는 친구의 삶으로부터 감동과 배움에 대한 새로운 동기유발을 갖게 되었다.

나는 재화와 경제활동에 새로운 인식으로 배움의 길을 찾았다. 내가 찾은 곳은 '꿈을 파는 상인'이라는 주제로 강의하는 곳이었다. 강사는 수요와 공급의 법칙이 적용되지 않는 세계 최초의 미래형 융합 온라인 쇼핑몰로 소비혁명을 만드는 꿈을 가지고 있었다. 나는 강사의 신기한 경제이론과 미래 소비 트렌드, 블록체인 강의에 공감하면서 신기한 경제활동과 재화의 세계에 대해 더 알고 싶었다. 그래서 4차 산업혁명, 플랫폼 관련 전문서적 20여 권을 구독하여 관련된 지식을 터득했다. 관련 서적에서 획득한 이론적 근거와 5년 동안 들었던 강의 결과를 종합정리하여 가칭『플랫폼과 암호화폐』집필에 도전하여 초고를 완성했다. 나는 꿈을 버리지 않고 있다. 파란만장한 80년을 산 서산 김해동 형님의 청춘 희망과 성공의 꿈을 꼭 이루겠다는 집념의 사나이 김지성을 생각하며 '꿈은 이루어지는 것이 아니고 자신이 만들어가는 것'이라는 신념으로 경제활동과 재화에 관련된 연구를 계속하고 있다.

2) 제2 인생의 꿈길

대한민국 임시정부 2대 임시의정원 의장 손정도 목사님은 "비단은 없어도 살 수 있지만, 걸레는 하루도 없으면 살 수 없다. 그러니 나는 기꺼이 우리 민족을 위한 걸레가 되겠다."라는 걸레 정신과 " 서로 살리는" 상생의 호조(互助)정신을 구현할 HOJO 그룹의 온·오프라인 플랫폼 캐시 쿡(Cash Cook), 니즈클리어(Needs Clear), 바자로(BAZARO)가 곧 태생할 것이다. 나는 HOJO그룹에서 제2 인생의 꿈! 즉, '베풀고, 서로 나누며, 상대가 꿈을 이루도록 도와주는 조력자'로 살고자 노력한 '인간 이윤규' 꿈을 만들어 갈 것이다.

그 첫 번째가 5,600원으로 시작한 '화랑장학회'를 '베푸는 것이 결코 성대하거나 거창한 것이 아니라 누구나 선뜻 실천할 수 있는 사랑'이라는 점을 사람들이 깨닫고 실천할 수 있도록 하는 것이다.

두 번째는 '사람이 좋다~, 기분 좋은 사람 이윤규'을 형상화 한 '휴먼뱅크의 창립'이다. 내가 꾸었던 꿈, 꿈을 이뤄가는 사람들의 조력자로서 달려온 길, 내가 행복했던 때를 모두 종합한 한마디가 바로 '사람'이다. 주변의 사람들도 모두 좋은 사람이 되었으면 하는 마음에 어떤 도움이든 마다하지 않겠다고 다짐해 왔었다. 이제 그 마음을 '휴먼뱅크'를 설립해서 내 주변의 사람들뿐만이 아니라 지구촌 모두가 서로 '좋~은 사람! 사람이 좋~다!'를 외치도록 하고 싶다.

그리고 세 번째 꿈은 '합동참모대학 총동창회' 창립이다. 미래전장은 지·해·공·우주·사이버 공간 등 다양한 영역에서 전투력의 융합·합동성이 절실히 요구되고 있으며, 그 교육기관이 합동참모대학이다. 그럼에도 불구하고 합동참모대학 졸업자에 대한 정당한 대우, 즉, 진급 및 인사관리에서 소외되는 경우가 대단히 많다. 이것은 합동참모대학의 위상을 대변해 줄 수 있는 '백그라운드'가 없기 때문이다. 따라서 합동참모대학 출신의 능력과 위상에 맞는 '대변 및 백그라운드'로서 역할과 합동참모대학 졸업자들의 '소통의 장'을 마련하기 위해 총동창회를 창립하고자 한다. 사실 2014년에 합참대 총동창회를 창립하기 위한 준비모임을 주도해 왔으나, 재정적 문제 등으로 보류된 상태이다. 더 늦기 전에 합참대 선배·후배들이 함께 모여 말과 글로 다 못 전하는 감동과 삶의 지혜, 그리고 소회들을 풀 자리를 마련하고 싶다.

이렇게 내가 꾸는 꿈을 모두 이루는 날! 기분 좋은 사람! 인간 이윤규는 또다시 제3막의 인생을 준비하여 세상 떠나는 마지막 날마저도 "기분 좋~다!"를 외칠 것이다.

매주 관악산에서 힐링과 꿈길을 위한 도전의지를 불태운다.

03

역대 대통령 관련 일화들

나는 역대 대통령들을 만나고 가까이 또는 먼 발치에서 겪으면서 인간은 정말 다양성의 종합체라는 점을 뼈저리게 느꼈고, 통치자, 상사, 그리고 같은 공간에서 생활하는 인간적인 면모까지 다양한 모습의 대통령들을 보고 느끼게 됐고 시국에 대한 내적 갈등도 다른 사람들보다 더 극심하게 겪었다.

실제로 대부분 군인들이 겪는 가장 큰 내적 갈등은 아마도 '국군통치권자'의 명령과 결심에 어디까지 복종해야 하는가 하는 고민일 것이다.

하지만 이런 문제를 떠나 인간 대 인간으로 보았을 때 내가 겪은 역대 대통령들은 각자의 개성이 너무도 뚜렷했다. 그리고 역사적으로 받는 평가와 개인 대 개인으로 만난 사람들의 평가에서도 그 개성의 차이가 확실히 두드러졌던 것 같다.

누구에게나 처음은 특별하듯이 '박정희 대통령'은 내가 처음으로 본 대통령이라는 점에서 잊을 수 없는 대통령이다.

더군다나 대한민국의 50년대생들이 대부분 그렇듯이 나 역시 박정희 대통령의 카리스마와 새마을 운동 및 경제발전에 대한 업적이 매우 특별하다는 데 공감하고 있다.

박정희 대통령을 처음 만나게 된 것은 1977년 1월 31일, 아들 박지만 군의 육사 입교 행사에 오셨을 때였다. 나는 육사 2초소에서 박지만 군을 인솔해 교정으로 데려갔는데 당시 아들을 보내는 박정희 대통령의 모습이 여느 아버지와 다를 바 없어서 참으로 인상적이었다.

당시 함께 왔던 박근혜 양 역시 막내 동생을 입대시키는 큰 누나의 안타까워하는 심정이 여실히 보였다. 대통령 가족들도 보통 사람들과 마찬가지구나 하는 생각에 '사람은 다 똑같다.'라는 걸 실감했다. 대통령 아들이라고 특별하게 대접하지 말라고 말만 하는 것이 아니라 본인 스스로가 육사 기본 룰을 지키고 보통의 아버지들과 똑같이 초소에서 아들을 입교시키는 모습에서 나는 큰 감명을 받았다.

그 뒤로 나는 1977년 5월에 박정희 대통령과 인연을 가지게 됐는데 바로 태릉 골프장에서였다. 당시 육사 골프부장 생도로서 나는 태릉 골프장에 온 박정희 대통령의 상대를 하게 됐다. 긴장해서 잘치지 못하는 나를 격려해주시던 모습이 마음에 깊이 각인됐다.

그리고 1978년 3월 28일 육사 졸업식 때 대통령과 영애로 참석한 박근혜 양으로부터 졸업 축하와 격려 악수를 받기까지 육사 생도 시절 나는 박정희 대통령과 3번 만난 인연이 있는데 지금도 그 순간들을 바로 엊그제 일처럼 떠올릴 수 있을 정도로 선명하다.

아마도 내가 박정희 대통령을 진정 훌륭한 국가지도자로서, 군의 선배로서 존경하고 있다는 점도 크게 작용했을 것이다.

평소 텔레비전을 통해서 봤던 박정희 대통령의 카리스마는 검은 선글라스 때문이 아니라, 이런 인간적인 모습들도 더해져서 자연스럽게 전해졌던 것 같다고 생각했다. 나도 내면에서부터 카리스마가 뿜어져 나오는 위인이 되겠다고 다짐했다.

전두환 대통령과는 참으로 긴 인연이 있다. 처음 만난 것이 1978년 GP장 교대신고때 눈을 부릅뜨고 눈물을 흘리며 훈시를 들어야 했고, 격려금도 받았다. 전두환 장군이 국보위 위원장이 되어 1사단 연병장에서 예비역 대장으로 셀프전역식을 할 때 내가 행사 요원으로 참석하여 환송할 때도 뵈었는데 그때는 그게 마지막 만남이 될 줄 알았다. 하지만 나는 1987년 6.29선언 이후 청와대 종합상황실 작전과장으로 선발돼 8개월 동안 근무하면서 격동의 순간에 경호경비 임무를 수행하게 됐다.

그 이후 다시 전두환 대통령을 다시 보게 된 것은 무려 20여 년이나 지난 2001년이었다. 당시 나는 영천에서 연대장을 하고 있을 때였기에 장세동 경호실장 등 수행원들과 경주지역에 왔을 때 포항까지 수행하게 됐다.

군대에서 군인의 입장에서 본 전두환 장군은 부하들의 특기와 개성을 잘 알아서 존중해주고 그 결과에 대한 책임은 지휘관인 본인이 지는 멋진 지휘관이었다. 또한, 군인답게 화끈하고 결단력 있는 데다

위기 때 더욱 빛을 발하는 스타일은 나의 동경의 대상이었다. 그런데 그런 부분들이 대통령이 되는 과정과 통치스타일에서는 장단점으로 반영돼 극단적인 평가를 받게 되는 것 같다. 대통령 재임 시절엔 해당 분야에서 최고 전문가를 장관으로 발탁하고 소신껏 업무를 하게 하여, 경제와 물가 정책에서 성공했지만, 12.12와 광주 민주화 운동 진압문제 등에서 많은 지탄을 받고 있으니 말이다. 잘못된 통치에 대해 진솔하고 통절한 반성과 사과가 있고, 잘한 분야에 대해서는 그 업적을 인정받는 대한민국 대통령으로서 기억되기를 기대해본다.

노태우 대통령과는 청와대 종합상황실 작전과장으로 2년 반 근무한 인연이다. 대통령 당선 후 보통대통령 공약사항이었던 '청와대 앞길 개방'과 현재의 청와대 건물 신축 시 경호경비 공약실현을 위한 출입문 및 경비시설 설계에 참여하였다. 후일담이지만 2005~2006년 대구 501여단장 근무 시는 동구 주민들로부터 팔공산 중턱에 있는 노태우 대통령 본가 관리와 복층 아파트 생활상에 관한 얘기를 듣곤 했다. 여하튼 노태우 대통령은 국민의 인식대로 온유한 이미지로 강력한 리더십이나 카리스마를 말하는 사람은 없는 것 같다.

김영삼 대통령과는 직접적인 인연은 없었지만 아마도 대부분의 국민이 'IMF 시기를 초래했다.'라는 점에 대해 마이너스 점수를 주는 것 같다. 나 역시 김영삼 대통령이 대통령 재임 기간에 경제 및 안보, 남북관계 발전보다 군부 길들이기 차원에 더 역점을 둔 것으로 생각한다. 만일 국가발전과 경제문제에 통치 역량을 쏟았더라면

IMF라는 국란을 막을 수 있지 않았을까 하는 아쉬움이 있다. 그러나 김영삼 대통령의 민주화 운동과 불의에 대한 저항 등은 나 역시 높이 평가하는데 만일 내가 정치를 했더라면 김영삼 대통령의 저항 정신과 언행을 추종했을 것이다.

김대중 대통령은 햇볕정책과 남북정상회담에 대한 심리전략 차원에서 긍정적인 평가를 하고 있다. 김대중 대통령이 취임 당시 북한은 고난의 행군으로 최악의 상황이었다. 만약 전쟁이나 급변사태로 인해 북한 주민이 대규모로 탈북 남하하는 상황이 되면 IMF 사태로 대량실업자가 발생한 상황에서 남한 사회 역시 공황상태가 되어 더 견딜 여력이 없었을 것이다. 아니면 국제정세 속에서 북한은 중국이나 러시아의 직접적인 영향력 아래로 흡수되었을 것이 분명하다. 이런 위기상황에서 '햇볕정책'과 '남북정상회담'은 시의적절한 정책이고 국가전략이라고 생각한다.

내가 37사단 참모장으로 근무 시 사단장은 김대중 대통령 아들과 동문이었다. 덕분인지 몰라도 법정관리 대상이었던 대우조선과 자매결연을 맺게 하여 대통령 표창 부대 탑 설치 등 많은 기부금도 받을 수 있었다. 또한, 2000년 여름 심각한 가뭄이 있었을 때 대통령 가뭄 현장 순시 지역을 우리 37사단 관할 지역인 증평으로 선정하여 대통령 격려금도 받을 수 있었다.

노무현 대통령과도 아무런 인연이 없으나 우리 집이 권영숙 여사의 고향과 인접해 있었기에 나는 권여사 부친 권오석 노인의 6.25 전쟁 시 일어났던 일들과 노무현 대통령과 만난 얘기를 집안 형님들로부터 구체적으로 들었다. 하지만 나는 노무현 대통령의 성장환경이나 기존 사회질서에 대한 혁신 의지, 불의에 대한 저항심, '계급장 떼고 치열하게 논쟁해보자.'라는 오픈 마인드와 소통하는 낮은 자세로서의 리더십에 대해서는 긍정적으로 인식한다.

이명박 대통령은 내가 501여단장 시절에 창군 최초 여성예비군 1,100명을 창설한 것에 대한 격려로 김병예 여성연대장을 청와대 오찬에 초청하여 격려하였고, 국방부 장관에게 전국에 '여성예비군 창설'을 권장하도록 한 것에 대해 감사하게 생각하고 있다. 그러나 천안함 피침 시 통치권자로서 적시·적절한 의사결정을 못했기에 국가위기관리 조치능력이 아쉬웠다.

박근혜 대통령과는 긴 세월 동안 특별한 인연이 이어졌는데 육사생도 시절 외에도 한나라 당 대표 때와 대통령 후보 시절에 직·간접 접촉이 있었다. 나는 대령 전역한 후 박근혜 대표의 대통령 공약 중 국방 과제 분야 관련 모임에 초청받았다. 국방과제에 대한 자료를 작성하고 선별하는 데 도움을 달라는 것이었다, 대통령 선거 1년 전에 작성한 과제에 대해 열린 설명회에서 당시 박근혜 대표를 만났다. 그때 무슨 이야기 끝에 헤어스타일에 관한 질문을 하게 됐다. "대표님, 왜 머리를 많이 깎아버렸습니까?"라는 질문에 "어떻게 알아요?"라는 답이 돌아왔다. "아, 예~, 박 대표님이 늘 육영수 여사님처럼 고대하여 쪽 뻗은 머리 모양을 좋아했기에 기억하고 있습니다."라는 평범한 대화가 이어졌는데 뜻밖에 그 자리는 웃음바다가 되고 말았다. 나는 의식하지 못했지만, 여성의 머리는 "깎는다."다가 아니고 "자른다."라고 말해야 하는데 내가 군대용어에 익숙해져서 그만 '깎는다.'라고 했기 때문이었다. 다들 한바탕 웃고 나자 분위기가 일순 편안하게 바뀌어 각자 맡은 과제에 대해 다들 허심탄회하게 보고할 수 있었던 것 같다. 나는 내 관심 분야인 남북한 심리전에 관한 얘기를 했다. 특히 북한의 사이버 심리전이 심각해서 이를 차단해야 한다는 점을 설파했다. 박 대표 역시 그 심각성을 인지하고 "심각하군요, 왕재산 간첩 사건도 사이버 심리전하고 관계가 있죠? 잘 알겠습니다."라고 관심을 보였다. 박근혜 대통령 시절에 대북심리전으로 대북압박을 강하게 한 것도 이러한 영향이 있었을 것으로 생각한다.

나는 박근혜 대통령을 지지했지만, 재임 기간에 국정 운영 스타일을 보고 뭔가 잘못되고 있다는 것을 일찍이 감지했다. 대통령은 자기 인맥이나 같은 정파보다 반대파 또는 정적과의 소통이 더 중요하다. 정치 9단이라고 했던 김대중·김영삼 대통령, 심지어 독재자라 비난받던 박정희·전두환 대통령도 반대 목소리를 듣거나, 야당 대표들의 탈출구를 마련해 주는 소통의 자리를 마련한 것으로 들었다. 그런데 박근혜 대통령은 공식적인 행사와 회의 외는 정치인과 개별 만남이 거의 없었다는 것이 문제였다. 실례로 대통령 당선에 일등공신이었던 분도 한 번도 만나지 못했다고 토로하는 것을 보고 걱정이 더 커졌다. 충언이든 고언이든 주위에 제대로 이야기를 하고 들어 줄 충신이 없다면 어려움이 닥쳤을 때 잘 헤쳐 나갈 수 없기 때문이다. 결국, 탄핵이라는 비운을 맞게 되어 안타까울 뿐이다.

2016년 시국과 관련하여 태극기 집회와 촛불집회가 극단으로 치닫고 있을 때, 기무사에서 작성한 계엄령 문건에 대해서 문재인 대통령이 외국 순방 중에 "계엄령 문건 관련 특별 조사본부를 구성해서 조사하라."라는 지시를 한 바 있다. 이에 대해 2018년 7월 31일 자 조선일보에 "0.01% 위험도 대비하는 게 軍의 본분이다."라는 주제로 대통령 발언을 비판한 글을 기고한 바 있다. 이 기고문에 대해 군 선후배들과 지인으로부터 용기 있고 지당한 비판이라고 많은 격려를 받았다. 대통령의 특별 지시로 105일 동안 204명을 조사했지만, 국방부 보통군사법원에서 전원 무죄를 받았다. 따라서 계엄령 문건 관련하여 '친위 쿠데타', '무력진압' 등의 의혹은 사실이 아님이 밝혀졌다. 그러나 군은 이 계엄령 문건 때문에 국민의 군대로서 명예에 많은 손상을 입었다. 누가 어떻게 그 훼손된 군대의 명예를 보장할 것인가?

통치권자는 위기나 어려운 정책을 결정할 때, 지지세력만을 지키기 위해, 또는 모든 국민에게 지지를 얻기 위해 결심을 미루는 것보다는 비판을 감수하더라도 오직 국민안녕과 국가발전을 위한 것이라면 적시적 의사결정과 과감한 추진력의 리더십이 필요하다고 본다.

나라의 녹을 받으며 지내온 세월이 많다 보니 많은 대통령들을 직간접적으로 겪게 됐다. 모두 일국의 통치자로 우뚝 선 분들이니 본받을만한 비상한 점들도 많았지만, 한편으로는 인간적인 면이나 아쉬움을 느끼는 부분들도 많았다.

그래서 모든 대통령들이 과장되게 욕을 먹거나 영웅시되는 점들이 안타깝다. 우리 국민이 냉철하게 우리 대통령들에 대해 잘한 업적은 칭송하고 잘못에 대해서는 가차없이 비판하는 날이 빨리 오면 좋겠다.

제대로 된 평가가 있어야 제대로 발전하고 우리가 자랑스러워할 대통령이 더 많이 탄생하지 않겠는가?

04

행복, 휴일, 가족 포기할 수 있으나, 돈은 없어

2018년 4월에 고향 선배로부터 전화가 왔다. 다음 해 총선 준비에 대한 일이란다. 나는 갑자기 듣는 얘기라 시간을 갖고 생각을 해보겠다고 하였다. 선배의 얘기는 향우회나 중학교 총동창회에서 지역 기반이 있는 이윤규를 밀자는 여론이 형성되었다는 것이다. 문제는 당의 공천을 받기 위해 경선준비를 해야 한다는 말이었다.

나는 꿈에도 생각지 못했던 제안이었기에 일단 생각해보겠다고 답했다. 그리고 여러 경로로 의견을 수렴하였다. 우선 당의 인재영입책임자에게 연락해 궁금한 점을 물어보았다. 그는 나에게 전 세대를 아우르는 소통에 관해 이야기해주었다. 이후로 국회의원보좌관과 당 두뇌집단의 정책위원장을 만났다. 그들의 공통된 이야기는 "정치에 혐오나 싫증을 극복할 마음의 준비가 되어 있느냐? 인생의 행복, 휴일, 가정을 포기할 수 있느냐? 경선 준비금이 있느냐? 모두가 긍정이면 도전할 수 있다."라고 했고, 도전한다면 선거 준비와 선거 컨설팅을 해주겠다는 것이었다. 나는 다른 것은 몰라도 가정을 포기하고 경선 준비금을 확보할 자신이 없었다.

그리고, 고향을 비롯한 내 주변의 모든 이들이 나를 지지해줄 것이라고 말을 하지만 나는 자기 확신이 없었기에 나를 추천해준 선배에게 사실대로 얘기했다. 이 에피소드를 통해서 나는 나를 아는 많은 사람들이 나의 미래와 정치를 연관지어 생각하고 있다는 것을 알게 됐다. 과거 선동적 기질, 화랑장학회 운용, 청와대 근무경험, 다방면의 많은 인적네트워크 등을 고려해 볼 때 내가 꼭 정치할 사람으로 인식됐다는 것이다. 그분들은 지금도 나에게 정치의 꿈을 펼치라고 늘 격려하고 있다.

하지만 나는 지역구민만을 위해 열심히 뛰기보다는 나의 도전의식과 모험·청년 에너지를 보다 크고 넓은 세상 전체에 펼치고 싶다는 큰 욕심이 있기에 내 인생의 방향타를 다른 쪽으로 돌렸다. 보다 가치 있고 행복한 삶의 방향으로 말이다. 가자! 기분 좋게 그곳으로….

05

교훈도 얻고 메시지도 남기다

나는 65년의 기억을 재생하여 기록하면서 나의 인생로를 되돌아볼 수 있었고, 남은 인생을 어떻게 살 것인가도 대해서도 많이 느꼈다. 집필을 끝내고 다음과 같은 교훈을 얻었고, 메시지를 남기고 싶다.

첫째, 행복한 삶을 살고 있다고 자위하고 있다. 유년기 어려웠던 생활상과 짓궂은 장난, 5번의 구사일생, 군내 하나회로서 좌천의 서러움 등 부정적인 경험 등이 많았지만, 모두 긍정적으로 받아들이고, 아름다운 추억으로 재생되어 참 행복하다.

둘째, 나는 상당히 이기적인 삶을 살았다는 고백을 하게 된다. 어릴 적부터 나의 꿈을 실현하겠다는 야망으로 나의 삶에만 열중한 나머지 부모, 형제, 가족의 삶에 대해서는 너무 무관심하였고, 배려가 없었다. 인간이나 동물이 생을 마감할 때면 반드시 자기가 태어난 곳으로 다시 찾는다는 '회귀본능' 때문일까? 나이가 들고 보니 "그때 좀 더 잘할 걸…"이라는 아쉬움이 많아진다. 그래서 더욱더 내가 생을 마감할 때는, "좀 더 잘해줄 걸, 양보할 걸, 사랑할 걸, 베풀걸." 대신에 "행복했다. 감사하다. 잘 살다 간다."라고 말할 수 있도록 노력하고자 한다.

셋째, "꿈은 이루어지는 것이 아니고 자신이 만들어가는 것이다."라는 점을 강조하고 싶다. 꿈을 만들기 위해서는 꿈의 비전을 설정하고, 로드맵을 만들어 실천하고 있다는 것을 공개하는 것이 중요하다. 나는 출퇴근 시간, 건강관리 로드맵, 연구계획까지 지인들에게 카톡, 밴드 등 SNS에 일부러 공개한다. 이렇게 꿈을 향한 실천 과정을 공개함으로써 나 스스로 족쇄를 만든다. 내가 만든 족쇄에 실천하고 있다는 신뢰를 주기 위해 억지라도 실천할 수밖에 없기 때문이다.

넷째, 인간관계에서 '진실한 자기 노출(OPEN MIND)'이 중요하다는 것을 체험하고 있다. 나는 눈도 매섭고, 날카롭고 무서운 얼굴형이기 때문에 처음 만날 땐 쉽게 접근할 수 없는 인상이라는 말을 듣곤 한다. 그러나 나를 알고 있는 지인들은 연구대상 인물이라고 얘기를 한다. 인간관계에서 능력과 성격, 도움보다는 신뢰가 중요한 요소라고 생각된다. 자기 노출을 한다는 것은 상대에게 신뢰한다는 신호를 보내는 것이다. 자신을 신뢰한다고 신호를 받았으니 당연히 답신이 오게 되어 있다. 상대도 오픈하면서 소통과 공감이 되고 자연스레 서로의 장단점을 공유함으로써 동질감을 형성하게 된다.

다섯 번째, 민관군의 통합 혹은 합동 마인드의 중요성에 대한 인식이다. 군대는 평시 전쟁 억제와 전쟁 시 승리하는 것이 기본임무이다. 이 기본임무는 군부대나 군인으로만 가능하지 않다. 모든 것이 민관의 지원과 협조 없이는 불가능한 것임은 전쟁사에서 교훈이다. 따라서 군인들은 민간·공직사회의 본질과 특성을 잘 이해하고, 접근해서 협조체제를 유지하고 나아가서 신뢰를 구축하는 능력을 갖추어야 한다.

여섯 번째, 행복한 노년은 끝없는 배움에서도 찾을 수 있다고 본다. 나는 60세부터 경제이론, 돈의 법칙, 4차 산업혁명, 플랫폼과 암호 화폐 등 그동안 전혀 접해보지 못했던 분야에 대해 수강하였고, 전문서적도 많이 읽고 있다. 그 결과, '학이시습지 불역열호야(學而時習之不亦說乎)'라는 기쁨과 삶의 행복감을 느끼고 있다. 배움은 노인의 가난, 질병, 외로움의 3苦를 극복할 수 있고, 노년의 행복과 만족감을 찾는 가장 현실적이고 바람직한 길이라고 생각된다.

일곱 번째, 인생에서 제일 중요한 것은 만남이라고 생각된다. 독일의 문학자 한스 카롯사는 "인생은 너와 나의 만남이다."라고 했듯이 인간은 만남의 존재이고, 산다는 것은 만난다는 것이다. 나의 「제멋대로와 천사」의 내용도 모두 만남의 스토리이다. 인간은 사회적 존재로서 만남을 피할 수 없다. 다만 누구를 만나느냐에 따라 인생의 성패와 불행과 행복이 결정된다. 만남의 판단과 선택할 수 있는 능력은 경륜이 많은 스승이나 멘토로부터, 혹은 많은 만남을 통해 스스로 터득하거나 독서나 지인들에게서 듣는 간접경험이 좋은 방안이라고 생각된다.

여덟 번째, 경제활동의 바른 의미를 깨닫게 됐다. 경제활동은 인간이 사회를 이루고 사는 한 필수불가결한 요소이며 행복한 생활을 위한 필요충분요소라는 점이다. 돈은 행복과 직결된다. 부당한 돈을 추구하면 지옥의 나락으로 떨어지고 정당하게 얻은 돈은 보다 풍요로운 행복을 선사해준다고 생각된다.

아홉 번째, 4차 산업혁명시대에 적응하기 위해 생산과 소비의 패러다임 변화를 이해해야 한다. 4차 산업혁명 시대는 만든 물건을 파는 것이 아니고 팔릴 물건을 만들어야 한다는 것이고, 또 생산 혁명 시대에서 통했던 "아껴야 산다."에서 "잘 써야 잘 산다."로 변하고 있다. 4차 산업혁명은 소비혁명 시대로서 쇼핑은 기존의 '가성비(價性費)'보다는 구매자가 즐겁고 심리적으로 만족하는 '가심비(價心費)'로 변화되고 있다. 또한 '소비가 소득이다.'라는 융복합 마켓, 그다지 많은 노력이 필요 않으면서 정기적으로 받는 수입 '패시브인컴(passive income)' 등을 이해해야 4차 산업혁명 시대의 변화무쌍한 경제사회에 적응할 수 있을 것이다.

열 번째, IT 시대에 플랫폼(Platform) 비즈니스의 진면목을 알아야 한다. IT 시대는 온·오프라인이 연결되어 수많은 사람의 접촉과 교류가 이루어지고 있다. 그래서 IT 시대의 플랫폼은 유·무형의 공간에서 사람이 모이고 이용할 수 있는 영역을 의미한다. 따라서 사람과 돈, 기업, 국가도 하나의 플랫폼 영역이라고 할 수 있다. 4차 산업혁명 시대는 플랫폼을 알아야 변화무쌍한 경제사회에 소외되지 않을 것이다. 카카오, 네이버, 구글, 유튜브, 페이스북 등 전형적인 플랫폼 기업들은 자체의 콘텐츠와 상품과 기술보다 참여자의 심리를 이용하여 사람끼리의 정보를 공유하게 하는 것이 핵심이다. 아울러 블록체인과 디지털 화폐 등을 이해해야만 미래사회의 변화에 적응할 수 있을 것이다.

열한 번째, 이념과 가치관에 함몰되어 불행을 자초해서는 안 되겠다는 생각이다. 나는 6.29 선언 때의 시위 군중 속에 합류한 경험이 있고, 태극기 집회와 촛불집회 절정을 이룰 때 양쪽 집회를 참가하였으며, 광우병 파동 때에도 현장에 있었다. 이 극단의 집회들은 실체적 진실보다는 이념 대결로서 상대에게 승리만을 추구하는 전투현장 같았다. 이념 갈등의 현장에서는 합리성, 보편성, 진실, 타협, 이해심 등은 찾아볼 수 없었다. 이념 갈등 출발은 정권이나, 표심을 쟁탈하기 위한 정치인들의 무한 경쟁의 수단이라고 생각된다. 정치권이 이념적 문제를 해결하지 못하더라도 개개인은 해결할 방안이 있다고 생각된다. 내가 보수성향이지만 진보성향의 전문가를 접하고는 내 생각이 많이 변화되었고, 그들의 생각을 이해하고 때로는 공감도 하게 되었고, 내 마음도 한결 평온해졌다. 결국, 모두가 추구하는 목적은 같다. 단지 그 과정과 수단에 대한 개념과 가치관의 차이가 있을 뿐이다. 따라서 서로의 장점을 수용하고, 공통점에서 타협하고, 상충되는 단점은 서로 양보하면 이념충돌의 부작용을 최소화할 수 있다고 생각된다.

끝내면서

에필로그

『제멋대로와 천사』 기록의 목적은 내 삶의 향기를 남기고, 손자에게 할아버지의 삶을 알려 기억되도록 하고 싶었다. 그러나 글을 끝내고 나니 집필목적 이상으로 많은 것을 얻게 되었다. 지금 너무 홀가분하고 기분이 좋다. 강한 자존감도 생겼다. 3년 동안 일요일에 연구실로 출근하여 기억의 창을 더듬어 글을 쓰는 순간순간에도 너무 즐거웠다. 비록 어린 시절 잘못된 언행도 많았고, 38년 군 생활에서 잘못된 지휘통솔도 있었지만, 나의 본성이 참 아름답고 향기도 나구나 하는 것을 발견하게 되었고, 나의 65년 삶을 이끌고 도와주신 분들께 새삼 감사의 마음을 갖는 계기가 되었다.

그래서 독자들에게 자신의 삶을 기록으로 남기는 작업을 권장하면서, 특별히 젊은이들에게는 지금부터 삶에 대한 기록의 자료를 준비하라고 강조하고 싶다. 삶에 대한 성공과 실패는 객관적 기준으로 평가할 수 있지만, 행복하게 향기 나는 삶을 살았느냐, 못 살았느냐는 객관적인 기준이 없다. 모두 자신의 주관적인 평가일 뿐이다.

"호랑이는 죽어서 가죽을 남기고, 사람은 이름을 남긴다."라는 명구를 다시 한번 되새기며, 삶에 대한 기록을 남기는 것은 심리학자 매슬로우가 설파한 인간의 1차적 욕구(식용-안전-애정)를 초월하여 2차적 욕구(인정-자아실현)를 충족시키는 자아 완성과정이라고 할 수 있다. 비록 자신이 그동안 추구하고자 했던 인생의 목표, 목적을 실현하지 못했더라도 자기 삶을 평가하여 정리할 수 있기 때문이다. 평가결과가 향기로운 삶이었다면 즐거움과 보람으로 자존감을 느낄 수 있을 것이고, 악취를 풍겼더라면 솔직히 시인하고 사과함으로써 가슴에 박혀 있던 패배감이나 죄의식을 씻어낼 수 있는 계기가 되기 때문이다.

나의 『제멋대로와 천사』를 막상 열고 보니 청소년 시절에만 꿈을 꾼 것이 아니었다. 나이가 들어가면서도 그때그때 꿈을 꾸었다는 것을 알 수 있었다. 달리 표현하면 어릴 적 꿈은 이상에 가까운 비전이었고, 그 꿈이 현실화되어 가는 과정에서 상황과 여건이 접목되면서 새로운 꿈으로 조정되었다. 또한, 그 꿈은 비전으로서 바라만 보는 대상이 아니었고, 내 인생의 목표, 목적이 되었다. 그리고 '꿈은 이루어지는 것이 아니고 스스로 만들어가는 것이다.'라는 것으로 실천 의지와 과정이 중요함을 다시 한번 깨닫게 되었다. 그래서 7살 손자에게 원대한 꿈을 먼저 꾸도록 강조해보았지만, 아직 꿈을 꾸지 않은 것 같다. 손자가 꿈을 꾸고 난 후에는 그 꿈이 이루어지도록 인생 로드맵을 계획하고, 그 계획을 실현하는 과정을 얘기할 것이다. 결국 손자의 꿈은 우연히, 그리고 부모나 할아버지가 이루어지게 해주는 것이 아니고, 손자 스스로 만들어가는 것임을 또 힘주어 말해줄 것이다. 역사에 남은 모든 위인들은 자신의 꿈을 만들기 위해 남다른 실패와 고통, 피나는 노력, 의지, 헌신이 있었음을 간과할 수 없다. 나의 『제멋대로와 천사』는 고진감래(苦盡甘來)였고, 나의 삶에 대한 성찰이다. 즉, '나는 지금껏 잘 살아왔고, 즐겁고 행복하고, 앞으로도 삶의 향기를 계속 뿜으면서 살아갈 것이다.'라는 다짐을 계속하게 하는 에너지이자 굴레이다.

기억의 창을 닫기 전에 꼭 남기고 싶은 인사말이 있다. 우선 '하지 마라, 하라.'강요 대신에 무언의 훈육으로 알아서 멋대로 자라게 해주신 부모님, 특히 92년 고된 삶에도 불구하고 자식농사에 헌신해 오신 김성순 우리 엄마에게 가슴 찡한 감사의 인사를 드리고 싶다. 그리고 카톡에 이름 대신 '제멋대로'라고 호칭하는 고은영 아내에게 고맙다는 표현을 하고 싶다. 잔소리나 간섭하지 않고, 헌신적인 내조와 아름다운 마음으로 자각하게 하여 더는 제멋대로 튀지 않도록 컨트롤해줌에 고마운 마음을 간직하고 있다. 또한 너무나 무관심했음에도 잘 성장하여 잘 살고 있는 형우, 한나에게도 미안하고 고마운 마음을 전하고 싶다. 아울러 손자 재용이 꿈을 잘 키우고 있는 박선영 며느리가 너무 고맙고, 재용이 아름다운 꿈이 잘 만들어지기를 기원한다. 그리고 명문 마산고, 육사, 청와대 경호실 작전과장으로 선발되었다고 자랑스러워 했던 형제 친지, 친구, 선후배, 스승님께 기대를 부응하지 못해 미안함과 도움에 감사한 마음을 전하고 싶다. 끝으로 군인의 딱딱한 글을 가독성있게 잘 편집해 주신 이기성 '생각의 나눔'대표님과 편집팀, 친구의 옛 기억을 그림으로 되살려준 고교 친구 강경규 화가에게 감사의 마음을 전합니다.

나는 어제도, 오늘도 기분 조오타아~. 기분 조오~타아. 기분 조오타아~ 외치고, 하직하는 그날까지 또 향기나는 삶을 풍미하며, 외치리라 기분조오타아~고.

아들 부부와 손자 재용이랑

기분 좋은 사람 이윤규

부록 #1: 논문/연구문 현황:

번호연도	논 제	게제지/기관
1994	한반도 핵 상황에 대응책 연구	동국대 석사 논문
1997	심리전에 대한 새로운 인식과 발전방향	합참지
2000	북한의 대남심리전 연구: 전단분석 중심	경남대 박사 논문
2005	창조적 21세기 리더십	육군지 258호
2006	NA 세대를 위한 인간 중심의 리더십	향방 저널
2006	화해협력시대 대북심리전 방향	합참 정책연구
2007	위기관리와 후방지역 방호태세 발전방향	육군 정책연구
2007	전평시 한국군 독자적 심리전 발전방향	국방부 정책연구
2007	전승 보장을 위한 전투 임무 중심 리더십	육군지
2008	북한 대남전략의 심리전 관점에서 분석	합참 정책연구
2008	미래 대테러 작전 육군 역할과 수행개념	육군 정책연구
2009	미래 적 위협판단 기준과 전투실험 방향	육군 전투실험 과제
2009	미래 북한군 편성 무기체계 연구	육군 전투실험 과제
2009	작전술과 작전구상	합참대 연구과제
2009	한국군 전략커뮤케이션(SC) 발전방향	합참 연구과제
2011	전시 피해율 연구	행안부 정책연구
2011	미래 전장환경과 심리전 발전방향	합참심리전정책연구
2012	육군 전략커뮤니케이션(SC)범위/적용방안	육군 정책연구
2012	적지종심 작전부대 임무·편성방안 검증	육군전투실험세미나

2012	한반도 전장환경 변화와 대비방향	한국군사학회지
2012	충무계획 선진화 방안연구	행안부 정책연구
2013	미래 보병사단 유형별 편성장비연구	육군정책 연구
2014	합동 작전계획수립 발전방향	합참지 60호
2014	북한 김정은 독재체제에서의 우상화	戰略研究 2014, 7월호
2014	북한의 도발 사례 분석	軍史 91호
2014	자유화 지역 피해율 연구	통일부 정책연구
2016	미래 부대구조 전투실험 모델	육군 교육사
2017	육군 군사정보지원작전 교리연구	육군 교육사
2018	자유화 지역 피해율 연구(개정)	통일부 정책연구
2018	중국의 三戰 전략과 한국안보의 대응전략	한국전략문제연구소
2019	정치심리전 발전방향	한국전략문제연구소
2020	변화된 안보환경에서'해양경찰 역할'	해양경찰청정책연구

부록 #2: 저술 현황

연 도	도 서 명	출 판 사
2006. 6.	『들리지 않던 총성 종이폭탄』	지식더미(개정:2011)
2008. 7.	번역서『정치전과 심리작전』(비매품)	국방대 인쇄소
2010. 10.	『보이지 않는 전쟁 삐라』	서울문화원
2013. 4.	『전쟁의 심리학』	살림출판사
2014. 8.	『북한 대남침투 도발사』	살림출판사
2020. 10.	『파괴와 혁신 사이에서 전쟁』	이다북스

부록 #3: 언론 기사화와 기고 현황

《2020년》

TV조선 탐사보도 세븐 「삐라」(2020. 7. 4. 방영)

JTBC 「삐라」 인터뷰(2020. 6. 29. 방송)

《2018년》

「0.01% 위험도 대비하는 게 군의 본질이다」 조선일보(2018. 7. 31.)

대전일보, 화요광장 칼럼(2018년 4~6월)

《2017년》

「초유의 안보 불안, 모두 비상한 각오로 깨어있자」

(조선일보, 2017. 9. 29.)

「대한민국 안보의 미래를 말한다」

(CEO & GLOBAL Power Korea 2017. 6.)

「전쟁심리학」 시리즈 게재(전쟁기념관 월간지, 2017년 4~8월)

「짝사랑에 그친 대북협상 냉정하게 제안」(동아일보, 2017. 7. 11.)

「6.25 전쟁과 38선」, 다큐 현대사, 「그날」 인터뷰

(국회방송, 2017. 11. 17.)

《2016년》

「프렌체스카의 비밀결사대」 출연 인터뷰

(2016. 8. 15. MBN 특집 다큐멘터리)

「진정한 대북심리전, 북한 스스로 눈을 뜨게 해야」

(People Today, 2016. 5월호)

《2015년》

「아이유 노래, 북한 병사 마음 흔들다」(중앙일보, 2015. 8.)

「현장중심, 골육지정의 리더십!」(위클리 피플, 2015. 9월호)

《2014년》

「북의 화전양면 전략에 휘말리지 않으려면」(조선일보, 2014. 7. 17.)

「소리 없는 전쟁, 삐라」(MBC 정전 61주년 다큐멘터리, 2014. 12. 22.)

「그것이 알고 싶軍 Plus」 〈추억의 삐라〉

(국군 TV 방송, 2014. 10. 31.)

《2013년》

「북한 신년사 긍정적으로만 해석할 것인가」(국방일보, 2013. 1. 25.)

「굳건한 국가관은 상승국군 반석」

(PEOPLE TODAY 5월호 COVER STORY)

「6.25 전쟁 상기하며」

(채널A 「다섯 남자의 오! 머니」, 2013. 6. 25. 방영)

「인물탐구, 소통을 말하다」(국군 FM 라디오 방송 2013. 7. 13.)

「국가안보의식 제고에 선도적 역할」(월간이코노믹 CEO 1월호)

「현대사 산책, 순간」(국회 TV 다큐멘터리 2, 3, 12부 방송, 7~8월)

「한반도의 제4세대 전쟁 미리 차단해야」(조선일보, 2013. 9. 4.)

「김정은 우상화 심리전은 계속된다」(국방일보, 2013. 4. 26.)

《2012년》

「북한의 조직공작과 선전선동의 실체」

(KFN TV 「시사포커스」 305회, 2012. 2. 14.)

「북이 들리지도 않게 대남적화 노려」(국방일보, 2012. 10. 11.)

「6.25 전쟁과 북의 조직선전공작」(월간파워코리아 6월호)

「조직선전공작도 세습하는 북한독재체제」(조선일보, 2012. 5. 3.)

《2009~2011년》

「북이 두려워하는 대북심리전의 위력」(조선일보, 2009. 1. 5.)

「대북협상력 제고 위해서는 핵 개발능력 확대 필요」

(시사스케치 2월호)

「탈북자 정착과정의 심리적 실상과 지원책」

(KFN TV, 「시사포커스」 254회)

「대북심리전 논란, 어떻게 볼 것인가」

(KBS1 라디오 열린 토론 100분, 3. 23.)

「국사편찬위원회·국방부 지정 공식 용어는'6.25 전쟁'」

(조선일보, 2010. 6. 23.)

「다이나믹한 리더십으로 인본주의체계 구축」

(WEEKLY PEOPLE 679호)

「위국헌신한 선배들의 교훈 계승해야」(국방저널 2011년 6월호)

「위기를 기회로 전환시킨 자이툰 신화」(2009. 1. 15. 국방일보)

《2005~2006년》: 50사단 501여단장 재직 2년간 보도내용

「한미연합훈련, 상륙교두보를 확보하라」(동아/조선, 2005. 3. 21.)

「전국최대 대구 여성예비군 부대창설」

(2005. 9. 22. YTN 등 뉴스, 조선일보)

「대구 여성예비군 연대급으로 증편」

(2006. 9. 28. YTN 등, MBC 「화제집중 」등)

「창군 최초 사병 7쌍 진중결혼」(YTN 등 뉴스, 조선일보 등)

「후배 사랑 한결같은 마음으로」(2005. 4. 19. 경남신문 등)

「이윤규 대령'육군참군인상'」(2005. 12. 26.) 등 16개 매체 68회

《2004년》이전

「훈장감 군인」(2000. 3. 10. 조선일보 등 6개 매체)

「사병 대상 검정고시 취업준비반 운용」

(1999. 4. 22. 광주일보 등 3개 매체)

「현역중령, 22년간 모교에 장학금」

(1997. 4. 15. KBS TV, 신문 등 22개 매체)

0.01% 위협도 대비하는 게 軍의 본분이다

이윤규

2018.7.31. 조선일보(기무사 계엄령 관련 비판) /
1997, 5「월간 조선」(화랑장학회) /
2013.6.25. 채널A '6.25전쟁 재조명'
(대한해전 영웅, 최영섭 예비역 해군대령과 함께)

「위클리 피플」 창간 19주년 표지 / 2012년 6월「파워코리아」표지

부록 #4: 달려온 인생 44년

(군생활 '78 ~ '10. 1.: 약 33년, 교수/연구원 '10. 1. ~ 현재: 11년)

직 위	소속	기간
OBC/소대장	1사단15-1대대	'78. 3. ~ '78. 12.
소대장	1사단 수색대대	'79. 1. ~ '80. 1.
교육장교	1사단 수색대대	'80. 1. ~ '80. 12.
1차 중대장/OAC	1사단 수색대대	'81. 1. ~ '82. 1.
2차 중대장	1사단 수색대대	'82. 3. ~ '83. 12.
작전장교	1사단 사령부	'84. 1. ~ '84. 12.
비서실장	1사단 사령부	'85. 1. ~ '86. 1.
육대/훈육관	육군대학/육군사관학교	'86. 2. ~ '87. 6.
작전과장	청와대 종합상황실	'87. 7. ~ '89. 12.
1차 대대장	11사단 9-1대대	'90. 1. ~ '93. 12.
작전참모	육군 11사단	'93. 1. ~ '93. 11.
부연대장 (2~3차 대대장)	50-122연대 (경주/고령대대)	'93. 12. ~ '95. 1.
국방참모대학	국방부	'95. 1. ~ '95. 11.
심리전 장교 (OJT교육)	합참민심부 (미특수전 사령부)	'96. 1. ~ '98. 11.
4차 대대장	31사 순천대대	'98. 12. ~ '99. 12.
안보과정	국방대학교	'00. 1. ~ '00. 11.
참모장	37사단 사령부	'00. 12. ~ '01. 6.
연대장	50사단-12연대	'01. 7. ~ '02. 12.
작전참모	11군단 사령부	'02. 12 ~ '03. 11.

계편과장	2군 사령부	'03. 12. ~ '04. 11.
여단장	50사-501여단	'04. 12. ~ '06. 11.
교수	합동참모대학	'06. 12. ~ '14. 12.
시간강사	경남/부경/용인대학교	'15. 1. ~ '15. 12.
기획홍보실장	한국군사문제연구원	'16. 1. ~
정책자문위원	국방부/합참	'07. 12. ~ '08. 12.
비상임감사	한국고령사회비전연합회	'07. 3. ~ '17. 6.
명예교수	**합동대학교**	**'17,2~**

제멋대로와 천사

편 낸 날 2021년 9월 3일
2쇄 펴낸날 2021년 10월 13일

지 은 이 이윤규
펴 낸 이 이기성
편집팀장 이윤숙
기획편집 윤가영, 이지희, 서해주
표지디자인 윤가영
책임마케팅 강보현, 김성욱
펴 낸 곳 도서출판 생각나눔
출판등록 제 2018-000288호
주 소 서울 잔다리로7안길 22, 태성빌딩 3층
전 화 02-325-5100
팩 스 02-325-5101
홈페이지 www.생각나눔.kr
이 메 일 bookmain@think-book.com

• 책값은 표지 뒷면에 표기 되어 있습니다.
ISBN 979-11-7048-268-0(03810)

• 이 도서의 국립중앙도서관 출판 시 도서목록(CIP)은 서지정보유통지원시스템 홈페이지(http://seoji.nl.go.kr)와 국가자료공동목록시스템(http://www.nl.go.kr/kolisnet)에서 이용하실 수 있습니다